「每個作家最終都會走上一條回家的路，
每個心靈終將得到救贖。」

草原動物園

Zoo on the Grassland

印刷簽名版

讀小說
Reading Novel

草原動物園

Zoo on the Grasslan

馬伯庸 著

瑞昇文化

目錄

題記

一個人的記憶，總是不可避免地虛實參半，其中既有最真實、最清晰的細節，也有完全源於想像、從未存在過的虛構。虛構在真實的土壤裡茁壯生長，像胡楊一般伸展枝條，重新紮入土壤。它們互相糾纏、融合，滲入對方的每一寸肌體。到後來，兩者徹底融為一體，往往連講述者自己都區分不出何為真實，何為虛幻。

赤峰是我的故鄉，我在這裡長大。故鄉對我來說，是一個充滿鄉愁和魔幻的童話。我記得白雲降落在草原上變成羊群，也記得孤狼和黃羊穿行於沙塵暴中的身影。水泥高樓之間，總隱藏著那麼幾處淺藍色的敖包，如果你試圖接近，它們就會倏然裂開，從裡面飛出一只有著寬大翅膀的雄鷹，直上天際。

這樣的景象，充盈了我整個記憶。我沒法告訴你，哪些是我的親身經歷，哪些是童年時代的胡思亂想，又有哪些是來自古老時代的風吹入夢境。

我喜歡這樣的感覺，穿梭於真實與幻想之間，把涇渭分明的兩條河流攪渾在一處。

接下來我要講的這個故事，也擁有同樣的質地。我說不清楚，它到底是一段被湮沒的真實歷史，還是一代代赤峰人在夢中構建出來的回憶虛像。我不是創造者，只是一個忠實的記錄員。如果有人問起這故事是真還是假，到底從何而來，我只能說，它和我一樣，在赤峰這裡出生、成長，然後和這個真實世界慢慢融合。

事就這樣成了。

第一章 歸化城

故事最初的萌芽，不在赤峰，而是在綏遠的歸化城裡。

晚清光緒年間，歸化城裡來了一位從倫敦遠道而至的教士。他本名叫傑克．喬治，中文名字叫華國祥，受中國內地會的委託，希望能在這一處中蒙要地打開局面，把主的榮光傳播到蒙古地區。

華國祥攜夫人一起進了歸化城，在水渠巷商家永寧號院內租房立會，建起了第一座基督教新教的教堂，叫作耶穌堂。他開始時沿用教內舊例，在教堂開壇佈道，分發《聖經》。可惜當地居民多無興趣，饒是華國祥費盡唇舌，也招不來多少人肯到教堂聽講，遑論發展信眾。

華妻精通西醫，在丈夫忙於傳教的同時，她在順城街三星成巷內設下一所醫院，以西醫之術為人診治，贏得了很高的讚譽。病人得到她的救治，多是感恩戴德，她便趁機勸說歸信。幾年下來，她感召的信徒反倒比華國祥多些。

歸化城裡有個財神廟，乃是雍正二年修建。廟前有個軒敞的二層戲臺，名叫樂樓。每逢祭財神之日，就有樂班和戲班在樂樓上表演助興，下面觀者如山，擠得裡三層外三層，比過年還熱鬧，是歸化城一等一的繁華之處。華國祥有一天無意中路過，看到這麼熱鬧的情景，不由得仰天長歎：「如果我教堂的信眾能有此規模，死也甘心了。」

華妻聽到感慨，勸說了幾句，不巧正觸及華國祥的傷心事，與她大吵了一架。夫妻倆本來相敬如賓，卻因為這件小事起了隔閡。華妻積鬱於胸，一病臥床不起。華國祥後悔不已，向內地會寫信求助，懇請他們寄些英國家鄉風景的畫片來，希望能化解華妻心病。

內地會英國總部有一個與華國祥素來交好的朋友，寫信給華國祥說了件趣事：歐洲最近出了一個新發明，樣式如同相機，但舉燈輪轉，可以映出會動的畫面，叫作電影機。朋友建議他不妨弄一台來，拍點故國風物，或可解憂。

華國祥一聽大喜，請人搜購，終於買到一台，輾轉萬里運到歸化城內。華妻看了，精神果然復轉健旺。她病癒之後，對華國祥說，這機器繪影如生，實在神奇，只是為她一人欣賞，太過浪費，不如把它賣掉，彌補傳教的費用。

華國祥有些不捨，他覺得這個事端是從財神廟起，也應該在財神廟內結束，轉念之間，忽然有了一個絕妙的想法。

過了月旬，歸化居民忽然發現城內各處有了許多貼紙，上書某年月日，財神廟內樂樓顯奇景，夜間開演不收票費云云字樣。居民們都猜測這一定又是什麼新戲班子搞的噱頭。歸化居民最喜歡熱鬧，到了日子，財神廟下聚得人山人海。不料樂樓上靜悄悄一片，只站著一個大鼻子洋人，一個怪匣子，背後牆壁刷得雪白一片。

那個大鼻子洋人，自然就是華國祥。他見人聚得差不多了，便啟動電影機，雪白的牆壁上，陡然映出了《火車進站》、《工廠的大門》以及各種英國風物的影畫。歸化城的居民看到牆上突現活人活馬，無不駭然，下意識就要跑開。等過了一陣，他們才意識到這些不過是虛幻畫面，遂放下心來，看得如癡如醉。

一直到午夜，觀眾們仍群聚在樓下，一遍又一遍地欣賞新鮮的電光戲影。最後官府出面驅趕，放映才停止。燈光一亮，一切幻象倏然消失，觀眾們這才依依不捨地散去。於是，在古老的草原上，第一次出現電影的光亮，對大部分觀眾來說，那是一生之中最夢幻的時刻，在許多年後仍舊會被偶爾想起。

一夜過後，華國祥聲威大震。從此每月初一、十五，他都會在樂樓放映一場，平時禮拜之時，還在教堂放映幾段，每場都是水泄不通，連當地王爺、喇嘛都跑來看。時人謂之「影戲」。而華國祥趁機佈道，收效甚好。《綏遠志略》記錄道：「以幻燈影片放映於財神廟樂樓上，夜間開演，不收票費，俟群眾既集，輒乘時宣傳耶穌教義，勸人信奉。」可見宣教效果奇佳。憑著這枚利器，華國祥在綏遠地區遠近聞名，傳教事業一日千里。

華國祥的這一段事蹟，被記者寫成報導刊登在《中國通訊》上。這一幅草原電光戲影的奇景，遂漂洋過海，流傳到歐美等地，在傳教士的圈子裡一度流傳甚廣，人人津津樂道。可惜對大部分人來說，這畢竟只是來自遠域的獵奇談資。隨著時間流逝，它逐漸被人淡忘，連同古老草原以及生活在那裡的居民一起，湮沒在故紙堆中，默默無聞。

若干年後，彷佛命中註定似的，一位美國公理會的教士走進孟菲斯的公立圖書館，翻開滿是塵土的《中國通訊》，無意中讀到這段往事。他突然之間心有所感，抬起頭來看向天空，露出一個神秘的笑容……

事就這樣成了。

第二章 萬牲園

這位教士，叫作摩根．柯羅威，土生土長的伯靈頓人。父親是牙醫，母親是當地頗有名望的慈善家，兩人都是虔誠的基督徒，所以他從小便立志成為一名傳教士。

從柯羅威教士唯一留存的照片來看，他個頭不高，肩膀卻很寬闊，雙肩之間的小圓腦袋像是一枚滑稽的橡子。這枚橡子上綴著兩撇無精打采的八字眉，眉毛盡力向兩側撇去，幾乎和茂密的絡腮鬍子連綴在一起。最讓人印象深刻的，是他那一雙湛藍色的細長眼眸，始終散發著頑童般的光芒，讓人感覺他對整個世界充滿豐沛的好奇，從未厭倦，也從未長大。

正因為如此，所有的朋友都認為柯羅威教士是個虔誠而善良的人，唯一的缺點就是有點兒異想天開。

比如他經常在佈道前用教堂的管風琴彈奏「拉格泰姆」——一種剛剛流行於新奧爾良*的黑人音樂，或者在《聖經》裡夾入托馬斯．納斯特的諷刺漫畫明信片，分發給信眾。他甚至學過吉格舞和曳步舞。總之一切世俗的流行藝術，柯羅威教士都有興趣帶進教堂嘗試一番。很多人覺得這實在太離經叛道，不過柯羅威教士很固執，他對這些意見統統置若罔聞，繼續我行我素。

「我應該遵從我的內心，因為上帝最瞭解它，它最瞭解我。」柯羅威教士固執地說。

在他四十五歲生日過後的第三天，柯羅威教士接到了一封來自美國公理會差會的藍白信函。美國公理會差會負責海外傳教事務，每年都向東亞、南亞、中東和非洲派遣許多傳教士，去開拓上帝的領土。這一年，柯羅威教士的名字赫然出現在前往中國的派遣推薦名單上。推薦人認為他信仰堅定、性格強韌、頭腦靈活，是去東方傳教的最佳人選。

當時去中國傳教並不是一件容易事兒。據說那裡衛生條件非常差，氣候不好，當地人充滿了敵意，教士死亡率很高。如果沒有堅定的信仰，很難踏入那片荊棘之地。

柯羅威教士小的時候，在伯靈頓的公立圖書館讀到過一本《馬可．波羅遊記》。其中令他印象最深的，是書中描繪的蒙古草原，像是一片飄在落日邊緣的晚霞——神聖、神秘，並且遙不可及。現在看到這封信函，柯羅威教士天性中屬於孩子的那一部分突然甦醒了，他跳著、叫著，伸出手想去抓住天邊的彩霞。

於是，柯羅威教士抑制住內心的雀躍，拿起鋼筆，決定接受這份使命。他對於神秘的東方一直懷有強烈而蒙昧的好奇，這次前往中國，到底是為了傳播主的福音，還是想滿足好奇心，抑或兩者兼有，連他自己都無從分辨。

那時他並不知道，自己會在真正的草原先入地獄，再上天堂。

＊新奧爾良：紐奧良

公理會差會的正式派遣信很快寄到，事情就這樣決定了。

為了做充足的準備，柯羅威教士再次前往伯靈頓圖書館，那裡存放著一套完整的《中國通訊》，裡面記錄了關於那個古老帝國的方方面面。就在這次查詢中，他讀到了華國祥的故事，為這個絕妙的主意而震撼。

他決定效仿這位先賢的故智，自己掏腰包購買了一台愛迪生公司最新型的電影機和幾盤膠片，準備帶去中國。柯羅威教士相信，這將對他的傳教事業大有裨益，可以重現華國祥在歸化城的奇跡。

在這一年的夏天，柯羅威教士帶著他的電影機，和其他九位教士乘坐輪船橫跨太平洋。在旅途中，他找來和中國相關的書籍、公理會雜誌和傳教士的書信，發現這些記載對那個東方大國的描述混亂而矛盾，莫衷一是，就像把許多盒拼圖混在一起，無法拼湊出一幅完整清晰的圖景。

每到這時候，柯羅威教士會放下書本，站在船頭向遠處的「東方」眺望。他能看到，泛著蒼白泡沫的海浪在太平洋季風的吹拂下緩慢而優雅地翻捲著，墨綠色的海平面宛如巨大透明的魚缸裡盛滿了液態的祖母綠寶石，虛化的邊界蔓延至視線與地球曲面的切點，寬闊到無法用任何東西去比喻它的博大。

就像草原？

柯羅威教士忽然冒出一個古怪的念頭。這一望無際的碧海綠浪，和腦中的草原圖景逐漸重疊。他覺得這個幻想，遠比書籍中的描述更顯得真實可信。

這些雄心壯志的傳教士首先抵達上海，短暫休整後又前往北京，住在燈市口油坊胡同的公理會華北總堂。這裡在庚子事變中曾被義和團燒毀，重修的教堂剛剛落成不久，是一棟磚木結構的四層歌德式建築，四邊鑲嵌著漂亮的彩色玻璃，高聳的十字架尖頂在四周低矮四合院的比照下顯得鶴立雞群。教堂兩側凸起的幾條灰白色大理石基座格外受當地人青睞，他們把它形象地稱為八面槽。

教士們在燈市口教堂接受了為期半年的訓練，學習艱澀的中國官話，學習當地繁複的禮節和習俗，試著瞭解這個古老帝國的一切。柯羅威教士在語言方面表現出了耀眼的天分，很快就能生澀地與當地人溝通，可惜他始終學不會擺弄那兩根小木棍。這種叫筷子的食具，就像這個國家的哲學一樣，奇妙而難以捉摸，控制它比控制一匹烈馬還難。

另外一個小小的打擊，是關於電影機的。北京城比柯羅威教士想像中要開化得多。據說在幾年前，那位神秘的中國皇太后舉辦七十歲壽宴，英國人就送了她一台放映機。可惜在播放過程中，放映機轉速過高，點燃了膠片，引發了一場火災。皇太后認為這是個不祥之兆，斷然禁止這東西進入宮廷。

但關於電影機的神奇，已經傳遍了整個北京城。很快前門外的大柵欄大觀樓影戲院、西單市場內的文明茶園、東安市場內的吉祥戲院、西城新豐市場裡的和聲戲院，紛紛開始提供電影放映，成為京城一道西洋景。居民們對這東西，早已見怪不怪。

這讓柯羅威教士多少有點兒失望，他本來以為自己不遠萬里帶來的這東西，會讓北京的民眾像看到神蹟一樣驚歎，結果連流行都算不上。隨即教士安慰自己，也許在更偏遠的地區，電影機仍舊是一件稀罕的東西，那裡的人應該會喜歡的。

說到那位皇太后，柯羅威教士聽說過很多傳聞：她的恣意妄為，她的異想天開，還有她與幾乎整個世界宣戰的瘋狂。不過她現在已經死了，連同那些傳說與無數價值連城的珍寶一起被埋入深深的陵寢，只剩下一座被掏空了的森冷空城。

曾經在一天的清晨，柯羅威教士獨自乘坐黃包車路過天安門。他好奇地瞥了一眼遠處巍峨而古老的紫禁城。此時的它正沉浸在淡藍色的晨靄中，宮殿輪廓模糊，無比安靜，如同一位衰朽的老人坐在籐椅裡沉沉入睡。它也即將——或者說已經——死去，正如那位皇太后一般。

那時候他並不知道，自己的命運即將和那位已經死去的皇太后有那麼一點點關係。

公理會這幾年在華發展狀況不算太好，領聖餐的信徒數量停滯不前，而且主要集中在廣東、福建和華北的一些地方。總堂希望這些新來的教士能夠深入內陸偏遠地區，去開拓新的疆域。

所以在為期半年的培訓結束後，總堂急不可待地認為他們已經具備了足夠的技能，可以履行職責了。

在一個有月光的夜晚，柯羅威教士和其他十二名教士被召集到總堂的休息室內。這裡懸掛著一張中國地圖，紅色圖釘代表這個區域已經有了本堂教士，沒有圖釘的地方則意味著公理會尚未進駐。地圖上只在沿海有孤零零的幾枚紅點，大片大片全都是空白的疆土。

他們被告知可以在紅色圖釘之外任意選擇。但這些教士面面相覷，有些不知所措。他們對那些地方的瞭解完全是一片空白。

柯羅威教士安靜地站在人群中，眼光掃過地圖。這張地圖繪製得十分詳盡，上面勾勒著各個行省、山川和道路——不同於美國，這些分割區域的線條蜿蜒玄妙，就像是他們所使用的漢字一樣。整個中國看起來就像是一個由許多彎曲線段組成的漢字，蘊藏著複雜而細膩的意味，如同一首晦澀幽深的中國詩。

柯羅威教士決定聽從自己的內心，他閉上眼睛，默默向上帝祈禱。當他再度睜開眼睛的時候，地圖上的一個地名躍然而起，跳進他的視野。

那是兩個漢字：赤峰。

他的漢語學習成績不錯，知道這兩個字的意義，腦海中立刻浮現出一番奇妙景象：一座紅如火焰的山峰拔地而起，衝破雲霧，直刺蒼穹。他咀嚼著這兩個字，它的漢語發音像天使在遠方吹起號角，令他的胸腔微微顫動，內心沸騰燒灼起來。

為何會和一個陌生的地名有這樣的共鳴？在柯羅威教士的理性尋找到答案之前，感性的強烈衝動已經驅使他伸出右手食指：先在胸口畫了一個十字，用嘴唇親吻指肚，然後點在那個地方。

根據總堂不算詳盡的記錄，赤峰是一個直隸州，屬於北直隸的一部分。在它周圍是一些蒙古王公的領地。這個地方在北京東北方向，位於直隸、滿洲和蒙古草原的交會處，距離北京大約兩百五十英里（1英里約合1．6千米），人口十萬左右，分散在南北七十英里、東西一百五十英里的廣袤草原和沙漠中。

這豈不是和華國祥在歸化城一樣的境況嗎？柯羅威教士欣喜莫名，堅信這一定是上天給予的啟示。

總堂會督告誡他，那裡土地貧瘠、氣候惡劣，是塞外苦寒之地，當地居民多是信仰佛教的蒙古牧民，不易溝通勸化。柯羅威教士回答道：「如果不是艱苦之地，又怎能彰顯主的榮光？摩西面臨紅海之時，難道不是對主依然充滿信心嗎？」會督聽到他這麼說，只得放棄勸誡，和同僚聚在一起，祝福這位勇敢而堅定的弟兄。

接下來，柯羅威教士興致勃勃地投入準備工作中來。他設法從多個管道搜集了一些資料，想搞清楚自己即將前往的這座叫赤峰的城市，到底是個什麼情況。

和很多動輒可以上溯千年的中國城市不同，赤峰出現的時間其實相當短。

清朝皇帝為了維持在蒙古草原的統治，將草原的部落分成了若干個盟和旗，由當地大大小小的領主統治。這些領主不必向帝國交稅，只承擔一些禮儀和軍事義務，旗下無論山川、牧場還是領民，都屬於他們的私產。其中最靠近京城的兩個盟，一個叫卓索圖盟，意思是驛站；另外一個叫昭烏達盟，意思是一百棵柳樹。這兩個盟內通直隸，外接蒙古和關外，商路十分繁盛，居民有蒙古人也有漢人。在兩盟之間的英金河畔、紅山腳下，有一片得天獨厚的平原地帶叫作烏蘭哈達。烏蘭哈達的地理位置十分優越，是駐留休憩的良所。北上和南下的商旅走到這裡，都會停下來休整。久而久之，烏蘭哈達開始出現漢人的定居點，再後來，慢慢形成了一個商業色彩濃厚的大鎮子，以漢人為主，也有許多蒙民來做生意，成了東蒙最重要的一處商埠通衢。

這個叫作烏蘭哈達的鎮子跨越兩盟，而且聚集了許多不屬於札薩克*的自由平民，無論行政管理、稅收、司法還是防務，都會產生很多問題。朝廷單獨把這一片區域從兩盟抽出來，設立了一個烏蘭哈達巡檢司，歷代以來名字不斷變化，就在前兩年，才改成了直隸州，直接由承德府管轄，定名為赤峰。

在柯羅威教士眼中，這真是一個頗為奇妙的城市。赤峰這個地方，始終處於一種曖昧和矛盾的狀態。它既位於草原，同時又屬於內地；它的周圍明明都是草原札薩克們的私人領地，卻像中原那些縣城一樣接受朝廷的直接管理；它的大部分領土是富有濃郁蒙古風情的遼闊牧場，城裡卻是鱗次櫛比的各色漢人商鋪；牧民們趕著牛羊走過草地，商路上的客商們南來北往，日夜不斷，耳邊繚繞著喇嘛們吟唱的經文。它被數種文化一起哺乳著，停留在邊緣地帶，並不徹底偏向任何一邊，這使得它擁有了兩副面孔。你很難說清哪一副面孔才是本來面目，從不同的角度去審視這座城市，會得出截然不同的印象。

查完資料的當天晚上，柯羅威教士做了一個夢。夢見自己漫步在一座紅色的山峰之上，山峰的最頂端是一位女子。她挺立在最高處，呈現出與山腳下那座城市相同的特質：她同時擁有兩張面孔，一張粗獷豪邁，似是飽經風霜；一張精緻細膩，還略帶了點憂鬱。兩副面孔不停旋轉輪換，教士卻始終無法抓住它們停下來的一刻，無論他怎麼向上攀爬，都無法觸碰到女子的紅色裙角。

這時一束神秘的月光自天頂灑下來，籠罩著教士全身。霎時間，天地都為之褪色，整個視野裡全成了皎潔的光。在這一片耀眼的白色之中，那女子緩步朝他走來，腳步輕盈縹緲，赤色的衣裙在白光中異常醒目。教士想伸手去觸碰，近在咫尺，卻又彷彿隔著一個時空。

女子開始翩翩起舞，這是一種奇妙的從未見過的舞姿，兩副面孔隨著節奏變換。柯羅威教士的耳邊，倏然響起了一個低沉男子的聲音，既像是誦經，又像是吟唱。整個世界，就這樣慢慢被月光吞沒……不知不覺，教士就這麼醒來了，卻無論如何也想不起來夢中的細節，甚至連自己是否真的看到那一男一女都不確定。

接下來的一個月裡，柯羅威教士忙碌於前往赤峰的準備工作。這不是件容易的事，他需要準備大量書籍、儀器、藥品、農用工具以及能裝下這些東西的運輸工具，甚至還弄到一把史密斯－偉森*的轉輪手槍，以應付可能出現的危險。公理會在蒙古毫無根基，他能依靠的只有自己。

---

*札薩克：清朝對蒙古族住區各旗旗長的稱謂。

*史密斯－偉森：史密斯&威森

好在柯羅威教士的身家頗為殷實，為人又慷慨，大把的銀錢撒下去，這些都不是問題。可就在這時，一個凡人無法預料、金錢也無法解決的意外發生了。

燈市口教堂每個週末都會舉辦一次晚間彌撒。這一天，一個姓畢的教友帶了他的兒子前來參加。老畢生得粗手長腳，頭戴一頂破舊垂邊黃毡帽，兩隻眼睛高高凸起，眉毛短而粗，看起來永遠處於驚訝狀態。他的兒子只有十歲，叫作小滿。

小滿的腦袋很大，脖子卻很細，晃晃悠悠隨時會斷掉似的。這個小傢伙有著一雙細長的漂亮眼睛，眼神卻淡漠呆滯，對外界的任何動靜都無動於衷。

這個孩子一直無法開口說話，老畢拜遍了京城附近的各處廟宇，都沒什麼效果，他期望這個上帝能夠比菩薩和神仙靈驗一點，讓兒子早日痊癒。總堂雖然對這個動機不是很喜歡，但畢竟信徒難得，便也接納了他們進來。

彌撒儀式開始以後，所有人的注意力都放在了前面。這個孩子趁大人沒留意，從旁邊領聖餐的桌子上拿走了一根點燃的蠟燭，從側門跑到了教堂的後院。

此時在夜空之上，稀薄的雲層被晚風撕扯成一截截長條，像雲質的粗麻繩，一圈圈挽在那一輪彎月的脖頸處，讓它垂吊下來。月光搖搖晃晃，整個後院的色調介於蒼白與晦暗之間，幾處墓碑與房屋的邊緣變得曖昧模糊，彷彿與整個世界隔絕開來。小孩子蹲坐在臺階上，用手心托起蠟燭，眼神始終盯著搖曳的燭火，這是整個後院唯一能讓眼睛聚焦的東西。

這時，在墓碑之間的草叢裡，鑽出了一隻灰色的老鼠。老鼠見到生人，立刻掉頭逃走。小滿的眼神裡充滿興奮，他站起身來，舉著蠟燭朝那邊追去。很快老鼠鑽入了後院一處籬笆後的庫房，那裡的窗下有一個因木料糟朽而破開的大洞，還未來得及修補。

小孩子也從這個洞鑽進庫房。這裡擺滿了教會的各種日用物資、食物以及一些印刷用的機械設備。箱子與箱子之間用一層層稻草墊子隔開，形成一個簡易的迷宮。

老鼠不見蹤影，小滿一邊高擎著蠟燭，一邊用嘴發出像老鼠一樣的啾啾聲。他的唇舌熟練地蠕動著，彷彿真的通曉那些小獸的語言。老鼠聽到這個聲音，遲疑了片刻，然後在前方的通道停住了。

小滿一邊繼續啾啾叫著，一邊伸出手去，想去抓牠灰色的毛皮。不料手一鬆，蠟燭跌落在了地上。

熾熱的燭火立刻將附近的稻草點燃，呼啦一聲，陡然形成了一圈火線。借助附近的稻草墊子，火頭很快便燎燃了教會剛買來的一批硬紙板，接下來遭殃的是幾十匹棉布、整整十捆麻線和一些衣物。這些東西都是絕佳的燃料，讓火勢更加兇猛。濃重的黑煙迅速籠罩了整個庫房，吞噬著附近所有的東西。

不幸的是，柯羅威教士的放映設備恰好就存放在庫房裡。它的外包裝是一個厚實的大木箱，擱在一堆切成巴掌大小的白樺原木之間——教會本來打算把這些木料加工成小巧的十字架飾品。當火勢蔓延至此，十字木料率先被點燃，它們圍住木箱，雀躍吶喊。火苗從箱子裡的各處角落冒出頭來，電影膠片率先畢畢剝剝地燃燒起來，那些膠片上的美妙圖景一幀幀被烈焰吞沒。隨即，放映機的木質外殼、搖柄和鏡頭也在高溫舔舐中扭曲、變形……

等到教堂裡的人聞訊趕來，整個庫房已經化為一片白地。柯羅威教士沮喪地發現，廢墟中，放映機已經被燒得不成樣子，就像是一團烏黑的古怪木雕，完全不存在修復的可能，只能徹底報廢。

小滿僥倖逃生，他被憤怒的父親揪住脖頸拎到院子中央，狠狠地用馬鞭一下下抽打。孩子原地一動不動，每次馬鞭呼嘯著抽過來，他瘦弱的身軀下意識地一抖，嘴巴張合，卻沒發出任何慘叫。一條條觸目驚心的鞭痕出現在他枯黃的皮膚上，還伴隨著教士們聽不懂的怒罵。

柯羅威教士不願意見到這樣的場面，他走過去，阻止了老畢的舉動，憐惜地摸了摸小滿的小腦袋，說這也許是天意，不必責罰這頭迷途的小羔羊。

老畢跪倒在地，放聲大哭起來。他只是一個窮苦的馬車夫，根本沒錢賠償教會的這些損失，不知道該怎麼辦才好。他的兒子扯著父親的衣角，眼神始終是那麼淡漠，既不驚恐，也不憤恨，彷彿這是一件與己無關的事。

面對這種情況，柯羅威教士只得跟總堂的人表示，放棄自己那一部分的賠償。至於其他損失的物資該怎麼補償，就讓教會和老畢之間協商好了，他還有自己的麻煩要操心。

這一件意外事故，讓柯羅威教士的「華國祥計畫」完全落空。在接下來的幾天裡，柯羅威教士走遍了京城的娛樂場所，看是否能收購另外一台電影放映機，可惜沒有一家願意賣掉。他也諮詢了幾家商行，從美國購買新機器再運過來，至少要半年時間，這太長了，他不能等。

總堂的人很奇怪，對柯羅威教士說：「你只要像其他教士一樣就可以了，這個放映機並不是非要不可。」柯羅威教士卻固執地搖搖頭，他的內心湧動著一股奇怪的執念——這一次的草原之行是上帝的大計畫，沒有電影放映機是不行的。

柯羅威教士訂購了許多報紙，每天都在上面尋找，說不定能有二手的電影放映機出售。七天之後的一個清晨，他展開《京都日報》，忽然注意到一條啟事。

這條啟事是關於萬牲園的。這是京城——或者說中國——唯一的一家動物園，現在關園在即，要拍賣園中動物，有意者請前往園內洽談云云。

柯羅威教士知道這個地方。它位於京城的西郊，始建於光緒三十三年。這裡最初是農事試驗場，後來在兩江總督端方的主持下，從德國的獸商寶爾德那裡購買了一批禽獸，投入園中，各地督撫、諸國使節也紛紛進獻。一時間園內聚集來自各大洲的珍禽異獸，從獅、虎、棕熊、虎紋馬（斑馬）到鸚鵡、天鵝、烏龜等動物，一應俱全。當時的皇太后和皇帝時常過來參觀，都很喜歡。

除了接待皇家，這個萬牲園對所有人都開放，成人銅子八枚，孩童與僕從四枚。京城市民對這些從未見過的神奇動物充滿了興趣。每逢節日，大批參觀者便湧入園中，人頭攢動，算得上是京城一大盛景。還有畫家把這些動物形態繪製成小卡片，在園門口販賣，一度很流行。

可惜在柯羅威教士抵達北京時，這個萬牲園已經敗落。自從皇太后去世之後，新任皇帝與攝政王對這個地方喪失了興趣，官府的撥款逐年減少，再加上中間剋扣貪污，整個園子入不敷出，經營狀況慘澹，不少動物因為缺乏食物供應和照顧紛紛死去。去的人，也就越來越少了。

管園的是三個德國飼養員，他們已經連續數月沒領到工資了。萬般無奈之下，德國人私自決定把園內倖存的動物全數拍賣，希望能籌得足夠的款子去買回德國的船票。

柯羅威教士翻閱著這篇報導，忽然之間動作停住了，一道光照進胸膛，福至心靈。他攜帶電影放映機是為了什麼？是為了重現華國祥的奇跡，用好奇心把蒙古草原上的人們吸引過來，聆聽佈道。整個計畫裡，最重要的不是放映機，而是如何激發草原居民的好奇心。這件事，並非只有放映機可以做到……

「要有光」，於是它就在教士的心中亮起來了。

一個瘋狂的想法隨即被光亮吸引而來：倘若把萬牲園的珍禽異獸買下來，在赤峰建起一個同樣的園子，豈不是一樣可以吸引大家的注意？他們一定沒聽過雄獅的怒吼，也沒領略過巨蟒的恐怖，更不知道還有虎紋馬這種突兀奇特的動物。如果能夠把這些動物都帶過去，真真切切地出現在他們面前，奔跑、跳躍、嘶吼，豈不是比電影放映機來得更震撼嗎？

一個建在遼闊草原上的動物園！多麼異想天開而又絕妙的主意！

柯羅威教士自從決定前往赤峰之後，就一直在問自己，為什麼要去那個地方？毫無疑問，這一定是來自上帝的感召，可這麼做的意義何在？柯羅威教士就像是一個即將啟程的士兵，行裝已備，將軍的命令卻還未下達，不知去執行什麼樣的任務。

柯羅威教士相信，上帝的意志一定會以某種方式傳達給自己。而現在，正是那個時刻。

他的手微微發抖，報紙抖得嘩嘩作響。柯羅威教士勸說自己，這是個荒唐的主意，可找不到否定它的理由。理性的勸誡像潮水一樣湧上來，然後又悻悻退去。這個想法宛如一顆固執的種子，一旦深深植入心中，便不肯輕易被抹平。整整一夜，柯羅威教士滿腦子裡全都是各種動物，牠們在他腦海中的草原上激情奔馳，一直跑到地平線的邊緣，然後又衝回來，用蹄子、角和牙齒撞擊著教士的腦殼，讓他頭疼欲裂。

經歷了一夜的辛苦失眠，柯羅威教士瞪著佈滿血絲的雙眼，出現在萬牲園的門口。他終於做出了決定。

萬牲園的正門，是一個中國式的精緻暗紅色拱門，門下是對開的鐵欄杆攀花，在門花磚雕的中央有「農事試驗場」五個漢字，兩側是兩條凸起的四爪長龍浮雕。在大門左右各有一間木屋。左邊的木屋有白、紅兩色小窗，分別售賣男、女參觀票，右側是一個存物處，用來存放遊客的大件物品。

曾幾何時，這裡熙熙攘攘，無數好奇的目光湧動。可惜現在卻是一片空空落落，所有門窗都緊閉著，牆壁上的各種告示沒扯乾淨，白藍相間，顯得斑駁不堪。門前的碎石小路上滿是垃圾與落葉，無人清掃。暗紅色的大門鐵欄杆歪歪斜斜半敞著，整個萬牲園看起來就像是一隻被做成了標本的孟加拉虎，保持著張開嘴咆哮的姿勢，可其實只是徒有皮毛罷了。空氣中隱隱有腐臭的味道，揮之不去。

接待柯羅威教士的是一個頭髮微微捲曲的德國飼養員。他穿著一身中式馬褂，臉色蠟黃，指間的焦痕暗示其還有吸食煙土的習慣，顯然日子過得不算好。

德國人先抱怨了一通朝廷的不負責任，然後從懷裡掏出一份詳盡的售賣名單，分別用德文、英文和中文標明了動物的種類、數量、價格以及健康狀況——價格很公道，幾乎可以說是甩賣，至於真實的健康狀況，只有天曉得。

「只要湊夠我們三個回德國的船票就好。」飼養員半是乞求地看著這個美國人。顯然，在報紙上刊登的啟事效果並不好，願意來這裡詢問的人寥寥無幾，眼前這位教士說不定是他唯一的希望。

柯羅威教士仔細地閱讀完全部名單，陷入了沉思。這既是一個科學課題，也是一個宗教課題，同時還是一個商業課題。

他不可能把整個動物園都買下來，必須有所取捨。這種做法讓教士感覺自己變成了諾亞，要遴選出登上方舟的動物，其他則只能等待著大洪水的降臨。

遴選工作並不容易，畢竟他即將前往的是一片全然陌生的苦寒之地，氣候據說非常惡劣。教士必須要充分考慮動物們的體形、習性、適應能力、食料供應，以及牠們目前的強壯程度，以確保牠們能熬過草原上的第一個冬天。

而且從商業上考慮——教士痛恨這種說法——他還得揣摩清楚，什麼樣的動物才最討草原居民喜歡。畢竟有些動物，比如雪貂和天鵝，會引起人類的好感，有些動物則令人厭惡，比如那幾隻淺綠色的大蜥蜴。

經過反覆思考，柯羅威教士首先選中的是一頭叫「虎賁」的非洲雄獅。他聽說，中國人對獅子懷有狂熱的崇拜之情。在許多官府、大戶人家門前和橋樑上，到處都能看到獅子的雕像；很多器物上都能看到各種以獅子為主題的裝飾；扮演獅子跳舞這種民俗，流行於從京城到廣州的各種祭典中——最神奇的是，中國並不是獅子的原產地，人們關於獅子的大部分印象都來自想像，這想像已經累積了數千年。這是個很好的機會，讓他們見到獅子真正的模樣。

然後柯羅威教士又挑選了兩匹叫「吉祥」、「如意」的虎紋馬。牠們是馬的一種，但樣子足夠獨特。雖然蒙古草原上有無數匹馬，但這種黑白條紋相間的怪物，絕不會跟其他馬兒相混淆，應該有足夠的魅力吸引牧民來圍觀。更重要的是，牠們雖然無法被人騎乘，必要時卻可以拴在大車後頭跟著走，對於運輸來說是一個好消息。

最後柯羅威教士又選中了五隻橄欖狒狒。這些傢伙是在東非的稀樹草原上被捉到的，牠們的鬃毛看起來很威武，個頭也不大，適合運輸。

無論是獅子、虎紋馬還是狒狒，都來自非洲草原。教士想，至少牠們會比其他動物更適應蒙古草原。

一頭獅子、兩匹馬和五隻狒狒，教士計算過，這些動物恰好是他能帶去赤峰的極限。

飼養員喜出望外，這筆採購大大超出了預期，他本來只指望這教士買走幾隻水鳥。德國人慷慨地額外贈送了一隻虎皮鸚鵡和一條岩蟒，算作添頭。教士想了想，這兩隻動物都不算太大，便接受了這個好意。

敲定了最後採購的名單之後，教士表示希望能夠查驗一下動物的健康狀況。德國人連連表示贊同，殷勤地在前頭帶路，引著教士朝著萬牲園的內部走去。

萬牲園分成三個部分：植物園、農事試驗場和動物園。

植物園和動物園並列在前，農事試驗場在後。柯羅威教士和飼養員穿過拱門，踏上一條用白色鵝卵石鋪就的小路。小路蜿蜒伸向園區深處，石縫之間全是星星點點的雜草，顯然久已無人踩踏。

只是拐過一道小彎，環境陡然變得十分安靜。似乎有一圈厚厚的綠色帷幕悄然落下，隔絕掉外界的一切聲響。柯羅威教士注意到，這綠色帷幕是從隔壁植物園裡伸展出來的。

因為缺乏適當的照料，那些名貴植物死去了一多半，倖存者則展現出了旺盛的生命力，瘋狂地四處蔓延。

丁香花東一簇、西一簇地掩藏在綴著連翹花的灌木之間，不知名的野草沿著路兩側凸起的牆根一路糾葛扭打。每走上一段路，就會有幾根枯竹橫貫在上空，那本是夏日用來遮陽的布棚骨架，可此時卻纏滿了翠綠的爬山虎，遮蔽了天日，一朵朵萬字狀的白花肆無忌憚地在其間開放。

這些平時溫和的植物，一旦失去管束，就顯出咄咄逼人的氣勢，像是一群綠色的馬匪。在這個被人類忘記的地方，它們肆無忌憚地野蠻生長，即興發揮，直到把園子變成一座翠綠色的蠻荒迷宮。若沒有鵝卵石小路指引，沒人知道正確的走法是什麼——而那條小路，也已經被野草塗抹掉了一半的痕跡，眼看就要消失。

教士好奇地東張西望，像個孩子似的，探索著每一處拐角和岔路的巧妙。飼養員則不斷催促快走，他想儘快落實這一筆交易。

兩個人很快穿過這片綠色蠻荒，來到動物園內。大大小小的獸舍分佈在過道兩側，每一間都被高低不一的塗漆木柵欄圍住，有一塊褐色的牌子豎在旁邊，用墨色的中英文寫著居住者的種類、產地等。

園區恐怕已經很久不曾打掃，空氣裡瀰漫著陳舊的惡臭。這些臭味一部分來自糞便，另一部分可能來自動物腐爛的屍骸。柯羅威教士向左右看去，感覺自己像是漫步在一間間標本室之間，周遭一片死寂。

大部分可憐的動物都奄奄一息地待在柵欄內側，毛皮乾枯萎靡。牠們缺少足夠的食物，連發出聲音的力氣都沒有。沒有吼叫，沒有嘶鳴，眼神呆滯，對走近的人毫無反應，處處都透著行將死亡的木然。

飼養員恐怕教士的信心會被這種慘狀打擊，首先帶他去見了虎賁。牠在這個動物園裡是當之無愧的王者，獨享一片最大的黃土坡地。全靠牠，動物園才能賺到一點點可憐的門票錢，不過大部分收入都填進了牠的肚子。

此時虎賁正無精打采地趴在坡頂，眯著眼睛，毛皮下一條條凸起的肋骨清晰可見。牠早見慣了遊客好奇的目光，對教士的到來沒什麼反應，只有尾巴擺動著趕走蒼蠅。

飼養員拿起一根長長的竹竿，試圖去挑逗牠的鼻子，讓牠怒吼或撲咬。而虎賁完全無動於衷，像是一位古板的教師在聽蹩腳笑話。

飼養員有點兒氣惱，他必須得向教士證明，這頭獅子有足夠強勁的活力。他彎起胳膊，開始用竹竿粗暴地在虎賁身上亂捅。獅子實在被騷擾得不行了，抬起前爪把竹竿頭輕輕撥開，晃了晃鬃毛。飼養員以為牠要來一次招牌式的怒吼，可牠只是打了個噴嚏，然後慢悠悠地回到籠舍裡。

飼養員還要繼續挑逗，卻被教士攔住了。柯羅威教士並不想要一頭凶性十足的怪獸，這頭獅子略顯瘦弱，脾氣還挺溫順，正合心意。當然，如果野性能再強烈點兒就好了，不過教士覺得到了草原會有辦法解決。

緊接著，他們又先後參觀了虎紋馬、狒狒的館舍。這些動物不能說健康，但至少都活著，應該能應付接下來的長途跋涉。至於那條蟒蛇，牠懶洋洋地盤在自己的窩裡，若不是偶爾看到芯子吐出，根本看不出死活。

那隻虎皮鸚鵡的來歷，是所有動物裡最為顯赫的。牠原本是一位外地官員進獻給皇太后的壽禮，會用字正腔圓的漢語大喊：「萬壽無疆！」皇太后很喜歡牠，無論去哪兒都帶在身邊。有一次牠不知從哪裡學到一句髒話，命運就變了，這是一樁不可逆轉的蠢事，牠不可以再留在皇宮。於是皇太后便下令把牠送來萬牲園。

牠有著一身漂亮斑斕的羽毛，一看到教士，立刻大叫道：「死鬼！」然後用力地點了三個頭。飼養員連忙解釋說，這是從宮裡帶出來的壞習慣，大概是聽見了哪個太監和宮女調情。

教士登時來了興趣，試圖逗牠說出更多的話，飼養員慚愧地表示，這是牠現在唯一會的一句。自從來了動物園，這畜生連「萬壽無疆」都給忘了。虎皮鸚鵡一點兒不覺得羞愧，反而趾高氣揚地拍動翅膀。教士哈哈大笑，伸出手要去摸牠的小腦袋，結果被牠毫不客氣地狠狠啄了手。

盤點完這幾隻動物的健康狀況後，教士表示很滿意，願意按談定的價格付款。飼養員迫不及待地拽著他去把合同簽了。這時教士帶著悲憫的眼神環顧四周，隨口問了一句：「其他動物會怎樣？」

飼養員聳聳肩：「在未來幾天內如果沒有買家的話，牠們就只能留在這裡。我們買好三張回德國的船票以後，會用剩下的錢給牠們準備最後一點吃的。接下來……就看上帝的意思了。」然後他比了一個手勢。柯羅威教士知道，在水手的行當裡，這個手勢意味著棄船各自逃生。

那些動物的木然眼神，再一次浮現在教士的心中。看到屍體是一回事，看著一個生命在眼前無助地慢慢消失，是另外一回事。教士不知道當年諾亞是以什麼樣的心情來注視那些被放棄的動物，反正他覺得很難過，可又沒什麼能做的。教士只得默默地祈禱片刻，然後轉過身去，和飼養員並肩離開。他極力避免與動物們再度對視，生怕又被牠們的眼神觸動。

萬牲園的動物園是一條環形路線，遊客可以從頭逛到尾，不需要走回頭路。飼養員帶著教士繼續朝前走去，飛快掠過一排排頹敗的獸舍與禽鳥籠子，很快在路的右側，出現了一座假山。

這座假山是用太湖石壘成，造型極力模仿真正山脈的曲折。青灰色的嶙峋山體分成兩半，一大一小，中間用一條長如象鼻的微拱石橋相連，有翠綠色的藤蘿遊走其間。遊客從石橋下穿山而過，即是出口。

就在柯羅威教士穿過這座石橋，即將離開動物園時，他看到了萬福。

在石橋前方右側不遠處，假山的山體突然凹陷，形成一個很寬闊的半月形空地。一道特意加厚過的木柵欄和兩側高聳逼仄的山體，把這片區域圍成了一個封閉的園子。

教士走過石橋，看到在園子的盡頭，一頭瘦骨嶙峋的灰色小母象正孤獨地站在一塊巨岩之下。她面對著山壁，長鼻子低垂下去，深陷的雙目黯淡無光，連縈繞四周的綠豆蠅都不能讓她的眼珠轉動一下。她的右後腿上拴著一條鏽跡斑斑的粗大鐵鍊，鏈條已經緊緊勒入皮肉，邊緣結起了厚厚的疤繭，鏈子的另外一端纏繞在一根木樁子上。

那一瞬間，教士的心臟彷彿被一隻手緊緊攫住。他看向飼養員：「這是什麼？為什麼我在拍賣名單裡沒看到？」

飼養員趕緊解釋了一下。原來當年萬牲園開辦之際，主持這件事的大臣端方從印度弄來一對會跳舞的大象，以討皇太后的歡心。可惜公象水土不服，很快死去，留下已經懷孕的母象。後來她生下一頭小母象，被命名為「萬福」。

萬福到了三歲時，母親因吃下大量劣質食物而腹瀉死去。這頭小母象就獨自待在萬牲園裡，成為園中唯一一頭大象。從生下來起，萬福的眼神就透著一股憂傷的情緒。她從來沒離開過這個象園半步，更不會跳舞來取悅人類。大部分時間，她都是這樣面對著假山，不知在想些什麼。曾經有一個小孩子鑽進象園，引起了萬福的驚慌和踩踏，從那以後，飼養員只好用鐵鍊把她緊緊拴住，以防止她再度發狂。

如果萬福早出生幾年，說不定會成為萬牲園的一位明星，可惜皇太后一死，萬牲園陷入了深重的財政危機。像萬福這種食量巨大的動物，便成了萬牲園最沉重的負擔。飼養員告訴教士，現在園內根本無力負擔她的口糧，只能削減到最低限度。從目前的狀況估計，沒幾天她就會餓斃，所以乾脆沒有寫進拍賣名單裡去。

教士站在象園的邊緣，觀看良久，然後問飼養員是否可以進去看看。飼養員猶豫了一下，點頭應允。這頭大象已經奄奄一息，應該沒什麼力氣傷人，他可不想掃這位金主的興。

得到許可之後，教士推開餵食用的木門，踏進象園，慢慢地走到萬福的身旁。萬福對教士的靠近毫無反應，她早沒了發狂的力氣，只夠勉強維持站立，就像一尊失去魂魄的石像。

柯羅威教士大著膽子站到了萬福的正前方，瞇起眼睛仔細端詳著眼前的動物。從前在伯靈頓的動物園裡，他也曾經看過大象。跟同類相比，萬福實在是太瘦弱了，幾乎只剩下一層蒙在骨頭上的皮。

彷彿被什麼聲音指引著，柯羅威教士伸出手，去撫摸萬福粗糙皸裂的皮膚，然後用靈巧的指頭趕開蒼蠅。這個動作持續了一分鐘，忽然一滴巨大晶瑩的淚珠從萬福眼眶流出來，啪嗒一聲落在滿是糞便的沙地上。教士有些驚訝，但並沒停止手的動作，從眼眶撫到嘴角，再到低垂的鼻子和蒲扇般的耳朵。

不知過了多久，萬福巨大的身軀徐徐晃動了兩下，兩條前腿突然一屈，跪倒在地。她所在的位置，正好位於假山一處裂隙之下，如今正值正午，大象的身子矮下去，原本被遮擋的陽光便投射下來，恰好照在她的前額和教士之間，把他們兩個籠罩在一片神聖的金黃色光芒中。

這個動作，也許只是母象太虛弱了，實在無力支撐自己的身軀，並沒有什麼深意。可柯羅威教士卻一下子淚流滿面。他認為自己聽見了啟示，聽見了一個受苦的靈魂正在做最後的呼救。

他拍了拍萬福的身體，在內心做了一個瘋狂的決定。

「跟我去赤峰吧，那裡是你我的應許之地。」柯羅威教士喃喃地說。

萬福似乎聽懂了這句話，她努力捲起長鼻子，用如同手指一樣的鼻前突起，輕輕點了一下新主人的額頭——這對此時的她來說，可是一個奢侈的舉動。剛才那一連串眼淚，似乎把她烏黑的眼睛浸潤得有了一絲活力。柯羅威教士低下頭去，本想把鐵鍊從這頭可憐的動物腿上移開，但檢查後發現鏈條已經深深嵌入血肉，長在一起，如果強行解開將會導致大量出血，只好作罷。

柯羅威教士在胸口畫了一個十字，然後朝外面走去。萬福用鼻子稍微擋了一下，似乎有些戀戀不捨。不過她最終還是抬起了鼻子，目送著教士離開。她似乎明白，這個人還會回來的。

飼養員正在象園門口打著哈欠，似乎大煙癮又犯了。柯羅威教士徑直表示，希望在採購名單裡加入這頭母象。

對於這個請求，飼養員有些為難。他本來已經有了打算，等這頭象死掉，把屍體賣給京城裡的一位醫生。

柯羅威教士伸開雙手，對飼養員請求道：「給些憐憫吧，弟兄，她與我們的祖先曾同在方舟。」飼養員不太情願，可他也怕這位主顧拂袖而去，把整個買賣給攪黃了。經過幾輪討價還價，兩個人最終達成了一個協議：柯羅威教士再為這頭大象付一筆款子，外加一條純金的十字架掛飾，就可以把她牽走。

柯羅威教士還額外提出一個要求，讓他們從今天開始，恢復對萬福的食料供應，一切支出由他承擔，再找個獸醫，設法把那條鐵鍊取下來。萬福太衰弱了，必須儘快恢復健康，否則是沒辦法長途跋涉的。

在金錢的驅使之下，飼養員很痛快地答應下來。不過他不太理解教士的做法：「這頭母象到底有什麼價值呢？值得付出這麼大的代價？」

教士沒有回答，只是微微一笑，豎起手指點向天空。

他遠遠地再次遙望了一眼萬福。她居然轉過身來，背對著假山，向自己看過來。

萬福的出現讓柯羅威教士意識到，這個草原動物園的意義比原來要深遠得多。他堅信，上帝對命運的一切撥弄，都是大計畫的一部分。他既然看到了啟示，就要勇敢地迎上去，哪怕前方是鋪滿荊棘的懸崖。

離開動物園之後，教士回到總堂，著手準備前往赤峰的行程。很快他發現，有些問題不是光憑信念就能解決的……

從北京到赤峰有八百多里，不通火車，也沒有水路，只有一條不太平坦的官道供商隊通行。如果只是柯羅威教士自己出行，或者跟隨一支商隊出發，二十天左右即可抵達。

但因為教士的任性，要攜帶這麼多動物同行，讓這件事的難度成倍增加。

一頭獅子、兩匹虎紋馬、五隻狒狒、一隻鸚鵡和一條蟒蛇，需要雇用至少兩輛雙轅大馬車來運載。這些動物沿途要進食，還要有人照料，再加上教士自己和要攜帶的其他物資，總共要四輛大車，以及相應的畜力和人力。

而現在由於教士福至心靈，居然還要多攜帶一頭大象，讓完成北京到赤峰這段旅途變得比駱駝鑽過針眼兒還難。

北京城裡，拉貨的大多數是兩輪平板大馬車，運載能力十分有限。教士所能找到最大的馬車只能裝載四百斤，勉強可以運走營養不良的虎賁，但絕不可能運走萬福——她即使在最瘦的時候，體重仍舊超過八百斤，絕不可能通過馬車來運輸。

教士很疑惑，萬福的父母體形更加龐大，牠們是如何從天津運到北京的？

通過調查萬牲園的文獻和詢問飼養員，柯羅威教士才知道，當年萬福的父母來到中國，是先乘坐海船到天津港，然後被人牽著登上專門改裝過的火輪車，運送到北京正陽門。為了讓那兩隻龐然大物順利入園，朝廷甚至從正陽門火車站修了一條小支線，沿西城牆邊緣向北延伸，直達萬牲園的旁邊。報紙上對這件奇事議論了很久。

從天津到北京有鐵路，尚且如此折騰，更不要說從北京到赤峰了。

總堂的人竭力勸說柯羅威教士放棄這個異想天開的荒唐想法。在他們看來，柯羅威教士簡直是瘋了。與其要運送這些莫名其妙的動物，多帶去幾本《聖經》豈不是更合乎主的精神？總堂會督先後幾次找他談話，告訴他這裡是中國，特立獨行是一件非常有風險的事，尤其這件事既昂貴又毫無意義，如果讓別的教會知道，公理會派了一個馬戲團前往赤峰傳教，他們會淪為笑柄。

柯羅威教士興奮地給會督講了他在萬牲園假山旁的神啟，雙臂揮舞，兩眼閃閃發光，可會督卻面無表情。

「為何主的旨意，要通過一頭大象傳達給你？祂讓你帶這麼多動物去草原，又有什麼用呢？」會督發問。柯羅威教士回答說：「牠們是牧者的手杖，可以聚集羔羊；牠們是號角，是華國祥的電影放映機，是傳播福音的使者。您能想像到嗎？在古老的蒙古草原上，建起一座前所未有的動物園，是人們前所未見的景象……」

「我們要傳播的，是信仰，不是氣味。」會督開始不耐煩起來，「我看那個所謂天啟，只是你被大象糞便熏昏了頭，產生了幻覺。柯羅威弟兄，你現在的想法很危險，太過離經叛道。」

「我的看法正好相反，動物園的建立，會讓主在民眾心目中贏得更多好感。正如《使徒行傳》所言：『我們所看見、所聽見的，不能不說。』」

「我們不能像做生意一樣，把萬能的主當成一個籌碼；也不能像馬戲團外的三流魔術師一樣，用廉價輕佻的手法把那些潛在的信眾吸引過來。這些外物只會讓信仰蒙羞——而且你要小心，這已幾近偶像崇拜。」

「不，不，這只是一種手段，基督難道不是將加大拉的惡鬼附到豬身上才把他們趕落懸崖？」

會督歎了口氣：「你只是覺得這是一件很好玩的事情，想藉上帝之名來滿足你的好奇心吧？」

會督這句話倒是一針見血。柯羅威教士自己都說不明白，他如此執著於把動物們運到草原這個計畫，到底是信仰的啟示，還是單純覺得那一番景色會很有趣——正如會督所言，這個想法很危險，它暗示一個神職人員會為虔誠之外的情緒所驅動，將自己內心的渴望置於上帝之上。

「你究竟是為了建動物園而去赤峰傳教，還是為了去赤峰傳教才建動物園？」會督嚴厲地質問道。

柯羅威教士適時閉上了嘴，在胸口畫了一個十字，謙恭道：「我應該遵從我的內心，因為上帝最瞭解它，它最瞭解我。」

聽到他這麼說，會督一時間居然束手無策，右手食指煩躁地敲著桌上《聖經》的封皮。

美國公理會的組織結構，乃是各地教堂自治的鬆散聯盟，並不像天主教一樣有層級分明且控制力很強的上下級體制。正因為如此，柯羅威教士才能自由地在伯靈頓搞各種布道嘗試，沒人能真正約束他。公理會的中國差會雖然實行統一管理，但傳統仍在，教士本身的獨立性很強。如果柯羅威教士打定了主意，會督還真是沒辦法阻止。

思慮再三，會督只得委婉地暗示，如果柯羅威教士一意孤行，他隨時有權把前往赤峰的委任撤銷。沒有教會出具的介紹信，當地衙門不會認可他的傳教資格。柯羅威教士立刻表示，如果真是如此的話，他會選擇自行前往，為此被逐出教會也在所不惜。

「畢竟能裁判我們的，只有萬能的主。」柯羅威教士丟下這句話，離開了房間。

除了公理會之外，另外一個打擊來自北京的大車行。教士先後詢問了十幾家有長途貨運業務的大車行。那些掌櫃聽說要運送一批沒聽過的奇怪野獸，立刻拒絕了。北京到赤峰實在太遠，他們擔心半路上猛獸的氣味會讓駱駝和馬匹受驚，把整輛車都折進去。他們之間還流傳著一則奇妙的傳言，認為幫一個洋人運送洋獸，會遭到上天的懲罰。

再者說，就算他們願意，也沒辦法把萬福弄上車。她太重了，就算弄上車，也走不了多遠。

可教士太固執了。在假山前的那一次啟示，讓他的內心無比熱誠，他堅信帶著這些動物前往草原是一件極其重要的事，它的重要程度甚至在理性判斷之上。

一個人可以固執，也可以異想天開，當這兩種特質合併在一起時，他就會變成一團跳躍的火、一臺上足了氣的蒸汽機。柯羅威教士整個人都被這項事業迷住了，他日以繼夜地翻閱資料，尋找合適的承運商，毫不吝惜地花費著自己的積蓄。外界的反對，反而化成了推動他繼續向前的強大動力。

努力總會獲得回報。又過了半個月，運輸問題終於迎來了一個奇妙的轉機。

那個不小心燒掉了教堂倉庫的小孩子，他的父親老畢是一個老車把式，在這一行當裡頗有聲望。那次失火之後，柯羅威教士寬恕了老畢的兒子，主動放棄了索賠。老畢對此一直感念於心，當他聽說柯羅威教士在四處尋找車子時，便主動找上門來，願意提供這方面的服務。

聽完柯羅威教士的計畫，老畢猶豫了一下，這確實是個非比尋常的業務。他隨後一拍大腿，慷慨地說：「報恩不是買菜，豈能挑肥揀瘦。這件事我一定設法辦成。」

老畢活動了幾天，終於說服了幾個車行的伴當，只要價格合適，他們願意提供大車給教士。老畢拍著胸脯，說他會親自掌鞭，保證把教士安安穩穩送到赤峰去。

不過老畢也說，其他的動物好說，只有萬福是萬萬沒辦法運走的。

說到這頭大象，教士在準備期間，抽空去探望了她幾次。德國飼養員確實很盡心地在照料，萬福以肉眼可見的速度恢復了精神，毛皮和眼神都開始泛出光澤。她後腿上那條鎖鏈也被一位獸醫小心地取下來，不過留下了一圈黑褐色的烙印，像戴了一枚戒指似的。

萬福每次看到教士來，都會揮舞鼻子，親熱地在教士臉上蹭來蹭去。烏黑的大眼睛裡，透著安詳與平靜，當初那股死氣沉沉的晦暗霧氣，逐漸在瞳孔裡消散。教士很高興，他從未婚配，更無子嗣，現在在萬福身上，他居然體會到了一種作為父親的樂趣。

只要時間允許，教士會坐在象舍裡，仰著頭一待就是幾個小時。萬福從來沒有不耐煩，她總是安靜地站在教士旁邊，為他驅趕蚊蠅。

老畢也帶著兒子小滿來看過萬福。老畢對大象有些畏懼，只敢遠遠地看著。他也不允許小滿靠近，生怕再惹出什麼禍事來。這位粗心的父親並沒注意到，一進入萬牲園，小滿的表情便放鬆下來，一改平日的冷漠。他的眼珠咕嚕咕嚕地轉動著，鼻孔翕張，緊繃的肌肉緩緩放鬆下來，彷彿這裡才是他的家。

小滿趁兩個大人交談的時候，鑽過那一片濃密的野生綠障，一抬頭，看到一隻虎皮鸚鵡蹲在一棵喬木上。鸚鵡看到小滿，興奮地拍拍翅膀，開口講話。牠在萬牲園待得太久了，學會了各種動物的聲音，一張嘴就好似一場動物的大合唱，既有馬牛的嘶鳴，也有獅虎的低吼，還有水鳥的鳴叫與貓頭鷹那淒厲的長啼。這些合唱沒有章法，更無規律可循。鸚鵡有足夠的本能去學習外界的聲響，卻沒有足夠的智慧把它們按邏輯播放出來，結果就像是一台壞掉的留聲機，隨時可能發出任何動靜。

小滿站在樹下，咯咯地笑了起來。對他來說，這簡直妙不可言，比外面什麼都好。小滿也學著鸚鵡的模樣，居然用嗓子發出一些類似的音節。開始時，他的聲音還顯得生澀，到後來，這一人一鳥的聲音已經越來越趨近——小滿從小就有這個毛病，無法與人交談，卻可以發出逗弄老鼠和貓的聲音，這讓他的父親一度以為孩子中了邪。

鸚鵡跟小滿呱啦呱啦說了半天，突然之間，牠轉動脖頸，振翅遠飛。小滿在後頭飛跑著追過去，一人一鳥你追我趕，穿過藤蔓和灌木叢，來到了一處偏僻的獸舍。

獸舍裡是一頭從美洲運來的野牛，牠正趴在地上，垂垂等死。牛頭歪斜著靠在畜欄前，棕黑色的濃密毛髮散發著惡臭，眼瞼外側堆積的眼屎幾乎快變成一層硬殼面具。鸚鵡飛過來，落在高高翹起的牛角之上，哇啦哇啦地叫起來，像是在召喚小滿。小滿走過去，揮了揮手，一片密密麻麻的蒼蠅嗡地騰空而起，縈繞左右不肯離去。

小滿遲疑地湊近野牛那碩大的頭，伸出小手去摸牠的額頭。野牛的耳朵擺動了一下，發出一聲沉悶的哞。小滿張開嘴，舌頭與嘴唇擺在了一個恰當的位置，也發出一聲哞，學得惟妙惟肖。野牛的兩隻牛角猛然晃動，驚起鸚鵡，整個龐大的身軀居然再度掙扎著站了起來，渾濁的雙眸凝視小滿片刻，轟然倒地，徹底死去。

也許牠已經孤獨太久，在臨死前終於聽到了來自同伴的呼喊，這才徹底釋然，安心離去。小滿呆呆地蹲坐在野牛的屍體旁邊，晶瑩的淚水從雙眼流出來，量不多，但源源不斷。他自己也說不上來為什麼要哭泣，好似一瞬間被一股超乎悲傷之上的情緒所籠罩。鸚鵡落在他顫抖的肩膀上，用尖利的喙梳理起自己的羽毛。

小滿沒有多做停留，迅速返回到象舍前。老畢和柯羅威教士仍舊在興致勃勃地交談，完全不知道還發生過這麼一段插曲。

後來老畢又來了幾次萬牲園，小滿每次都和鸚鵡偷偷跑去某一處獸舍。他會蹲坐在最近的地方，用手按住牠們的額頭，安靜地聽完那些動物垂死前的叫聲，再用同樣的聲音去撫慰牠們。棕熊、天鵝、麋鹿和阿努比斯狒狒，這些衰弱不堪的動物相繼在小滿面前安詳地死去，他忙碌得像是一位為死者臨終祈福的牧師。

初夏將至，當油坊胡同口大樹裡的蟬發出第一聲鳴叫時，柯羅威教士的運輸計畫終於成行了。

老畢不太虔誠，但卻是個善良而熱心的人。他對北京以北地區的風土人情都很熟稔，能夠為柯羅威教士的計畫查漏補缺。在他的幫助下，柯羅威教士才得以完成這一個史詩般的計畫。

老畢一共動員了四輛大車。一輛是帶篷的單轅廂車，負責運送柯羅威教士和一些隨身物品。另外三輛則是加固過的寬板雙轅大車，用的是榆木花輪轂，外面還特意裹了一層鐵皮，其中一輛用來運送虎賁和牠的籠子；一輛用來運送五隻狒狒與蟒蛇，還有一輛則裝載著藥品、書籍、衣物、糧食和一些工具。

那兩匹虎紋馬不必上車，老畢專門準備了兩條挽繩，把牠們拴在大車後頭，跟著車跑。這樣就可以省掉很大一部分運力。

至於萬福這個最大的麻煩，柯羅威教士的決定是她將跟隨車隊，步行前往。她的體形太大了，在京城無論如何也找不到能承受這個重量的馬車，老畢連洋行都問過了，沒有任何一輛馬車能單獨運走她。所以自行步行，是唯一的選擇。

為了確認萬福可以完成這次長途跋涉，柯羅威教士還請飼養員拍了一封電報去德國，詢問萬牲園的供應商寶爾德。對方很快做了回覆：因為體重和身體結構的緣故，大象不會跳，也不會跑，只能快走。不過牠們邁步很有技巧，始終是三條腿落在地上，這讓牠們消耗的體力比預想要小，也就能承擔更長的移動路程。野象狂奔起來可以達到每小時十八公里，即使是長途跋涉，象群的遷徙速度也能達到每小時七公里。

如果寶爾德的資料沒錯的話，萬福只要每天走上四個小時，只消大半個月和一點點運氣，就能順利抵達赤峰。這對大病初愈的萬福是一個嚴酷的挑戰，但絕對不是不可實現。

柯羅威教士覺得，時間可以不必那麼趕，哪怕每天只能移動幾公里，早晚也有到的一天。

他堅信主會保佑這次的旅途。

老畢也同意這個做法，雖然車隊的整體速度會被拖慢，但對轅馬的消耗會更小。他也有自己的小算盤，只不過這些事沒必要告訴柯羅威教士。

運輸的問題解決了，接下來就是補給。

其他人嚼馬餵的消耗，都不算什麼大問題。在柯羅威教士的車隊裡，麻煩來自兩個大胃王，一個是萬福，一個是虎賁。

虎賁每天至少要吃十斤肉，這是個很驚人的消耗。不過牠不怎麼挑食，無論豬、牛、羊、雞、鴨，來者不拒。而且在路上牠會一直待在籠子裡，可以適當減量。

萬福則比較頭疼。

自從得到了柯羅威教士的資助之後，萬福的身體恢復很快，同時恢復的還有體重和飯量。她的體重在兩個月內，幾乎突破了一千斤，每天至少要吃掉三十斤乾草或竹葉，還要有大量的果實與蔬菜作為調劑。

這麼大的消耗，不可能只依靠隨車攜帶，只能設法在沿途補給。所幸北京到赤峰的路老畢走過很多次，對沿途的官驛、民鋪和一些村落都非常熟悉。他拍著胸脯說，現在是初夏，今年兵災匪患少，路上應該還算太平。只要肯使錢，總有辦法能得到補給。尤其進入草原範圍之後，牧民們都會囤積一些牧草，萬福未必吃得慣，但至少餓不死。

當然，還有一句話老畢沒說出來：如果萬不得已，大不了把這些動物都扔下，人總能跑回京城或赤峰——他到現在也無法理解，柯羅威教士為什麼要把這些動物大費周折地運去塞外。

敲定了最後一個細節之後，柯羅威教士長舒了一口氣，對這個計畫非常滿意。它雖然花費不貲，畢竟還是一個可執行的辦法。他跪倒在地，誠心實意地向上帝表示感謝。如果當初老畢沒有帶小滿來教堂求助，如果小滿沒有把庫房燒毀，他就沒辦法寬恕小滿的錯行，又怎麼會得到老畢的幫助？上帝對這件事，一定是格外關愛的，不然怎麼會有如此巧合的安排？

老畢允諾，只要資金到位，十天之內他就可以把所有的事情都安排好。柯羅威教士問過飼養員，後者表示，萬福和其他要帶走的動物在十天之後能夠調養到最好的狀態。本來教士希望飼養員能夠跟隨車隊，沿途照料動物。不過飼養員婉言謝絕，他受夠了，已經買好了船票，只等著送走這一批動物就登船回家——至於萬牲園裡的其他動物，只能自生自滅。

接下來，對教士而言只剩下最後一個障礙。

柯羅威教士衝進會督的辦公室，把一封信拍在棗紅色的辦公桌上。裡面只有一頁信紙，寫滿了柯羅威教士引以為豪的花體字。這是一封聲明，柯羅威教士將為自己的行為負完全責任，一切與差會無關。

會督無奈地看著他，問他到底想要什麼。柯羅威教士說：「我需要您給我開具一份給總理衙門的介紹信，這封聲明將留在您手裡。如果我惹了什麼麻煩或遭遇什麼不幸，您可以憑它向總部解釋，一切都是我魯莽的個人行為，並非是您的失職。」

會督搖搖頭：「既然你知道是魯莽的行為，為何還要一意孤行？難道你在美國也是這麼胡鬧……」他說到這裡，突然停住了。還沒等會督收回，柯羅威教士已經咧開嘴，像個天真的孩子似的笑了：

「沒錯。我在美國就是這樣。」

「希望你不要忘記我們來中國的目的，願主與你同在。」

柯羅威教士指了指天空：「這正是我去赤峰的意義所在。」

會督沒什麼要說的了，他歎了口氣，提筆為這位弟兄簽發了一封介紹信，然後把那份聲明不動聲色地放回到抽屜裡。

事就這樣成了。

第三章　承德府

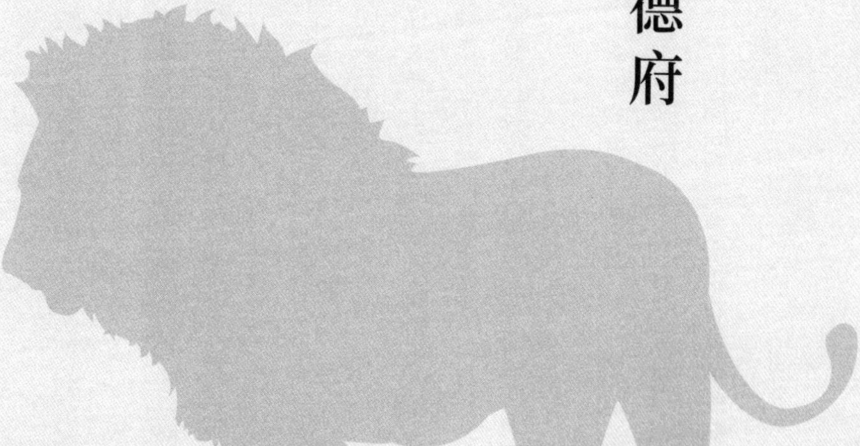

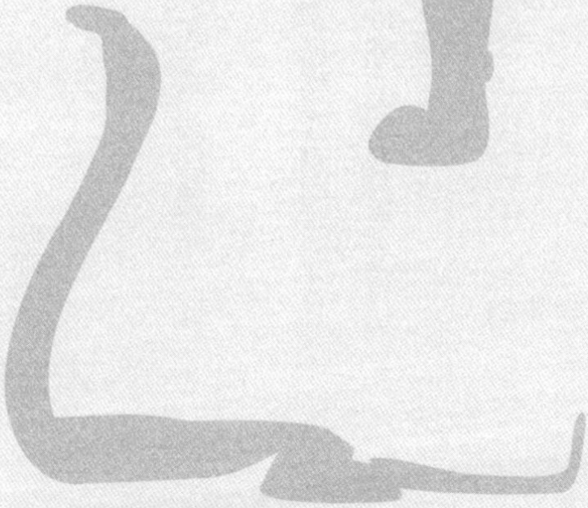

柯羅威教士的車隊，出發的日子是在七月的一個炎熱的清晨。天邊的晨曦邊緣繡了一圈金邊，預示這又是一個晴天，略有些悶熱。

早上七點鐘整，柯羅威教士換上一身整潔的綢面黑袍，一臉肅穆地等在萬牲園門口。其他動物都已經妥當地裝在籠子裡，只有萬福站在他身旁。飼養員如釋重負地朝遠方眺望，希望能早一點把這些負擔交接出去。

老畢還沒到，他要先駕著馬車趕到燈市口教堂門前，在那裡裝好教士的其他物品，再和其他車夫會合，然後一起出城朝萬牲園趕去。

約莫等了半個小時，遠遠地，教士忽然聽到木軲轆軋在土路上的咯吱聲，還夾雜著雜亂的馬蹄聲。他抬起頭，看到四輛大車朝著門口魚貫而來，揚起高高的塵土。教士的內心忽然湧起一陣激動，這趟籌謀已久的旅程終於要正式開始了。他捏住十字架，用拇指的指肚輕輕摩挲著，滿懷期待。

車隊很快在萬牲園前停穩。老畢的車走在第一位。他的那輛花輪大車和他的臉一樣飽經風霜，掛著彩綢的轅頭磨得渾圓，兩個大車輪上已有多處裂開的痕跡。粗布與竹枝紮起來的白車篷四處可見縫補痕跡，針腳很大，抬頭看時會覺得有無數蜈蚣爬動。拉車的兩匹雜色閹馬倒是精神抖擻，時常仰起脖子發出嘶鳴。

其他三輛車的狀況也差不多，雖然陳舊，但都保養得不錯。老畢找的這些車夫，對這趟差事都還挺滿意，運送教士是個好差事，酬勞豐厚，就是路上不太安穩。不過到了赤峰，他們還可以拉一批黃芪回北京，這一來一回，賺得可不少。因此老畢很輕易地就說服了他們。

幾個車夫停好了車，開始七手八腳地把那些動物都弄上車。獅子虎賁最麻煩，牠被關在一個木頭籠子裡，只能靠一排小滾木往馬車上推。虎賁對這個舉動不太高興，焦躁地轉來轉去，還不時試圖伸出爪子去撓周圍的人。老畢費了好大力氣，才安撫好那些車夫重新工作。

教士特意找了一片大苫布，把籠子整個蓋住，否則容易在沿途引發恐慌。

比起虎賁來，其他動物則好裝多了。狒狒們只是吱吱叫了幾聲，至於那條蟒蛇，仍舊懶洋洋地盤成一團，沒費多少周折就上了車。只有兩匹虎紋馬吉祥、如意不那麼配合，堅決不允許老畢給牠們套挽繩，一套就前蹄舉起，要麼就伸脖子去咬那些轅馬。飼養員只得用鞭子抽打，希望這些野性十足的傢伙能記住教訓。

老畢趕的車是單轅篷車，專用於坐人。車廂裡的前半部是柯羅威教士的座位，裡面是一個寬面板凳，上面很貼心地擱了一個塞滿糠皮的軟墊，上頭還掛了一個小巧的橫木架，虎皮鸚鵡正好可以站在那裡。車廂的後半部則是一些書籍、聖器、日常用品和幾件農具，這讓教士感覺自己像是去西部墾荒的移民一樣。

柯羅威教士懷裡還鼓鼓囊囊地揣著日升昌的二百兩銀票和三十枚鷹洋。教士自己的錢已經全投在動物身上了，這是總堂為開拓教士準備的啟動資金。會督雖然不贊同柯羅威教士的做法，但考慮到赤峰的惡劣環境，還以個人名義額外給他捐了一根金條。刨去建教堂的錢之外，這些錢足以支撐一年。至於一年後的開銷，就要靠柯羅威教士的智慧和主的意志了。

小滿也跟隨父親來送行，隨行的還有一個胖胖的女子。小滿的媽媽去世很早，這個女子大概是畢家的鄰居。老畢沒有別的家人，每次出遠門都會把孩子託付給鄰居照顧。

小滿好奇地盯了一會兒萬福，右手卻始終緊緊抓住老畢的衣角，咬著嘴唇，似乎不願意讓父親離去。教士從口袋裡掏出一塊巧克力，遞給小滿，說：「你的父親很快就會回來。」可小滿仍舊保持沉默，不見任何笑容。教士有點兒尷尬，摸摸身上的袍子，發現沒什麼其他適合送小孩子的東西。

他正在猶豫要不要摘下脖子上的十字架掛墜，忽然頭頂撲簌簌傳來聲音，那隻肥大的虎皮鸚鵡從車廂裡飛了出來，落在小滿的肩頭，發出爽朗而意味不明的叫聲。

鸚鵡的出現，讓小滿的表情鬆懈了一點兒。可老畢對兒子的出現卻很不耐煩，他把小滿拽住衣角的手粗暴地扯開，然後轉身跳上馬車。小滿「啊啊」地大叫起來，試圖阻止父親，女鄰居卻牢牢地抓住他的胳膊，不讓他向前去。

就在這個時候，萬福出乎意料地動了。她挪動緩慢的腳步，走到小滿身旁。女鄰居沒見過這麼碩大的動物，嚇得大喊一聲，鬆開小滿遠遠逃開。

小滿沒有動，他站在原地不知所措。萬福注視了他良久，小孩子忽然點點頭，對著大象發出一聲奇妙的哼叫。萬福略微低下頭，用長長的鼻子捲住小滿，把他幼小的身軀輕輕托起在半空。

在一片忙亂中，沒人注意到這個細節，每個人都以為是大象忽然要對孩子施暴。車夫們揮動馬鞭，發出吼聲，就連柯羅威教士都有點兒驚訝，想要伸手去阻攔。萬福不慌不忙，用長鼻子把小滿在空中移動，然後擱在了第一輛馬車的掌車位置，恰好就在老畢的身旁。轅馬不安地踢了踢地面，把車子扯動了幾分。

這個意外的插曲讓周圍人鬆了一口氣，大家都哄笑起來。老畢漲紅了臉，把不情願的小滿抱下車，交給戰戰兢兢的鄰居。小滿還是拽著父親的胳膊不撒手，老畢臉一板，給了他一巴掌，小孩子悻悻縮回了手。

柯羅威教士以為萬福對小孩子有著天生的好感，他拍拍她的耳朵說：「我們沒辦法帶一個孩子去草原，他會在京城等他父親回來。」萬福把鼻子垂下來，沒有再動，可是她看向小滿的眼神充滿歉疚。

老畢無奈地揮了揮手，胖鄰居趕緊把小滿抱開，轉身離去。小滿停止了掙扎，又恢復成那一副漠然的神情，他反身抱住大人，把下巴擱在胖鄰居的肩膀上，兩隻細長的眼睛一動不動地盯著車隊，就這樣逐漸遠離。

車夫們又繼續做起裝貨工作。很快，所有的貨物和動物都安置妥當。時辰已到，必須要出發了。

柯羅威教士費力地鑽進篷車的車廂裡，在墊子上坐好。虎皮鸚鵡撲落落地站到支架上，趾高氣揚地環顧四周。車夫老畢把辮子盤在脖子上，咬住辮梢，然後赤著腳踩住車邊的木頭側欄，嘎吱嘎吱地爬上車頂。

柯羅威教士好奇地探出頭朝車頂望去，看到老畢從懷裡拿出一個漆成土金色的木製十字架，用力往下插，恰好嵌在一個凸起的柳木座兒上。老畢晃了晃，確保十字架放穩，雙手拜了拜，然後跳下來。柯羅威教士知道，當地人管這個叫「請十字」，意在告訴沿途的人這是教會雇傭的車輛，這樣一般的盜匪和官府都不太願意招惹。

但老畢接下來的動作，讓柯羅威教士有些驚訝。他拿出一束香點燃，圍著馬車轉了一圈，嘴裡念念有詞。香煙很快繚繞在馬車四周。末了，老畢把香根兒插在馬兒的轡頭縫裡，和一個黃澄澄的鋥亮小銅鈴鐺拴在一起，跪在地上磕了個頭。

柯羅威教士學過本土宗教的知識，知道這東西叫作三清鈴，是道教的一種法器。他有些不悅地把頭探出車窗，提醒老畢這是一種褻瀆。老畢點頭哈腰地解釋，說這叫拜路神，拜了路神才好出發，拔腿順風順雨。又解釋說，車馬行忌說「上路」，都叫「拔腿兒」，扭扭捏捏就是不肯取下銅鈴。

在橫渡太平洋的輪船上，柯羅威教士曾閱讀過公理會先賢盧公明寫的《中國人的社會生活》。盧公明在1850年前往福建傳教，前後持續十四年，可謂功勳卓著。他在傳教期間，悉心研究了中國人的習俗、觀念以及信仰，他的著作是公理會來華教士們的必讀資料。

在書中，盧公明這樣評價中國的信仰狀況：在中國，人們抱持著這樣一種觀念——毋寧說是一種錯誤的觀念——他們認為每個人都可以在自己的信仰中找到天堂和救贖。這句話給柯羅威教士留下了十分深刻的印象。

儘管這本書寫於幾十年前，但老畢這種滿不在乎地從一個信仰跳到另外一個的舉動，證明盧公明對這個古老國度的評價現在仍不過時。

柯羅威教士堅持要把銅鈴摘下去，老畢不願意得罪這位主顧，只得不情願地摘走揣到懷裡。等到柯羅威教士一轉身，他又偷偷把銅鈴掛到車前板的擋子旁，拿了塊髒兮兮的墊布給蓋上。柯羅威教士看到了，不過沒有再堅持，而是默默在胸前畫了一個十字。

經過這麼一場小小的風波之後，老畢把車閘推開，鞭子凌空一甩脆響，轅馬打著響鼻邁開了腿，灰黑色的榆木輪子緩慢地碾過滿是塵土的路面，整架馬車的關節都發出吱呀吱呀的聲音。其他三輛車也陸續啟動。

兩匹虎紋馬分別被一輛車在側面牽著，不太情願地朝前走去。牠們很快發現四周和萬牲園不一樣，變得蠢蠢欲動，想要咬斷牽繩，各自跑開。

這時獅子的一聲低吼從苫布下的木籠裡傳出來，那兩匹呆頭呆腦的馬這才老實下來。

萬福則單獨拴在老畢的車後頭，緩慢地朝前走去。柯羅威教士從座位上回過頭去，關切地看向萬福。事實上，她才是整個車隊的控制者，每一輛車的速度，都必須以她為準。

萬福自出生以後，這是第一次離開萬牲園，也是第一次面對這個無比廣闊的世界。眼前的路那麼長，她既感到興奮，也有些畏縮。要知道，她還從來沒走過超過一百步的經歷，這個挑戰來得實在太快了。

她抬起左前腳，思考了一下，才落在地上，再抬起右後腳，還沒想好該怎麼擺放，可這時右前腳已經又要邁開了。她搖搖欲墜，東倒西歪，像是一個新生嬰兒蹣跚地在光滑的冰面上掙扎，又像是一部後輪陷入淤泥的舊車。無數黃色塵土在巨大身軀的踩踩下飛舞於半空，幾乎遮蔽了太陽的光輝。所有的轅馬都打起響鼻，此起彼伏地嘲笑起來。

在馬車的後半部分，堆放有一堆新採摘下來的竹葉和蒸好的大窩頭，方便萬福隨時捲起鼻子來吃。可小母象對這些不感興趣，她把全部注意力都放在了太過寬闊的前方。她覺得呼吸急促，心跳加快，四隻粗胖的大腿無論抬起還是落下，都伴著一陣短促的驚悚，眼前的大路簡直處處都是荊棘。

有那麼一瞬間，萬福的身軀向後挪動了一下，想退回萬牲園。原來那個骯髒、窄小的地方，現在卻那麼讓她留戀。

這頭小母象只走了一里左右的路便拒絕前進，戰戰兢兢地把求助的目光看向前方的教士。教士讓老畢停一下，跳下車子，走到萬福面前，用手去撫摸她的耳朵。

教士注意到，她的步伐太生疏了，而且右後腿不太靈便，那是鐵鍊鎖得太久導致的後遺症。教士本來打算給她釘幾個腳掌，可實在找不到鐵匠加工這麼大的物件，只好作罷。

教士牽起她的韁繩，與她並肩而行。萬福無奈地擺動一下長鼻子，終於再次邁開步子，謹慎地朝前走去。慢慢地，她似乎掌握了一點兒節奏，腳步變得輕快了一些。七月炎熱的風和青草，讓她回想起記憶在骨子裡的遙遠的家鄉，她發覺只有這麼走下去，才會讓這種感覺更明晰一些。

教士陪著萬福走了約莫兩里，看她終於掌握了節奏，這才回到車子裡。

大象的聽力很好，她偶爾回過頭去，聽到很遠的地方有一個小黑影正朝這邊奔跑。那是小滿，他又掙脫了胖鄰居的束縛，流著鼻涕朝車隊追過來。跑到半路，啪的一聲，小滿朝前摔倒在地，額頭似乎還有血流出來。胖鄰居很快從後面追上來，狠狠把他往回拽。小滿始終面無表情，可他喊出來的聲音，卻是大象才能聽懂的號叫。

萬福煩躁地扇動耳朵，想去提醒教士。可她只看得到教士的後腦勺，似乎在跟老畢說話。她只好垂下頭去，慢慢地挪動著腳步，朝前移動。慢慢地，撲倒在地上的小滿終於從視野裡消失。四輛車牽著兩匹馬和一頭大象，緩緩踏上了征途。

當這支奇異的車隊穿過城北的稅卡，踏上官道之時，柯羅威教士恰好聽見一陣悠揚的鐘聲從紫禁城的方向傳來。那鐘聲渾厚綿長，餘音繚繞，彷彿是家鄉的教堂在為他送行。

一踏上官道，坐在掌車位子的老畢就挺直了腰杆。他身上的畏畏縮縮消失了，整個人變得神氣活現，如同一位手握權杖的國王在巡閱自己的領土。

從北京出發向北的一路都很平整，畢竟這是天子經常往返承德的路線。在這個夏日，年輕的小皇帝顯然不會像他的祖先一樣去避暑山莊，所以路上最多的是那些背著包袱的老百姓和達官貴人的大小車馬，他們簇擁在路上，熙熙攘攘。

可任憑路上如何擁擠，老畢只憑著口中的幾個短促指令和半空甩出的鞭花，就可以指揮著這支車隊走得井然有序，穩穩當當，如同一隊游魚在水裡鑽行。

當然，走得這麼順利，有一部分要歸功於萬福以及那兩匹虎紋馬。許多行人和商販發現眼前出現一頭大象和兩匹黑白相間的馬兒，第一反應都是害怕地東躲西藏，唯恐被這些巨獸踩扁。不止一匹駿馬高揚起前蹄，被萬福驚走，馬背上的騎手狼狽地抱住馬脖子，發出一連串咒罵。他們迅速讓開一條通道，沒人敢和車隊並排競爭。

只有一個小孩子掀開藍色布簾，從車廂裡探出頭來，好奇地朝這邊張望。

萬福開始有點兒焦躁，但很快就適應了這種喧囂。相比萬牲園那種純淨衰朽的死寂，去往塞外的路上充斥著活力，這種活力粗糙而渾濁，盎然的生機在四處瀰漫。如果萬福的思緒能夠和教士相通，她就會知道，教士此時也是同樣的感想，不過要把萬牲園換成紫禁城。

這種沒經過硬化的路面，萬福走起來有點兒費勁。可隨著道路在腳下延伸，體內渴望自由的野性血液流速陡然加快。她感覺身體變得越發輕鬆，走得越發快起來。

她一快，整個車隊也隨著變快。四輛馬車在官路上飛馳，在老畢的帶領下超過一輛又一輛大車。榆木車輪碾軋在夯實的黃土路面，騰起歡快而輕盈的煙塵，讓湛藍的天空不時多出幾抹淡黃色。周圍的大車響、蟬鳴、牲畜的哼叫、馬鞭脆響、大人叫嚷以及小娃娃的哭泣聲此起彼伏，交織成一篇雜亂而充滿活力的交響樂。

柯羅威教士一隻手放在《聖經》的硬皮封面上，另外一隻手撫摸著虎皮鸚鵡，他一直觀察著這一切，試圖理解這混亂中隱含的秩序。他相信，只有理解了這種秩序，才能真正把握中國人的心。會督曾經批評過他，說他缺少其他傳教士那種對真理的執著，很容易被蠻荒之地的奇談怪論蠱惑、動搖。但柯羅威教士覺得，上帝的愛並非是居高臨下的施予，如果總是擺出一副俯瞰而非平視的姿態，那麼永遠無法真正走進他們。

這個草原動物園，可以視為教士的一次試探，教士希望這些動物能夠讓草原人袒露心聲。他相信，無論是在高緯草原還是熱帶叢林，好奇心始終是人類最基本的情緒之一。想到這裡，柯羅威教士微微呼了一口氣，把注意力集中在眼前的車夫身上。

草原居民如何袒露心聲，他現在還不清楚，但老畢上路以來，已經袒露了無數次。大概是為了排遣寂寞，老畢變得特別話癆，一邊趕車一邊喋喋不休。他那帶口音的話語和官話相比，說得又急又快，柯羅威教士只能勉強聽懂三四成，不過他大概能從語氣猜出，大多數是抱怨。

「柯長老，您說現在這行市，老百姓還有活路嗎？我小時候，上好的豬條子肉才四十文一斤，現在您看，九十文錢連老母豬肉都買不來！一天到晚，白菜豆腐，豆腐白菜，肚子裡刮不出二錢油。出門趕一趟車，一半都拿來孝敬稅卡了！

「哎呀，柯長老，我這是看您人老實，才接這活計。口外我一般是不去的，路不好走，又危險，去一趟保不齊連命都丟了。不過話說回來，如今兵荒馬亂，哪兒有安生路走哇，在哪兒都是一樣，唉！

「嘿，我跟您說，柯長老，早幾年您要坐馬車，我還真不敢拉，讓拳民給逮著，咱倆一塊兒點天燈。現在倒沒那麼多事兒了，可我得說一句，有些傳教的，像您一樣；還有些傳教的，真不是東西，淨坑人，變著法兒地撈錢。要不是擔心小滿這病，我真不想去那教堂呢。

「您問我那個傻小子他媽？唉！一生下來就給剋死了。謝三姑說，這孩子前世是他媽的仇人，這輩子是來索債的，要不他媽臨死前怎麼掐著孩子喉嚨呢，結果到現在小滿還不會說話，這都是冤孽——不過我這傻小子可有一樣能耐，牲口見了他都服服帖帖的，跟當官兒的見了洋人似的。要說這事也不奇怪，這龍生龍，鳳生鳳，還真就得咱這樣的老車把式，才能生出這樣的兒子。我都想好啦，這次回來就教他使鞭子，早點當家。啊？您說入教啊？這個再說，再說吧……」

老畢絮絮叨叨，手裡卻不耽擱，車隊不疾不徐地朝前開去，一路不曾停滯。車後頭的萬福牢牢跟著，顯得興致勃勃。

老畢說累了，便從車轅的掛把上摘下一個小嘴壺，咕咚咕咚灌了幾口茶水，然後對教士開口道：「哎，我說柯長老，這一趟，您使的錢少說也值半套宅院了。您說您費這麼大勁兒，把這些野獸運到赤峰，到底圖個啥呢？」

這個問題，他在之前已經問了不下十遍。可每次柯羅威教士都笑而不語，只讓他安心準備。老畢原本以為他是為了保密，現如今上路了，應該可以說了吧？

柯羅威教士聽到這個問題，把《聖經》在膝上合攏，鄭重其事地說道：「因為赤峰就在那兒。」

「啥？誰在那兒？」老畢有點兒摸不著頭腦。

柯羅威教士瞇起眼睛，看向遠方：「我在美國的時候，曾經認識一位博物學家。他最喜歡的，就是去尋找全世界各種各樣的動物和植物，從巴布亞紐幾內亞到剛果（布），每年都在一些聽都沒聽過名字的偏遠地方遊蕩，好幾次都差點喪命。很多人問他：『找那些東西根本賺不到錢，為什麼還要樂此不疲？是有什麼深刻的用意嗎？』他回答：『因為那些珍禽異獸、奇花異草就在那兒。』」

老畢「嗯嗯」地點著頭，其實還是一片茫然。

教士歎了口氣：「有些事情，本身的存在就是目的，這是命中註定。赤峰就在那兒，它是我和這些動物的應許之地。我別無選擇，只能遵從那一位的意旨。」

老畢沒有繼續發問。他私下裡承認，自己比發問前知道得更少。

第一天他們一共走了大約四十里路，中途休息了四次，給動物補充水分和飼料。太陽快要落山的時候，教士考慮到萬福的承受能力，果斷決定駐車休息。

老畢在停留的大車店附近，給萬福找了一處背風的樹林安置。教士親自打來幾桶清冽的泉水，讓萬福咕咚咕咚喝了個痛快。他隨後又檢查了一下萬福的四個腳掌，發現底部已經磨出了血，爪甲也出現了磨損。教士有些心疼，如果任其發展，萬福很可能會在兩三天內瘸掉，那就徹底無法前進了。

最後還是老畢的一個車夫想到一個辦法：用土麻布襯著光棉布，兩層布裹在腳掌上，再拿繩子綁死。這樣一來，萬福在走路的時候，腳掌能得到一定程度的保護，不至於磨損過度。就算在行進途中裹腳用的布破了也沒關係，換一塊就是，方便得很。

畢竟萬福不是馬匹，只要走完這一趟就夠了。

至於其他動物，牠們的情緒都很穩定。蟒蛇繼續盤睡，狒狒們互相爭搶著吃食，兩匹虎紋馬不住地踢踏。虎賁對這一天也很滿意，牠吃了五斤羊肉、五斤豬肉，然後在籠子裡躺了一天，除了顛簸沒什麼可抱怨的了。牠的存在，還帶來一個意想不到的好處，車隊停放處周圍沒有別的生物敢靠近，包括盜賊和野獸。

當晚的雲層很厚，沒有月光和星光，整個大車店周圍都漆黑不見五指。教士睡不慣滿是跳蚤和汗臭的大通鋪，起身走到樹林裡來。沉滯的夜色吸納掉了所有的聲音，萬福正安靜地站在林中，只能勉強看到輪廓。今天一天的跋涉，讓她疲憊不堪，早已睡著。蒲扇大的耳朵不時抬起來，旋即垂下去，教士猜測她大概是在做夢，不知在大象的夢裡，是否會出現家鄉的景象。

虎皮鸚鵡沒有睡著，牠聽到教士的腳步聲，就振起翅膀飛了過來，張開大嘴要叫。教士連忙把牠捏住，塞進口袋裡。

教士先檢查了一遍其他的籠子，然後撿起一根樹枝，在萬福旁邊的沙地上畫了一張地圖，他把一塊紅色石塊放到了上面，代表赤峰。教士靠在萬福巨大的身軀旁，喃喃地隨意說起未來的期望，不知是說給聽不見也聽不懂的大象，還是說給自己。

他的眼前出現一個寬闊而精緻的大院子，面積起碼有五英畝（1英畝約合4046.9平方米），裡面遍佈灌木和柳樹，旁邊還有一處水源。這是教士希望見到的動物園，這裡的正門是一個拱形月門，要塗成綠色，上面纏著藤蔓。拱門的正上方是一個十字架，還要有月桂花冠和一顆孤星，這樣人們會像東方的三位賢者一樣，趕來這裡。萬福的象舍就在最中央的地帶，旁邊是虎賁的假山和虎紋馬的跑場。教堂與動物園毗鄰而建，要有一個高高的鐘樓，遊客們觀賞的同時，就能聽到教堂的鐘聲召喚……

他一邊說著，一邊在沙地上勾勒。不知何時，啪嗒一聲，樹枝落在地上，教士就這樣靠著大象，沉沉睡去。次日當他被頭頂的陽光曬醒時，發現萬福正溫柔地注視著自己，身上還蓋了一層用鼻子捲來的樹葉，小尾巴擺來擺去，驅趕著試圖靠近的蚊蟲。

「赤峰就在前頭，今天還有很長的路要趕。」教士說，也不知道萬福是否能聽懂。萬福沒表示什麼，反而是那隻虎皮鸚鵡嘹亮地喊了一句：「死鬼！」然後自己飛進車廂，落在架子上。

接下來幾天的行程，沒有特別值得一提之處。自從加裝了裹腳布以後，萬福走起路來越發順暢，除了速度稍微慢一點外，沒什麼異狀。原先教士很擔心她長期營養不良，貿然做這種長途跋涉，健康說不定會出問題。但出乎意料的是，萬福的身體非但沒惡化，反而因鍛煉而愈加健壯，邁步的姿態更加有力，休息的間隔變得更長。

在一些上坡路和不利於行車的溝坎地帶，萬福還發揮出了那些轅馬所做不到的功能，用自己的身軀把馬車一一拽過去。萬福靠著這種方式，很快在車隊裡建立起了小小的權威。圍觀的車夫們嘖嘖稱奇，覺得如果有這麼一頭大象拉車，好像也不錯。不過他們在打聽完大象的食量之後，一個個紛紛搖著頭離開。

每天晚上車隊休息的時候，教士都會跑到萬福身邊，貼著她的身軀勾畫未來，然後一覺睡到天亮。老畢覺得教士總睡在外頭，既不安全也不衛生，可他根本沒法說服教士，只好也跟著過去，手執一根大棒，防止意外發生。

老畢的擔心是有道理的。第五天夜裡紮營的時候，附近村子裡的一個小偷試圖湊近車隊，他看上面裝滿了東西，想占點便宜。結果還沒等動手，五隻敏感的狒狒就吵鬧鼓噪起來，在籠子裡又叫又跳。老畢和車夫們都被驚醒，朝這邊跑過來。

小偷不甘心，猛地掀開苫布想順點東西再走，沒想到一股帶著威脅的惡臭撲面而來，差點把他熏暈。小偷定睛一看，眼前是一頭從來沒見過的兇猛野獸，正張著血盆大口，齒間似乎還掛著血淋淋的肉塊——他登時被嚇得魂飛魄散，躺倒在地不省人事。

被吵醒的虎賁覺得莫名其妙，打了一個哈欠，繼續趴下沉睡。

經歷了這麼一個小小的插曲之後，接下來的路途變得很是順暢。柯羅威教士在半路上時不時地跟老畢聊天，打聽關於赤峰的各種細節，甚至還學了幾句蒙古語。

老畢給柯羅威教士解釋了一下，北京往西北，出了張家口，叫「口外」；往東北，出了山海關，叫「關外」。而赤峰恰好位於兩者之間，是聯繫東北、直隸與蒙古的必經之處，五路通衢，商埠雲集，是塞外一處重要的樞紐，物產豐富。這次去赤峰，老畢承認自己打算回程時弄點兒黃芪，只要能運回京城，利潤頗豐。

一談起生意經來，老畢開始喋喋不休。柯羅威教士發現老畢這個人對外地風土毫無興趣，只關心買賣能不能賺錢，便放棄了攀談的打算。他把車廂簾子拉上，想圖個清靜，卻發現還得面對虎皮鸚鵡的不停聒噪。

從北京到承德府，整個車隊走了足足七天。這一路除了鸚鵡和老畢的嘮叨之外，沒有發生任何令人不快的意外。動物們的狀況都很穩定，連脾氣最惡劣的兩匹虎紋馬都認了命，老老實實跟在車後頭走。

承德府是清朝皇帝在夏季避暑時居住的宮殿，同時也是一條文明的分界線。

它的城門巍峨高大，氣度不凡。一進城，柯羅威教士就感覺到，這裡的建築和京城風格差不多，但居民的氣質卻有了些許變化，他們講話嗓門變得更高，步伐也大了很多，穿著風格直率而鮮明。柯羅威教士在中國待了這麼久，憑藉著敏銳的觀察力，已經可以分辨其中的微妙差異——戴瓜皮帽的是北上的山西皮貨商人，他們總喜歡瞇起眼睛，用細嫩修長的手指拈著唇邊的兩撇短須；穿藍色單袍和紫色平頂氈帽的是蒙古牧民，他們臉膛黑紅，皮膚粗糙，雙腿因為常年騎馬而微微外撇；還有些虯髯大漢，他們腰纏緊布帶，敞開短衫，衝過路的人投來警惕的目光，多半是來自滄州的鏢師了；只有滿洲官吏們仍舊冷漠呆板，一如京城。

他們把車隊停在了距離承德府衙門最近的一處場子，然後老畢帶著柯羅威教士來到當地衙門，辦理通行手續。教士拿出總理衙門出具的許可佈教文書和公理會總堂簽發的介紹信，遞給接待他們的一位官員。這位官員帶著忌憚和輕蔑草草翻了一遍，深深地打量了柯羅威教士一眼，拿起報關單子，拖著長腔兒問道：「大象、獅子、狒狒、蟒蛇、鸚鵡和虎紋馬？這都是些什麼東西，為何要運去赤峰？」

柯羅威教士耐心地解釋，他希望能在草原上建一個動物園。官員聳聳鼻子，對這個陌生的名詞充滿警惕。他問道：「這和傳教有關係嗎？」

「嗯……沒有直接關係，您可以把它們當成兩件事。」

官員抖了抖那封介紹信：「可是總堂開具的介紹信上，只說了讓你去赤峰傳教哇，並未見到有許可開辦動物園的字樣。上頭既未批准，這關防，如何能蓋？」

柯羅威教士這才發現，總堂會督玩了一個小花樣，只替他傳教的事務背了書。這一下子，讓他的處境變得很尷尬。

官員把下巴高高抬起來，似乎抓住了他的痛腳：「不要以為我沒見過教堂，咱承德府也有一間。裡面的洋和尚我打過交道，知道你們洋教是怎麼做事的。人家老實本分，除了念經就是種菜，可從來沒帶著這麼多稀奇古怪的動物瞎溜達。」

柯羅威教士一聽，眼神倏然一亮：「承德府內的教堂，是在哪裡？」

官員冷冷地哼了一聲，沒有回答。站在一旁的老畢偷偷提醒了一句，柯羅威教士才如夢初醒，掏出一枚銀圓，動作生澀地放在桌面上。官員發出不滿的嗤聲，拿起銅煙槍吸了一口，身子紋絲不動。老畢推開柯羅威教士，伸開五指將銀圓罩住，慢慢拖回來，然後從桌子底下塞過去。官員這才放下煙槍，接過賄賂，然後緩緩拿起關防，在上頭砰地蓋了個血紅的印章。

柯羅威教士想趕緊把文書取回來，官員卻用巴掌給扣住：「等一下，我還要查驗一下才成。」

洋人的新玩意兒太多了，保不齊又有什麼花招。這是有先例的，先前灤平有傳教士申請傳教，說要額外修建一座貞女院和老頭會，沒想到他們藉著這個名頭，在教堂旁邊的山上開了礦，差點兒惹出一起教案來。

朝廷對傳教這事兒雖然無可奈何，但具體的管束還是挺嚴格的。以策萬全，官員決定親自去看看。

在老畢和柯羅威教士的帶領下，官員帶著幾個隨從來到停放車馬的大場地。他注意到，教士的車隊四周很空曠，其他商隊都刻意保持著距離。

官員先看到了萬福，他此前只在廟裡的菩薩造像上見過大象，親眼看到活的，還是第一次。萬福經過幾天長途跋涉，風塵僕僕，看起來十分疲憊。四隻腳掌上的裹腳布還沒取下來，底部幾乎被磨穿，髒兮兮的看不出本來顏色。

官員饒有興趣地圍著萬福轉了一圈，還用手裡的煙槍輕輕戳了一下。萬福只是不滿地甩了甩鼻子，沒有做出其他反應。然後官員又檢查了狒狒、虎紋馬和蟒蛇。官員對那條巨大的蟒蛇興趣最大，悄悄地問老畢，能不能把這條蛇給他拿來泡酒。教士婉拒了這個請求，讓官員有些不高興。

最後檢查的是虎賁的籠子。官員先前被拒絕了，心裡有氣，習慣性地用煙槍狠狠地戳了一下。虎賁絲毫不給這位大人面子，鬃毛豎起，怒吼著反抓了一把。官員「啊」的一聲，嚇得整個人往後倒去，一屁股坐到了泥地上。那一根黃澄澄的銅煙槍，啐吧一下被壓成了兩截。

身旁的馬弁急忙彎腰去把他扶起來。官員臉色紅一陣白一陣，在確認這頭野獸衝不出籠子以後，連連揮動手臂，聲嘶力竭地喊著說：「快把這玩意兒給我幹掉！」

馬弁們抽出了腰刀，可是懾於雄獅威風凜凜的模樣，誰也不敢向前。他們對石獅子司空見慣，可從來沒見過真正的獅子，這頭猛獸看起來似乎比老虎還要兇殘。官員甩動著沾滿了泥水的衣袍，催促他們儘快上前。

柯羅威教士見勢不妙，急忙上前，用身子擋在了籠子跟前，質問官員動手的理由。官員也不太敢對洋人動手，沉著臉說這頭獅子有傷人的危險，不能在承德府這麼重要的地方放任自流，必須立刻處決。

馬弁們聽到官員吩咐，都紛紛衝上去，要把教士扯開就動手。場面眼看要僵，老畢趕緊走到官員跟前勸解，他低聲提醒道：「您看，萬牲園是老佛爺的愛物，這位教士能從裡面把動物弄出來運到赤峰，在京城一定是有勢力的。如果弄成教案，可就不好啦。」

這個亦真亦假的威脅，讓官員的氣憤稍微收斂了一點兒。但是他認為自己的顏面受損，要求教士賠償那一支銅煙槍的錢，同時勒令整個車隊都必須停留在城外，不允許進入承德。

不進入承德，意味著車隊人員和牲畜得不到好的休息，補給也要大費周章。不過這已經是老畢能爭取到的最好結果。於是柯羅威教士從官員手裡取回蓋了關防大印的文書，匆匆帶著整個車隊出了承德城。動物們還好，車夫們怨聲載道，這麼炎熱的天氣，他們本以為可以好好放鬆一下，這回希望全落空了。

失意的車隊隆隆地駛出了黑漆漆的城門洞子，柯羅威教士問老畢怎麼辦，要不要乾脆繼續沿官道北上。老畢建議說最好不要急於上路，長途跋涉了這麼久，無論是人還是牲畜都需要好好休整一天。他知道承德城外還有個合適的地方，讓教士儘管跟著走。

承德這裡的路面用夯實的黃土與石子鋪就，裡面還摻雜著許多乾草梗，因此比南邊的京城官道更硬實。車輪軋在上面，發出咯吱咯吱的聲音，跑起來頗為平穩。整個車隊沿著承德府暗灰色的高大城垣繞了小半圈，然後轉向西北方向。一過角樓，柯羅威教士眼前陡然出現一幅壯觀的景色。

一條用碩大銀錠扣連接的青石大堤橫亙在面前，堤壩用七層灰青色條石堆砌而成，石塊之間都抹著白灰泥漿，狹長而堅固。石堤旁邊是一條蜿蜒的寬闊大河，河水莊嚴流淌，如萬馬奔騰，直至遠方。老畢說這河叫作武烈河，河水豐沛，到了冬天非但不封凍，反而熱氣騰騰，當地人都叫它熱河。

武烈河綿延到承德這一段，河道出現了一個巨大的拐彎。一到夏季豐雨，極易蓄勢漲水。這座銀錠大堤最北端到獅子溝，南到沙堤嘴，長十二里，正好把城池攏在臂彎內側，就像一條巨大的石蛇橫臥在前，抵擋武烈河對承德府的侵襲。有了這個堤壩，非但承德府得以平安，就連沿岸也受益匪淺。

在河堤向東大約一里的地方，有一道閘門，用來排泄城中積水，泥沙大多積蓄在這裡。日積月累，這道閘門附近的河岸抬升，水位很淺，逐漸形成了一片長滿蘆葦的淺灘子。

這裡取水非常便當，又靠近官道，地勢很好，完全可以紮營駐留。很多捨不得在城裡住店的商隊，就把隊伍拉到這裡露營，叫作駐馬石。老畢曾經住過一次，所以知之甚詳。

車隊抵達以後，老畢打了個呼哨，車夫們紛紛把轅馬卸下來，趕到河邊讓牠們喝水。教士想了想，親自牽著萬福走到蘆葦灘旁，示意她試著往水裡站站。

萬福對巨大的水聲感到很畏懼，向後退去。她不明白，為什麼教士要把她往這麼可怕的地方趕。教士沒有催促，而是自己先向水裡走去，步履穩定，眼神堅定，直到水流沒過膝蓋才停住。他轉過身，向萬福做了一個歡迎的手勢，像是一位和藹的父親在召喚孩子。

在教士的鼓勵下，萬福戰戰兢兢地朝前移動。她的腳掌試探著踏入水中，濺起一圈水花，受驚似的又退了回去，過不多時，又一次小心翼翼地邁進去。這一次她走得很踏實，粗壯的腳掌一下子就落到了水底，淤泥和水草打著旋兒浮起來，還躍起一條小小的魚。

一步又一步，萬福慢慢地朝武烈河的中央走去，很快半個身子都沉浸在清澈的河水裡。對她來說，這是一種全新的體驗，從前萬牲園的飼養員最多會潑幾桶井水，北京城可沒機會讓她如此奢侈地在水中嬉戲。

在這個炎熱的季節，武烈河的河水顯得非常清涼。澎湃的水流不斷撞擊著大象的身體，絲絲縷縷的涼意滲入萬福的意識。萬福下意識地試探著把長長的鼻子探入水中，吸進滿滿一管水，再翹起來，朝著自己身上噴去。高壓水流從鼻孔裡高速射出，如同一陣暴風吹走了脊背上的層層灰泥，那是這幾天長途跋涉所積累下來的汗液與塵土。緊接著，又一束清潔的水流噴湧而來，這次萬福把鼻孔放得更近了一些，水流橫掃大象厚皮上的每一條褶皺，像耙子一樣勾出了沉積多年的硬質污垢，把它們刨鬆、泡軟，然後沖刷一空。

水流持續不斷地從萬福的鼻孔噴出，一條條黑膩膩的濁水像罪孽一樣，從萬福的身軀流瀉而下，很快散在河水裡，消失至無形。隨著沖刷，她汙灰色的皮膚上出現了一道道淺淺的白痕，而且在不斷擴大，那情景，簡直讓人懷疑她偷了虎紋馬的皮披在身上。

萬福舒服得簡直像要升天一樣，自她降生以來，還從未如此舒暢痛快過。那顆幾乎已麻木成石頭的心臟，因教士而軟化，現在因這一條河水而徹底復甦。清涼的溫度與沐浴的快感深入骨髓，深入魂魄，似乎連蒙在靈魂上的塵垢都得到淨化。萬福忍不住昂起頭顱，揚起鼻子，向半空噴出一團散碎的水花，將遠方的落日折射成無數奇妙的光芒。水花落下，帶走了最後一點污濁，讓她徹底顯現出本來面目。

那一刻，教士站在不遠的地方，半泡在水裡，瞪大了眼睛。直到此時，教士才發現萬福其實是一頭白象，只因為出生後從來沒有洗過澡，皮膚上結了一層厚厚的垢殼，掩蓋了她的本色。萬福那白色的皮膚，好似一條純白的亞麻布袍子。

一頭純白無瑕的白象浸泡在清涼晶瑩的河流中，高高揚起長鼻，朝向天空。穹頂之上，晚霞燦爛，如基路伯*噴吐出的火焰，彷彿遠方地平線的盡頭就是伊甸園。這一刻的震撼，讓教士不由得高舉雙手，脫口而出：「我為你施洗，因父、子與聖靈之名。」

在完全無意中，他竟促成了一次為萬福舉辦的完美洗禮。

萬福並不理解教士的古怪舉動，但她確實很享受泡在水裡的安靜時光。她把自己的身軀清潔乾淨之後，長鼻子反覆伸入河裡，把水噴向旁邊的車夫們，惹起一陣大笑和怒罵。

很快她就愛上了這個遊戲，把注意力放在了其他動物身上。虎賁停留在馬車上的籠子裡，沒人敢把牠放出來。萬福注意到這邊的動靜，對著籠子也噴了幾下。虎賁覺得很涼快，抖了抖鬃毛，發出一聲愜意的低吼。旁邊兩匹虎紋馬嚇得一陣跳躍，扯動大車，差點給拽到灘塗上去。狒狒們也享受到了同樣的清涼待遇，牠們抓住欄杆，又蹦又跳，恨不得自己跳下去。

最倒楣的是那一隻虎皮鸚鵡，牠被一束水柱直接噴中，從半空跌落到裝著蟒蛇的籠子頂上。牠抖了抖沾滿水珠的翅膀，悻悻地嘟囔了一句：「真該死！」——這是牠跟車夫們新學的——卻不知道，蟒蛇此時悄然抬起了頭來，反覆吐著芯子，似乎覺察到了頭頂的異狀。

若不是一個好心的車夫把鸚鵡抓走，恐怕牠就會變成蟒蛇的一頓晚餐了。在車隊上路之前，教士已經給蟒蛇餵了一隻雞和一隻兔子，牠至少一個月不用進餐。不過牠也絕不介意偶爾

---

* 基路伯：基督教中的智天使。

來點小零食。

河灘上的喧騰持續了很久。天色漸暗，牲畜們喝足了水，被陸陸續續拽上岸來。車夫們開始紮營做飯。萬福也心滿意足地朝岸上走來，她已經把自己洗得乾乾淨淨，一塵不染。恢復了白色的大象，走起路來異常莊嚴。車夫們竊竊私語，覺得她和廟裡的神獸很像。

教士親手牽著萬福走到宿營地，給她抱來了一大捆香噴噴的乾草。萬福晃動著耳朵，埋頭大吃起來。教士站在極近的地方，注視著她的表皮。這是一種純潔的白，內斂祥和，微微發暗。皮膚表面不算光滑，呈現出密密麻麻的網狀紋理，溝壑縱橫。上面還有一層剛硬的短毛，每一根毛尖上都帶著一滴晶瑩的水珠。在白色背景映襯之下，水珠更顯剔透。

「渡過這一條河，你變得完全不一樣了。」教士伸手去撫摸萬福，喃喃自語。

正在這時，一隻手搭在了教士的肩膀上。他回頭一看，原來是老畢。老畢神秘兮兮地對柯羅威教士說：「我帶你去看一樣東西。」

於是兩個人離開宿營地，朝著堤壩走去。老畢沒說去看什麼，但教士覺得這人不會無緣無故做這個舉動，便老老實實跟在後頭。他們從河灘旁邊走到堤壩底部，沿著一條小石階爬到了堤頂。

堤壩有七層青石那麼高，可以俯瞰遠近幾十里的風景。老畢抬直手臂，讓他朝武烈河的上游望去。教士順著老畢的手指眺望，只看得到鬱鬱蔥蔥的森林和一道隱約的峰巒曲線，似乎在那裡橫亙著一道更為巨大的堤壩。在落日的照耀下，那一片遠方半明半暗，似是神秘國度的入口。

教士把疑惑的眼神投向老畢，不明白他到底想表達什麼。

老畢熱情洋溢地說：「沿著這條河一路北上，前方就是皇家獵苑——木蘭圍場。打從康熙爺開始，歷代皇上打獵都在那裡，地地道道的草原風光。過了圍場，就到赤峰州了。」

「可以看到草原嗎？」柯羅威教士對自己的夢想念念不忘。

老畢快活地說：「您想看草原還是想看山，都沒問題，全看是走哪條路了。」說這話的時候，他語速有點兒放緩，看向柯羅威教士的眼神中卻多了幾絲狡黠。

「嗯？這是什麼意思？」教士問。

「從那裡走，也許比官道更近一些，能更早抵達赤峰州。」老畢說出了真實的用意，然後盤著腿坐下，給教士詳細地講解了一下。

承德到赤峰州之間，被崇山峻嶺阻隔，其中最雄壯高大的一道山嶺叫作茅荊壩。所謂的「壩」並非是真的堤壩，而是說山嶺平整寬大，橫亙百里，如堤壩一般牢牢阻擋在面前，山勢雄峻，極難翻越。所以官道一般都向東繞到卓索圖盟的平泉、塔子溝、建平，再到赤峰州。這條路上的巡檢稅卡太多，商隊走起來要繳好幾次稅。

此前柯羅威教士跟老畢約定的是一次性付清所有費用，然後所有開銷都由車隊自己承擔。所以走這一條路，對老畢他們來說，並不合算。

而武烈河西北方向的木蘭圍場，本來是皇家御用，不許老百姓接近。但這年頭不太平，天子自顧不暇，那地方已經好多年沒人來了，就剩幾個守荒場子的滿營和漢戶佃農。從那裡穿過一條叫作塞罕壩的山嶺，可以更快地抵達赤峰州。因為沿途沒有稅卡，總有人偷偷從圍場往來蒙古與承德，逐漸形成一條非法的便道。

老畢總跑口外，這些彎彎繞繞的道兒都清楚。他看出柯羅威教士對草原懷有很大的興趣，便極力遊說他從圍場走。他在解釋的時候，隱瞞了稅卡，只是反覆強調這是一條更近的路，而且可以看到更漂亮的草原。

在老畢看來，這麼走對教士來說沒有損失，而對自己來說，路上少交點兒稅，自己就能多落下點兒，是兩全其美的事，不算陷害。自己也從來沒撒謊，每一句話都是真的，只是有點兒避重就輕罷了。

柯羅威教士被這一連串地名搞得有點兒暈頭轉向，既然老畢說可以儘快看到草原，而且還能早一步抵達赤峰州，他也沒什麼要反對的，便欣然答允下來。

不過如果要走圍場那一條路，他們暫時還不能出發。之前幾天的跋涉，走木蘭圍場，那一路上人煙稀少，補給點不多，必須得把物資備足。車隊消耗很大，急需大量補充。因此老畢得去承德府重新採購一批貨，大約得花一天的時間。教士覺得多休息一天也未嘗不可，可以讓萬福在武烈河裡多泡泡澡，祛一下暑氣。

老畢說到這裡，不由得罵罵咧咧。若不是承德府那位矯情的官員下達了禁令，車隊今天在城裡就能直接把事辦完了，省得還得進城出城多一道手續。

好在這道命令只限於車隊本身，卻沒有限制人身自由。老畢決定明天進城去採辦，他順便問了一句柯羅威教士要不要去城裡轉轉，可以帶他去吃驢肉火燒。教士猶豫片刻，還是婉拒了一同進食的邀請，那種東西他可吃不來。但對於進城，教士卻顯得很有興趣。

「今天聽那位官員說，承德府裡也有一座教堂？」教士忽然問了一個問題。他的記憶力很好，記得官員曾經提到過這件事。

老畢「嗯啊」了幾聲，這事他知道，那座教堂應該就在大北溝，好像有些年頭了。不過具體是個什麼教堂、裡面有什麼人，他就不太清楚了——畢竟這事跟買賣沒關係。

「怎麼?您想過去看看?」

「是的，我希望多瞭解一下赤峰州的情況。」

教士覺得，承德是北京前往赤峰州的中點，如果福音能在這裡紮根，那麼對他接下來的工作一定大有裨益，有必要去拜訪一下。

到了次日，其他車夫和動物都停留在武烈河的河邊休整。老畢帶著教士，兩人步行來到了承德城。進城以後，老畢先把教士帶到大北溝，然後自己去忙採購的事情了。

那座教堂矗立在一座淺綠色的小山丘腳下，造型是傳統的歌德風格，磚木混合結構，約有三層高。教堂周圍沒什麼居民，只有稀稀拉拉的幾片樹林掩映，看起來有些落寞。教堂頂端有一座小銅鐘和天使像，兩側的玻璃窗都是彩色的，這些細節都讓教士感到分外親切。

這座教堂是聖公會所建，已經很有年頭了，教民不算多，勉強維持而已。現在的主持者是一個五十多歲的英國司鐸。他聽說有公理會的人來拜訪，親自拄著拐杖迎出來。

這位司鐸的皺紋比教堂裡的蜘蛛網還密集，整個人衰老不堪，深陷的眼窩透著點兒對塵世的厭倦。他禮貌而冷淡地把柯羅威教士請進教堂，並親手為他泡了一杯咖啡。

在承德這個地方能喝到地道的咖啡，可真是意外的收獲。柯羅威教士迫不及待地一飲而盡，意猶未盡地嘖了嘖嘴。咖啡豆有點兒陳腐，應該珍藏了很久，苦味頗重。「很抱歉沒有加糖，我想苦咖啡對提醒我們的處境更有意義。」老司鐸顫巍巍地用英文說道。

教士為這個絕妙的比喻鼓掌喝彩，然後又要了一杯。兩個人一邊啜飲，一邊談起話來。

司鐸問教士這是要去哪裡，柯羅威教士很自然地向他吐露了要去赤峰州傳教的決心。從他小時候讀《馬可・波羅遊記》到地圖上那座紅色的山峰，從華國祥到萬牲園，教士把自己的計畫說得滿懷豪情，司鐸卻始終保持著沉默。

很快教士結束了熱情洋溢的演說，然後謙遜地表示，自己對這片土地不是很熟悉，希望司鐸能夠分享一些在承德以北地區傳教的經驗，要是能聽到他在赤峰州的一些親身經歷，那就再完美不過了。

司鐸聽到這個問題，慢慢站起身來，把黑色的長袍唰地拉開。柯羅威教士看到，這個老人的脖頸右側有一道極深的刀痕，從脖頸一直延伸到左胸腋下，刀痕兩側發黑，如同一條繩子把整個人吊在絞刑架上。

「我的上帝，到底發生了什麼？」

「您剛才問我，我親身經歷過的赤峰州的情況，這就是答案。」

司鐸告訴柯羅威教士，赤峰州並非如他想像中的那樣，而是被上帝遺忘的蠻荒角落。早在十幾年前，草原曾一度被主的光輝籠罩。此前負責蒙古地區傳教的是法國遣使會，先後在苦力吐、馬架子一帶設立傳教點，可惜毀於拳亂。後來比利時的聖母聖心會進入這一地區，他們的傳教士都是意志堅定的人，利用「庚子賠款」，在馬架子修建了一座歌德式的東山教堂，發展信徒。鼎盛時期有將近三千人，每週都有瞻禮。

可是那些傳教士總帶著歐洲式的固執和傲慢，屢次與當地人起衝突。數年之前，他們試圖向當地商鋪強行借糧，結果導致了一場衝突。衝突中，一位教士槍殺了當地金丹道和在理教的一名宗教領袖，並揚長而去，官府亦置若罔聞。消息傳出之後，引發了一場席捲整個草原的金丹道叛亂。（事實上，金丹道叛亂的真實原因與教會關係不大，司鐸顯然有他自己的視角，將兩件事情之間的因果關係誇大化了。）

這一場叛亂的規模十分龐大。叛軍從赤峰州、喀喇沁、土默特一直打到巴林，巔峰時佔領了幾乎整個東部草原。叛軍在控制地區實行近乎殘酷的鐵腕政策，逮到不服從他們的牧民和農夫就殺，抓到為朝廷效力的官吏和士兵也殺，至於傳教的和信教的，更不會放過。

那些人並不關心聖公會和天主教的區別，只要戴著十字架，就會被揪出來處死。在這場混亂中，先後有十幾名教士和幾百位教民被殺，教堂、公所等傳教場所也被焚毀了數座。教會在赤峰州與兩盟十幾年的墾殖成果毀於一旦。

司鐸恰好在那時候作為教會使者，前往草原辦事，在翁牛特旗一帶遇到了金丹道的小部隊。隨行的人全數被殺，司鐸的脖子也被砍了一刀，幾乎喪命。他趴伏在一輛勒勒車下方，奄奄一息。就在關鍵時刻，前來鎮壓叛亂的朝廷軍隊趕到，及時擊潰了那支隊伍，司鐸才算撿回一條性命。

這場叛亂終於驚動了朝廷，朝廷派出了一位叫聶士成的將軍以及一支精銳部隊。聶將軍把行營紮在了喀喇沁旗的王爺府內，與叛軍激戰數月，整個草原血流成河。最終官軍成功擊斃主事的幾個首領，把這場叛亂鎮壓了下去。

可是，群龍無首的叛匪們並沒有全數伏法，那些僥倖逃脫的金丹道和在理教的信徒逃去了草原深處，他們變成了馬匪，如同狼群一樣四處遊蕩，看到落單的人就撲上去狠狠吞噬。在黑夜裡，他們會呼嘯著衝入村落城鎮，屠戮一空，並在天亮前迅速離開。

草原太過廣袤，即使是朝廷的勢力，也無法徹底控制。軍隊只能勉強保護商路的暢通，至於商路之外的遼闊地帶以及那些遊蕩的馬匪，他們無能為力。

從此以後，赤峰州的周邊地區變成了一個不可理喻的蠻荒世界，沒有規則，沒有律法，甚至沒有道德，只有最貪婪和最殘忍的人才可以生存下來。每一個深入其中的人，都要面對充滿危險的未知。

在這次叛亂之後，教會在草原的影響力一落千丈，當地人對他們的敵意前所未有地高漲起來。信徒勢力要麼被連根拔起，要麼轉入地下。據說在遙遠的林西和巴林，還有為數不多的比利時人在傳教，可這只是傳言，無法確認。歐洲各差會紛紛發出通告，告誡傳教人員在局勢好轉之前，不要輕易接近這個地區。結果從那一次叛亂開始，整個赤峰州幾乎回到了法國遣使會抵達前的狀態，甚至更惡劣幾分。

司鐸本人得到了朝廷軍隊的庇護，僥倖回到承德養傷。那一道觸目驚心的傷痕，就是上帝賜予他的考驗。他痊癒之後，本來打算申請歸國，可嚴重的肺部後遺症讓他無法長途跋涉，聖公會乾脆指派他接手北大溝教堂，止步於承德這個文明世界的邊陲。

於是，司鐸就成了這條邊境的守關人，提醒每一個試圖深入其中的人，不要進去，不要進去。

「從那以後，我再也沒回過赤峰州。」司鐸的聲音裡帶著淡淡的遺憾。

司鐸的故事講完了，柯羅威教士感歎連連。他沒想到，此時的赤峰州居然是這麼一番局面。教士忽然理解了那個官吏在蓋關防大印時的眼神，那是一種目送羔羊步入死亡界域的眼神。

他抱怨了幾句公理會總堂的無能。他們在中國的影響力實在是太有限了，這麼危險的事情，傳教圈子裡應該早有預警，他們居然沒有提前告知，實在是太不應該了。

「這倒是可以理解。你們公理會的人可沒什麼好名聲，這都要拜那一位會督所賜。」司鐸略帶嘲諷地說。

教士有點兒尷尬地舉起咖啡杯，啜了一口。他知道司鐸指的是什麼事。

那是在庚子事變時發生的。聯軍進入北京城以後，公理會北京會督梅子明趁亂搶劫了一座蒙古王府。他將搶劫來的贓物進行了公開拍賣，從中牟取了大量好處。他還找到一批自稱遭到了迫害的教徒，以代言人的身份，帶領他們大張旗鼓地找到當地衙門，要求高額賠款。他還冒充軍隊，前往四周的鄉村進行劫掠，把當地農民抓過來，先敲詐一通再強迫其入教。梅子明甚至還私設公堂，用非法的手段構陷了許多無辜民眾。

這些事做得太過露骨，以致於連聯軍隨行的記者都看不下去，在新聞中予以披露。很快此事被著名作家馬克·吐溫在《北美評論》雜誌上揭露，梅子明被迫公開道歉。這導致公理會陷入一場嚴重的名譽危機，不得不召回梅子明，儘量低調處理。可這則新聞已經在中國散播開來，以各種形式傳到了整個北方地區，其中不乏添油加醋的內容，以致於公理會一度成了詐騙犯的代名詞。

公理會之所以從美國調撥了一批像柯羅威教士這樣的新鮮血液來中國，正是想彌補梅子明的愚蠢過失。

柯羅威教士對梅子明事件充滿了憤慨。這個無恥之徒的惡劣勾當，讓會中一部分虔誠的牧師遭到了連帶的名譽損失。但他沒想到的是，這件事居然比主的福音傳播得更快，連赤峰州這樣的邊陲都知道了。

真應了那一句古老的中國諺語：好事不出門，壞事傳千里。

「在一個充滿敵意的地方，一個聲名狼藉的人很難打開局面，更不要說你那個荒唐的動物園計畫。我建議你從這裡返回京城吧，反正那裡還有很多空白等著填補。蒙古草原就在這裡，它不會跑掉，即使晚一點也沒關係。」司鐸這樣勸道。

可柯羅威教士非但沒露出怯懦之情，反而眼睛閃閃發亮。未知對他來說，充滿了誘惑，尤其是聽說前方荊棘遍布，他的信心愈加高漲。不正是因為那裡艱難，所以上帝才會給予啟示嗎？大家都坐在自己的無花果樹下休憩，總得有一個人起身遠行，邁向沙漠。

再者說，他可不是隻身前往，他還有一支堅不可摧的信仰大軍。這支軍隊也許打仗不成，但對於傳播福音來說，絕對是強勁的助力。一幅畫面浮現在他的腦海裡，無數動物站成一排，徐徐走過茂密翠綠的草原，引來無數圍觀的牧民，這也許才是他欲罷不能的真正原因。

柯羅威教士坐在座位上，一時間竟然神遊天外。司鐸再三呼喚他的名字，他才如夢初醒。

「即使前路如此艱辛，你還是堅持要去嗎？」司鐸提醒他，那條傷疤一鼓一鼓，至今還隱隱作痛。

柯羅威教士豎起一根指頭：「我們美國人有美國人的辦法。」他的右眼眨了眨，露出不太像是教士的輕佻神氣，然後把杯中的咖啡一飲而盡。司鐸見這個傢伙如此固執，歎了一口氣。他倒忘了國籍的問題。以一個英國人的視角來看，美國人幾乎都是像柯羅威教士這樣，天真爛漫，膽子和想像力都遠超理性。

司鐸沒有繼續勸阻。不過他提醒到，赤峰州不同於其他地方，它誕生的時間太短了，這個國家根深蒂固的傳統還不足以深入它的骨髓和魂魄。這對傳教是件好事，可同時也增加了許多不確定的因素。

聽到這個提醒，柯羅威教士連忙請他具體說說。司鐸沒有什麼保留，一一做了回答。赤峰居民的信仰始終處於一種模棱兩可的狀態，平時模糊不堪，無法捉摸，可一旦試圖去探究、去接近，他們的精神世界立刻凝結成形態不一的信仰支柱，甚至每次呈現的形態都不同。此前的金丹道叛亂，隊伍裡同時存在著十幾種信仰和教義，有道教、佛教、藏傳佛教和一些十分簡陋的民間信仰，它們彼此融合滲透，連不同體系下的神祇都可以並肩供奉，這在基督徒看來，實在是一件不可思議的事。

此前去傳教的人，要花費大量時間理解這個狀態，並學會如何應對。

可惜這些辛苦開墾的前人都是天主教的，不然，柯羅威教士所代表的公理會就可以直接將成果繼承下來。事實上，公理會正是意識到自己在東蒙一帶太缺乏存在感，所以才會把赤峰也納入傳教備選名單。

柯羅威教士還仔細地詢問了司鐸，當初的教士們是如何傳播福音的。結果他發現大部分傳教者——無論是天主教還是新教——只是照本宣科，對著民眾朗誦《聖經》佈道，舉辦祝聖儀式，發放聖餐等，他們不屑去瞭解當地的情況，更不願意花費心思去調整。

他們的做法，就像剛剛抵達歸化城的華國祥那樣，用力甚勤，卻只是自說自話。如果你都不能深入民眾的內心，又如何能說服他們跟著你走呢？到底是該走向信眾，還是讓信眾走來，這在公理會內部也是一個充滿爭議的原則問題。

每次想到這個，教士就一陣得意。他始終認為，草原動物園是個絕妙的主意，是解決這個困惑的最好途徑，甚至比電影放映機還好。因為這是最古樸的交流，當初亞當和夏娃在伊甸園裡就是這樣做的。

柯羅威教士無意批評遣使會、聖母聖心會和聖公會之前在赤峰州的做法，但他相信自己將開創一個新的時代。他挺直了身子，像一位檢閱軍隊的將軍，又像是帶領部族離開埃及的摩西。教士知道謙卑是重要的美德，可有時候也忍不住流露出小小的得意。

面對這位信心滿滿的傳教士兼飼養員，司鐸無話可說。但他必須承認，這是十幾年來所有前往赤峰州的教士中最有活力的一位。司鐸雖然風燭殘年，對於生命力的強度反而更加敏感。他彷彿看到，眼前一片草原上的熊熊野火，明快耀眼，火苗不時幻化成各種動物的樣子，試圖把接觸到的一切都投入燃燒中來。

老人沉思片刻，顫巍巍地起身，為這位膽大妄為的美國人做了一次祈禱。然後他伏在桌子上，用毛筆寫了一封中文信，仔細地折疊好。

司鐸告訴柯羅威教士，他當年在赤峰州只來得及發展了一個當地信徒，姓汪，金丹道鬧起來以後，他們的聯繫就斷絕了，再沒什麼消息。如果這個人現在仍舊信心堅定的話，他也許可以幫上柯羅威教士的忙。

柯羅威教士向司鐸鞠躬表示感謝，畢竟兩人分屬不同教派，能夠如此不吝援手，已經算是意料之外的收穫。

此時外面的陽光非常燦爛，透過彩色玻璃射入教堂空曠的空間，營造出一種迷離、聖潔的氛圍。柯羅威教士忽然又異想天開了一下，衝動地握住司鐸的手，問他是否願意一同前往赤峰州。

「我來幫你走完當年的那條路。」他這樣說。

司鐸苦笑著回絕了這個提議，他已經太老了，從精神到肉體都不能承受這樣的重任。司鐸轉過身，拉開櫃櫥，把剩下的半罐咖啡交給柯羅威教士：「我會為你的前程祈禱，不過這些苦澀，只能由你自己在未來慢慢品嘗了。」

柯羅威教士懷揣著咖啡罐和書信，離開了大北溝教堂。

當他邁下臺階時，背後忽然響起一陣洪亮的鐘聲。

鐘聲很生澀，似乎已經很久沒有敲響過了，韻律裡還帶著一絲絲憂傷，就像是即將開始的送葬，就連天上偶爾路過的白雲都稍稍放緩了腳步。柯羅威教士回過頭去，抬高視線，看到鐘樓上一個佝僂的身影正奮力敲著銅鐘。

教士有一種強烈的感覺，那不只是在為自己送別。

事就這樣成了。

第四章　海泡子

車隊在次日的清晨再度啟程。

在老畢的帶領下，他們偏離了官道，沿著武烈河朝西北方向的木蘭圍場而去。車輪在高低不平的路面上隆隆地滾動著，承德府那高大的城垣在身後逐漸淡去。教士坐在車廂裡，可以聽到旁邊武烈河嘩嘩的巨大水聲，這讓旅途顯得不那麼寂寞，更能帶來一種微妙的安全感。

沿河而走，可以解決重要的水源問題，這一點對夏日運送動物來說至關重要。變回白象的萬福跟隨在老畢的馬車後頭，步履輕快，心情愉悅。只要視野裡能看到白色的水花在河心泛起，萬福的眼神就很沉靜。她已經愛上了在河中沐浴的感覺，連帶著對這條河充滿了好感。

只要車隊一停下來，萬福就會迫不及待地站到河邊，用長長的鼻子吸足一管水，沖洗自己身上的灰塵。偶爾她也會幫著虎賁和其他動物降降溫，就連最桀驁不馴的虎紋馬都願意主動湊到她身邊，只有虎皮鸚鵡躲得遠遠的。

車隊中途停留的次數比之前要頻繁得多。不是因為萬福的玩心太重，而是路況太糟糕了，車夫們不得不每走一段就停下來檢查一下輪轂和車軸，防止可能出現的崩裂。

老畢說，從承德到圍場的路況原本並不差。從前皇帝經常過來打獵，無論是龐大的扈從、儀仗、輜重還是天子的威儀，都需要一條體面的大路。這條前往皇家獵苑的御道很寬闊，兩側依稀還能見到凸起的路肩和排水溝渠。路面上的土被精心地夯實，密實到連草籽都無法在其中生長，上頭還鋪著一層大小均勻的碎石塊。

可惜天子很久不來，似乎把這裡遺忘了。這條路和萬牲園一樣，長期缺少必要的維護，慢慢變成了荒棄的植物樂園。在夏季的大雨、洪水和冬季風雪的輪番侵襲之下，土黃色的路面變得坑坑窪窪，褶皺叢生。一段路突然湧起一片凝固的土浪，另外一段路突然凹陷成一個歪斜的大坑。頑強的野草從路面的裂隙裡鑽出來，把整塊硬土頂了起來。

在這種路上行走，馬車不可避免地發生劇烈顛簸。教士生怕司鐸送的咖啡罐被撞碎，只好把它抱在懷裡。頭頂的虎皮鸚鵡緊緊抓住架子，嘴裡哼哼唧唧，似乎對此深表不滿。

車子顛簸的另外一個原因是，所有的馬車都從榆木箍鐵軲轆換成了花軲轆。這種花軲轆是楊木造的，很便宜，品質卻很差，壞得很快，不過修起來也快。老畢知道接下來要走草原，草原沒有路，對輪子損耗比較大。他捨不得用貴的榆木箍鐵輪，於是就趁進承德城採購的機會，順便給車子換了新裝。

教士對車馬行完全不懂，任由老畢去安排。不過他明顯感覺這條路走起來不舒服，便略帶擔心地問老畢會不會有問題。老畢拍著胸脯保證，只是這一段比較難走，只要一進圍場就順風順水了。教士將信將疑地坐回到車廂裡，抿住嘴唇，把輕微的眩暈壓抑下去。

就這樣，車隊朝著圍場的方向又走了四天，移動速度大不如前。好在他們沿河而行，至少不會被酷暑和乾渴困擾。更幸運的是，天空始終是一片近乎透明的湛藍，偶爾有點雲，並沒有下雨的跡象——否則路上會變成一片泥濘，搞不好還有河水氾濫，那可就是最糟糕的局面了。

在這趟旅途中，周遭的風景始終在變化。時而變成灰黃色的丘陵溝壑，時而又延展成一片帶著粉白花邊的茂密森林，還有陰森的青色峽谷和深藏在道路盡頭的精緻湖泊。教士每次拉開車廂窗簾，都感覺像是在閱讀一本跌宕起伏的驚險小說，你永遠不知道接下來會發生什麼。

只有遠處連綿不絕的塞罕壩山嶺巍然聳立，像長城一樣莊嚴。那裡是蒙古草原和直隸森林的分界線，分割兩個世界的邊界。無論車隊怎麼走，這道山嶺始終遙遙出現在地平線上，似乎永遠無法接近。

這裡到底是曾經的皇家獵苑，在人類退出之後，其他生靈趁機煥發出了勃勃生機。林中的鳥類極多，動輒成群結隊掠過天空，叫聲嘹亮。只要在滿綴著漿果的灌木簌簌抖動之處，必能發現狍、鹿、兔、獐，偶爾還能看到野豬。如果把獅籠的苫布揭下來然後打開籠門的話，虎賁恐怕會覺得自己置身於天堂。這些動物藏身於密林之間，被層層疊疊的綠色遮掩。教士第一次發現，原來綠色有那麼多種，他幾乎想不到足夠的詞彙去形容它們。

這一帶人跡罕至，車隊在沿途幾乎沒看到什麼行旅，甚至很少看到人類活動的痕跡。越往深處走，教士越有一種錯覺：他們已經遠離現代，文明的顏色逐漸褪去，逆著時間朝著莽荒的古代前進。

有一次，教士發現前方出現了一小片平原，上面排列著幾塊不均勻的田地。湊近一看，田地裡開滿了淡黃色的小花。

這片田地的盡頭，是一座青色的小山，它向兩側伸開雙翼，攏住了這一小片平原地帶。教士本來以為已經沒有路了，結果一轉過山腳，眼前豁然開朗。原來在小山的另外一側，居然是一片小小的湖泊。車輪聲碾過土石，驚起水面一大群黑白色的長尾喜鵲。牠們拍打著水花飛去，遁入湖邊廢棄的皇家行宮裡。別墅牆壁歪斜，只留下漆黑的禿窗孔洞供飛鳥進出，像是一個生前受盡委屈的骷髏頭。

這是教士這幾天裡唯一看到的人類痕跡。

萬福已經完全適應了長途跋涉的節奏，她還是那麼瘦弱，身體卻比從前更加敦實。她的腳步輕快，勁頭十足，對周圍的一切都感到好奇。四隻厚實的腳掌早已磨出厚厚的一層繭子，她再也不必像那些人類女子一樣用布裹住腳。

如果說有什麼美中不足，就是圍場適合萬福食用的東西實在太少。

從京城臨行前，飼養員曾經叮囑過，大象雖然吃素，但並非任何一種植物都能吃。別看圍場鬱鬱蔥蔥，滿目活綠，適合萬福的幾種牧草在這裡都不太容易找到。那些山坡上、樹林間生長的鮮嫩多汁的一叢叢野草，萬福要麼根本不碰，要麼一吃就嘔吐。教士很擔心，萬一她吃到有毒的東西，比如花彩蘑菇，他們在圍場連個獸醫都找不到。

有一次，入夜的山風帶來松樹特有的清香，她循著味道過去，用長鼻子撅下一根枝條，把上面的松針塞進嘴裡，結果全吐了出來。還有一次，她一抬頭，看到一串紫紅色的漿果掛在眼前，欣然捲下來吃掉，結果足足腹瀉了一天，整個車隊不得不停下來等她恢復。

為此教士不得不騰出大量精力盯著萬福，一旦發現她有亂走亂吃的跡象，就及時喝止。飲食上，教士也嚴格控制進食來源，只讓她吃大車上帶入圍場的乾草。時間一長，教士疲憊不堪。

更糟糕的是，馬車上儲存的大象飼料幾乎快要見底了。

這是老畢擅自改動計畫的後遺症。原本走官道的話，人煙密集，沿途乾草和鮮草供應管夠；如今走木蘭圍場，可就沒那麼多村子提供補給。老畢不懂大象的飲食習慣，想當然地認為圍場裡到處都是青草，足夠萬福吃，就沒往大車上裝足夠的草料。結果沒料到這些植物都不符合萬福的胃口，導致補給危機悄然浮出水面。

如果在三天內還找不到合適的草料，萬福就要斷糧。五天之內，萬福就會慢慢變得虛弱，無法長途跋涉。

柯羅威教士不得不找到老畢，問他大概還有多久可以抵達草原。老畢知道這件事過失在自己，也很焦慮。他眯起眼睛估算了一下，說：「我儘量把車趕得快一點，爭取在三天之內通過塞罕壩。」

「通過塞罕壩之後呢？」

「那邊就是草原啦，給牛羊吃的牧草應有盡有。」老畢拍著胸脯說。

「希望上帝保佑誠實的人們。」教士說，他把頭縮回車廂，語氣裡隱隱含著疑惑和不滿。

老畢和其他車夫商量了一下，決定選擇一條更偏僻也更近的路。這條土路延伸至圍場獵苑的最深處，那裡是綠莽的國度，一個完全與世隔絕的桃花源，大部分禽鳥與野獸都在那裡繁衍、聚集，為天子提供足夠的獵物。即便在最熱鬧的時候，也極少有人接近，讓這裡保持著最原始的狀態。

據說這個地帶的盡頭能直通到塞罕壩的一處隱秘隘口。過了隘口，就可以進入草原。儘管這條路會讓抵達赤峰的行程延遲，但可以早一點看到草原，不然萬福就要挨餓。

於是車隊再一次轉向，偏離圍場裡的御道，告別武烈河，朝著西北方向一條支線荒路而去。周圍的植被越發茂密，經常蠻橫地把大路截斷，或者乾脆遮住前方視野。連綿不斷的綠色囚牆始終圍繞在車隊周圍，拘束著人們的行動和心情。車夫無所適從，不得不放慢速度，摸索前進。他們已經完全喪失了方向感，這些誤入迷宮的孩子唯一能信任的，只有太陽。

輕鬆的旅途氣氛一掃而光，車夫們不再高聲談笑，沉默地揮舞著馬鞭，疲憊的轅馬把頭儘量低垂，拽著沉重的車架朝前走去。

就連動物們都受到這種壓抑氣氛的感染。狒狒們縮在籠子裡老老實實待著。兩匹虎紋馬一到上坡的地方就胡亂踢踏，直到挨了好幾鞭子才老實。虎賁趴在黑漆漆的籠子裡，無法透過苫布看到外面的景象，當然牠也不關心，只要能吃飽就成了。

萬福的飼料受到了嚴格的限制，她的攝入量開始不足，走起路來不如從前帶勁兒。諷刺的是，別看大象草料不足，給獅子的肉倒是一點兒不缺。老畢在承德府買了幾頭羊，而圍場本身也提供了大量獵物。車隊裡有一個打獵的老手，鑽進森林一會兒工夫就能打到一串兔子或山雞，讓虎賁大快朵頤。這頭獅子可不像大象那麼挑食，只要是肉就可以，何必在乎牠的種類和產地呢？

教士相信，如果現在就這麼把虎賁放出來，牠會在這裡生活得很美好。

在車隊行進過程中，教士能明顯感覺到，整個地勢在不知不覺中逐漸抬升，車隊爬坡的時間已經多於走平路的時間。不止一匹轅馬差點扭傷腳踝，若不是萬福的鼻子幫忙，恐怕這幾輛馬車都未必能堅持下來。楊木質地的花車輪也頻頻發生問題，車夫們有時候不得不就地取材，從附近的林子裡砍取木料，現場加工，品質自然不必說了。

老畢安慰教士，說坡度增加是好事，說明他們的方向是對的，確實正在朝著塞罕壩的隘口方向攀登。在這種處境下，柯羅威教士無法判斷這句話是真的還是安慰，不過他就算知道答案，也沒什麼能做的。他把更多注意力放在萬福身上——這一路上沒有合適的水源可供清洗，這頭可憐的白象幾乎又變回原來的灰色。

車隊艱苦卓絕地跋涉了三天，就在所有人都瀕臨崩潰的前夕，終於抵達了塞罕壩頂端的一處小小隘口。

這個隘口兩側都是高大的石質山梁，猙獰而挺拔，刀砍斧鑿的峭壁向內對傾，像一隻鱷魚仰天張開了大嘴。隘口附近堆積著大量散亂石塊，它們分佈在一片不規則的半圓錐形區域，其上滿布青苔。可以看得出來，這個隘口並非天然形成，不知何年何月，這裡應該發生過一次坍塌，把山壁震塌了一半，露出一個缺口。後來又經過人類刻意的搬運和疏通，形成了一條連接內地與草原的隱秘通道。

隘口通道只有七八丈寬，勉強能容兩輛寬板馬車並行，入口居然還立著一塊歪歪斜斜的石碑。石碑看起來年頭很久遠，上面的鑿痕早已模糊。

老畢說這裡叫刀豁口，名字起得很形象，這裡的地貌恰似一把中國大刀猛然劈在什麼硬東西上，導致刀刃崩開了一個小小的口。

車夫們重新把貨物包紮了一下，加固所有的繩結，還在車輪上壓了一道閘口。車隊排成一列，車夫拽著韁繩，壓著車閘，徐徐通過隘口。

輪到萬福走過去的一瞬間，她突然停下腳步，長鼻子垂在腳掌旁的地面，眼神裡透出一絲猶豫。大象似乎升起某種預感，這個隘口不只是地理的分界線，也是很多人和動物未來命運的分界線。只要邁過這一條線，原本曖昧模糊的命運會立刻凝結成清晰的圖景，夢也會朝著更現實的世界呈現。

對此她感到惶恐、畏縮、膽怯，不過更多的是一種對不確定的擔憂。這隻聰明的動物憑藉直覺知曉，邁出這一步以後，將不可能再退回去。她一降生就被禁錮在象園之內，外面的世界是完全凝固的。之後，在這十幾天裡，四周的高牆轟然崩塌，洪水湧入，呼嘯著把萬福衝進急流。以她遲鈍的感受，簡直無法承受這麼急速的變化。

教士注意到了萬福的異狀，他讓老畢停下車，然後走過去安撫她。這一次，萬福並沒有及時做出回應，她只是煩躁地甩著鼻子，把地面上的小石塊踢到峭壁上，對教士的話語無動於衷。

這時負責運送虎賁的大車也晃晃悠悠地開過來。整個車隊裡，這輛車負擔最重。獅籠擱在車板上，四角用粗大的繩子緊釘在邊欄上，外面依舊罩著一層苫布，以防發生意外。

這時萬福突然做了一個出乎意料的動作，她橫過身子來，就像是在象園一樣面對山壁，把狹窄的隘口通道擋了個嚴嚴實實。後面的車夫大為驚慌，大聲叫前面的老畢趕緊把她拉走。教士和老畢兩個人手忙腳亂地去拽萬福的鼻子，可根本拽不動這麼沉重的軀體，反而連前方的大車也倒退回來。

兩輛車越來越近，無論是教士的祈禱，還是老畢的怒喝，都對萬福毫無影響。野象特有的倔強脾氣讓她牢牢站在原地，一點兒跨過隘口的意願都沒有。

以防與萬福發生碰撞，後車的車夫只能強硬地死拽閘口。可地勢實在太陡峭了，這個突發的意外讓馬車的車輪向右邊偏斜，突然哢嚓一聲，車子右側的花軲轆被一塊凸起的尖狀石塊頂成了兩半。兩匹轅馬發出嘶鳴，車板登時失去平衡，朝一邊側翻。

在巨大的晃動之下，繃緊的幾根繩子相繼崩斷。苫布飛起，獅籠從平板上掙脫了束縛，滾落到地上，沿著斜坡咣當咣當連翻了幾個滾。當初為了減輕重量，獅籠用槐木打造而成，根本耐不住這種衝擊，半邊籠門被生生撞掉。

那一瞬間，所有人的動作都停住了。他們帶著驚駭的目光，看著那一扇歪斜敞開的籠門。籠門的欄杆上沾著腐臭的肉屑與骨頭殘渣，還散發著肉食動物特有的糞便惡臭味。但這不是最可怕的，最可怕的是籠門另外一側的動靜。

這可不是萬福，而是虎賁，一頭不折不扣的雄獅。這一路上，車夫們親眼看見大塊大塊的鮮肉填入牠的血盆大口，知道這是不可輕易接近的猛獸，比老虎還兇殘。全靠牢籠阻隔，他們才能保持著鎮定去欣賞，去談論。可這個拘束已然失效，猛獸恢復了自由，隨時可以從籠子裡走出來，在場沒有人能阻擋牠——包括莫名其妙發了脾氣的萬福。

虎皮鸚鵡拍動著翅膀，從前車的車廂裡飛出來。牠落在大象的脊背上，對著籠子豎起翎毛，發出尖厲的聲音，不知是在催促，還是在警告。萬福也微微側過身，朝歪倒的馬車看過來，目光中閃動著懵懂的光彩。

在籠子周圍，教士和車夫們目露恐懼，屏氣凝神。沒人敢挪動腳步，生怕成為猛獸的第一個目標。整個隘口陷入一片寂靜，那種因過度驚慌而生的寂靜。每個人的視線都被牢牢地釘在半敞的籠門口，等待著牠現身的一刻。

只要虎賁一邁出籠子，周圍的人都會陷入滅頂之災，無人能夠倖免。然後這頭猛獸無須越過隘口，大可以轉頭鑽回到圍場密林。那裡有豐沛的活食和寬闊的活動空間，沒有人類，沒有天敵，簡直是一頭獅子所能想像最美妙的地方。在冬天第一場雪降臨之前，牠可以自由自在，肆意享受。

這可比去草原動物園快活多了。

慢慢地，眾人看到一隻毛茸茸的大爪子伸出來，先踏在籠門下緣，速度很慢，尖銳烏黑的爪尖劃在木籠門上，留下一道深深的抓痕。接著另外一隻爪子朝外試探著抓了一下，突然又縮了回去。良久，這隻獅腿才猶猶豫豫地再度向前伸展，踩到一塊斑白的片狀岩石上。

很快虎賁三分之一的軀體都露到了籠子外頭，只差一步就可以擺脫牢籠。可等了半天，牠卻沒有進一步動作。直到鸚鵡又一次大喊，虎賁這才漫不經心地掃視了一圈外面的世界，然後打了一個大大的哈欠，居然又走回到籠子裡，叼起一截羊骨頭，重新趴了回去。

周圍的人有些迷惑，不知這頭獅子到底打的什麼算盤。自由難道不是每一隻野獸都嚮往的嗎？如今近在咫尺，牠怎麼又趴回籠子裡去了？

只見虎賁嚼了幾下羊骨頭，把兩隻爪子抱在一起，頭一歪，呼呼大睡過去。那懶散的樣子，完全不似百獸之王，更像是誰家炕頭上養的一隻懶散大貓。

儘管如此，車夫們還是不敢貿然靠近，生怕牠突然轉了性子，暴起傷人。站在萬福旁邊的柯羅威教士忽然之間有所明悟，他不顧老畢的阻攔，邁步朝著翻倒的獸籠走去。

老畢大驚，低聲讓他趕緊回來。教士卻擺了擺手，表示不要緊。虎皮鸚鵡撲棱撲棱地飛落到他的肩膀上，用尖喙去啄他的脖頸。萬福輕輕挪動腳掌，巨大的身軀仍舊把通道堵得嚴嚴實實。

教士一直走到獸籠旁邊，這才收住腳步。這個距離，只要虎賁伸出爪子一撓，教士那孱弱的身軀就會被撂倒。可虎賁瞇著眼睛一動不動，兀自沉浸在美妙的睡夢中。教士觀察了一下，獸籠整體沒有受損，只是半扇籠門被撞掉了。

這種獸籠的固定方式，是在籠門左右各設兩個木楔，插入籠子主體兩側的銷口。如今只要把籠門重新插回去，就可以發揮作用了。美中不足的是，右側的銷口被崩掉了一個，導致籠門比從前更鬆垮。

教士抬起那半扇籠門，盡力朝著獸籠裝回去。這時在旁邊的兩匹叫吉祥、如意的虎紋馬聲嘶力竭地叫了起來，牠們被拴在大車上，無法跑開，只得用前蹄不停踢踏，小石子亂飛，有幾粒飛濺到這邊來，砸到虎賁身上。牠們大概是所有動物裡最渴望獲得自由的，眼看虎賁即將放棄這大好的機會，牠們大概覺得既羨慕，又憤慨。

可虎賁卻無動於衷，只是敷衍地抬了抬眼皮，用一連串低沉的呼嚕聲表明態度。教士的動作加快，隨著哢嚓一聲，籠門的三處木楔都插入銷口，周圍的人紛紛長舒一口氣。

儘管這籠門不太牢靠，虎賁一撞即開，可從心理上來說，多一道門總是多一點安全感。危險暫時解除，車夫們這才聚攏過來，收拾殘局。他們把翻倒的馬車重新掀正，把獸籠抬上去，還得重新再換一個車輪。有一匹轅馬摔壞了腳踝，恐怕沒法繼續用了，只好從別的車裡調一匹過來，重新套輓具。

教士任由他們去忙碌，重新走回到萬福的身邊。他沒有責怪萬福，而是像第一天晚上一樣，蹲在大象身邊，用一根樹枝在土地上畫起一幅動物園的草圖。畫完以後，教士抬起手臂，指向隘口另外一側的遠方，口中喃喃道：「我會陪你一起，那裡是我們的應許之地。」

萬福終於挪動腳掌，緩緩把身軀直了過來，不再擋住隘口的通道。她看向教士的眼神裡，透出幾絲歉疚。這時旁邊傳來呼號，那是幾個車夫一起抬籠子的吶喊聲。萬福甩動鼻子，對虎賁發出一聲低低的吼叫。

教士在那一刻忽然有一種錯覺。萬福剛才那奇異的舉動，不是為了她自己，而是為了虎賁，她希望虎賁能夠在抵達草原前重獲自由。可教士隨即笑著搖了搖頭，動物可不會聰明到這地步，何況還跨越了兩個物種，大概是自己習慣把萬福當成一個人去看待，所以不自覺地把人類的思維強加於她身上。

教士牽引著萬福，把她拽到隘口旁邊，徹底讓出道路。這時老畢搓著手，走到教士跟前，滿臉訕笑。他支支吾吾地說了半天，中心意思是：那些車夫受了驚嚇，希望能夠加一點酬勞。

教士點頭表示同意，但同時叮囑老畢，接下來的路途要多加小心，他不希望為了別的原因改變計畫。他們會有這麼多麻煩，歸根到底都要怪罪於當初老畢在承德府改道。老畢知道教士已經覺察到了自己的私心，心虛地「哎哎」答應下來。

重新整頓車隊，花了足足兩個小時。然後車隊再度啟程，隆隆地穿過隘口。

獵苑的山林逐漸遠離，虎賁失去了尋求自由的最後機會。但牠看起來一點兒也不後悔自己的選擇，安詳地在籠子裡舔著爪子，雙目微瞇。

看著這頭獅子的慵懶模樣，柯羅威教士忽然想起來，他曾經讀到過一份宮廷檔案，那是在康熙十四年發生的事情。當時葡萄牙派遣了一個使團來華，同時還帶來了一頭非洲獅子作為禮物——中國方面稱之為貢品——當時還不存在什麼萬牲園，皇家不知該拿這頭野獸怎麼辦，只好把牠拴在了後苑的鐵柵欄上。這頭獅子非常暴躁，不停地發出吼聲，馬廄裡的馬兒都嚇得瑟瑟發抖。沒過幾天，牠不知用了什麼辦法，居然掙脫了繩索，揚長而去。

按照目擊者的描述，這頭獅子「行如奔雷快電」，竟然穿過整個北京城，朝著西北方向而去。沒過幾天，邊關守將送來報告，說他們看到一頭淡黃色毛髮的獅子越關而去，進入草原，不知所終。

那頭獅子最後的結局如何，檔案裡並沒有提及。但牠孑然一身，又缺乏禦寒皮毛，未必能熬得過第一個寒冷的冬天。教士心裡猜測，說不定那頭獅子的魂魄一直徘徊在草原邊緣，警告每一頭試圖靠近的同類。虎賁大概就是感受到了這個警告，才決定留下來。

這個猜想，讓教士對即將抵達的草原多了一分好奇，又多了一分不安。

一過塞罕壩的刀豁口，景色陡然變得不一樣。四周的綠景逐漸變得稀疏起來，土黃色又重新佔據了優勢，山體斑駁。一路都是長長的下坡，因此車隊的速度陡然加快，車輪歡快地滾動著，朝著山麓行進。半路上，他們還找到一條蜿蜒的小溪流，讓車隊及時補充了水源。

他們在山麓簡單地休息了一夜，次日一早迎著朝陽上路。教士起得有點兒早，現在正在車廂裡昏昏欲睡，他夢見自己回到了美國，還把萬福帶了回去。伯靈頓的市民全都湧出家門，來看這一頭神奇的白象。萬福來到伯靈頓動物園內，虎賁、吉祥、如意兩匹虎紋馬和其他動物早已安置妥當，動物園正中修起一座教堂，教堂頂上響起莊嚴的鐘聲……

這時老畢的聲音突然在耳邊響起：「柯長老，柯長老！」

柯羅威教士一激靈，猛然醒過來，以為又出什麼意外了。老畢喜氣洋洋地揮動鞭子，朝前一指：「前面咱們就到草原啦。」

柯羅威教士這才發現，馬車窗外的景色和之前大不相同，沒有了跌宕起伏的山勢和丘陵，全是一馬平川。他從車廂裡探出頭來，希望能看得清楚一點，卻發現眼前的景色和他想像的不太一樣。

在教士的想像裡，草原應該是一望無際的綠色茵毯，平坦如台，不摻一絲雜質。可此時在眼前展現的草原的樣子，卻不是那種純淨的綠色，而是像野餐桌布一樣的雜色。在大片大片的綠原中，夾雜著褐色與灰黃色的丘陵斑點，連綿起伏的地勢曲線像是時時翻捲起海浪的洋面。

但這個想像的落差並沒有讓教士失望。至少有一點他沒想錯，草原真的非常寬廣，彷彿連頭頂的太陽光芒都無法覆蓋整個地域。教士興致勃勃地站在馬車的前端，舉目四望，發現遠處的地平線一目了然。當人的視線可以投射很遠時，會忽略掉這些雜質，所以越往遠看，顏色就越清澈，寥廓的空間將一切雜色都稀釋了。

尤其是他剛剛穿過圍場逼仄的密林，陡然被投入如此開闊而沒有盡頭的空間，一瞬間覺得整個蜷縮起來的靈魂徹底舒展開來，化為縹緲的雲和風，浮蕩在空間裡。望著這一番景象，柯羅威教士感到心臟開始劇烈跳動，咚咚，深遠的回聲在胸腔裡迴盪，彷彿胸懷也變得和草原一樣無限寬廣。

「這裡就是草原了，我們的應許之地……」教士對自己說，手指虔誠地握住胸口的十字架，希望能從中汲取力量，獲得褒美。

草原正值盛夏，是一年之中最好的季節。翠綠色的牧草肥腴鮮嫩，散發著淡淡的清香。它們密密麻麻地鋪在原野上，幾乎全無空隙。一有風吹過，就慢慢擺動起來，有如一隻巨獸脊樑上的綠色絨毛。

萬福聞到香氣，發出一聲懇求似的號叫。教士連忙讓老畢停下車來，鬆開萬福，讓她去試試這裡的草是否合她的口味。車上的草料補給已經不多，如果這裡的牧草萬福不吃，那可就麻煩大了。

萬福一獲得自由，就迫不及待地用長長的鼻子捲起一束草，放在嘴裡咀嚼起來。咯吱咯吱的聲音傳出來，表明這頭大象吃得非常歡快。

在過去幾天裡，萬福的飼料被嚴格限制，她只能靠啃一點兒樹皮和樹葉度日，偶爾吃錯幾束有毒植物，嘴還會麻上半天，胃也極不舒服。現在她就好像一個看到山珍海味的乞丐，饑不擇食，放開肚皮大吃起來。美味的汁液順著嘴角流下去，綠色的草屑殘留在嘴角。

吉祥、如意兩匹虎紋馬也低下頭去，開始啃食草料。對牠們來說，這地方和故鄉很像，能帶來些許安心。

教士見牠們吃得開心，終於放下心來。老畢也長出一口氣，這個主意總算沒出錯。

趁著萬福進食的當兒，車隊也停下來休息。車夫們見慣了草原的美景，並不以為異。他們先把轅馬散開，讓牠們在附近吃草，然後罵罵咧咧地開始更換車輪。之前要穿過圍場的山地，他們換了花軲轆，現在到了草原，可以換回箍鐵榆木大軲轆了。

只有教士閒著沒事，他變回一個好奇的孩子，饒有興趣地朝前走去，想要感受一下來自草原的野性氣息。

他邊走邊看，不知不覺已經離開車隊很長一段路了。教士站在一處小小的丘陵頂端，有些迷醉地吸了一口空氣，結果聞到的是混雜著青草香氣和牲畜糞便的氣味。他低下頭仔細尋找，結果看到就在丘陵下方有一堆黑影。

待到走近了，教士才發現，那是大團大團的牛糞。它們堆成扭曲的雕像，黑色中夾雜了幾絲青草，有蒼蠅縈繞其上。它們的表面油亮油亮的，在陽光下默默發酵，不時還會啵地泛起一個泡兒來。

這可讓教士有點兒噁心，他本以為草原是無比純淨的地方，可這只是遠觀的錯覺。草原看起來一望無際，坦坦蕩蕩，走近了就會發現，野草之下全是密密麻麻的小坑和各種牛羊糞便，還有許多土撥鼠挖的洞穴。稍不留意，轅馬就會把蹄子陷進去扭傷——這就是老畢要更換馬車車輪的原因。

教士小心地走下丘陵，腳下一踉蹌，差點被一個鼠洞絆倒。他慌亂地直起腰來，陡然發現在土包的另外一側，居然有一處池塘。

如果老畢在旁邊，就會告訴他這在當地叫作海泡子，其實就是一個方圓只有二十多米的塌陷大坑。夏天雨水多的時候，裡面會積滿雨水，成為一個個泡子。

這一處海泡子的邊緣，青草倒伏內捲，水面浮著一層厚厚的綠苔，散發著腥臭油膩的氣味，像是馬戲團裡那些臉上塗彩油的小丑。池子表面看起來和周圍的草原並無二致，但綠得讓人發毛，不是生綠，而是死綠。它沒有通往別處的水道，而且坑底有一層腐爛層疊的草植，會阻止水滲入土壤。所以海泡子裡的水是永遠靜止、無從逃遁的。

海泡子的旁邊有一條不顯眼的小路，野草被無數腳印壓倒，想必是草原上的動物來喝水時踩出來的。

柯羅威教士站在海泡子邊上，心想馬可・波羅可沒提過這樣的景色。他好奇地蹲下去，隨手撿起一根樹枝，想去攪動水面，看看水底到底隱藏著什麼。可他還沒把樹枝探過去，就聽到老畢那邊發出一聲驚呼。柯羅威教士連忙回頭去看，一下子呆住了。

在車隊休憩的地方，不知從哪裡冒出四個陌生的騎手，把馬車團團圍住。他們每個人都穿著灰土色的蒙古短袍，斜露著右側的黝黑肩膀，頭戴毡帽，胯下的坐騎毛色斑雜。這些人腰間的馬刀連鞘都沒有，卻磨得雪亮，還有人肩上扛著一把舊式火銃。

老畢知道，這是碰到馬匪了，連忙戰戰兢兢地打躬作揖。那四個人呵呵笑起來，先是好奇地看了看車上運送的那些動物，然後又朝遠處張望了一眼。萬福渾然不知即將到來的危險，仍舊埋頭嚼著青草。為首的人手一指，問那是什麼，老畢說是大象，是傳教士帶來的。

他趁著這個話題，又趕緊補充了一句：「幾位爺，這是傳教的車，裡頭除了書和糧食，就只有外面那頭送給知州的大象，別的啥值錢的都沒有。」說完還抬頭看了一眼車頂的十字架。

這是個隱晦的警告，告訴馬匪們這位不光是洋人，而且還和官府有關係。如果是一般的匪徒，不願多事，會就此退去。可這些人卻哈哈大笑起來，讓老畢覺得膽戰心驚。

其中一個人從懷裡掏出一尊小金佛，在老畢眼前晃了晃。

老畢雙腳一軟，癱坐在地，嘴裡高聲慘號起來：「金丹道！」

老畢一半是嚇的，一半是在提醒柯羅威教士，讓他別靠近。

柯羅威教士剛剛從承德司鐸那裡聽到這個詞，現在聽老畢一喊，立刻意識到自己遭遇了草原上最危險的匪幫。他們自從被政府軍擊潰之後，就逃入草原深處，沒想到居然在這裡碰到了。

教士被恐懼攫住了意識，雙腳在海泡子旁根本挪不動。所幸這裡有丘陵遮擋，馬匪暫時還發現不了。教士謹慎地把身子蹲下去，只露出半個腦袋，哆哆嗦嗦地觀察著眼前的動靜。

這個距離，不大聲喊叫是沒法聽見的，所以接下來發生的事，柯羅威教士感覺就如同在看一部默片電影。

先是馬匪們對老畢說了幾句，老畢撲通跪倒在地，連連叩頭，涕淚交加。然後其中一個馬匪掏出火銃來對準他的後腦勺，又被另外一個人攔住，從腰間拔出一把精緻的銀匕首，正要去抹老畢的脖子。老畢不知從哪裡來的勇氣，猛然推開那人，跳進教士乘坐的馬車車廂裡，拿出一把槍來。

那是一把史密斯-偉森的轉輪手槍，裡面塞滿了六顆子彈，是教士從美國帶來防身的。這一路上雖然意外不斷，總體來看還算太平，所以教士隨手把手槍擱到車廂裡，一直沒機會使用。老畢知道這把槍的存在，還好奇地把玩過一下。

老畢緊張地握著手槍，手腕直抖。可那黑洞洞的槍口，是個真真切切的威脅。馬匪們沒料到這個車夫居然還有槍，一下子都不敢上前。老畢喝令他們後退，其中三個人只好倒退了幾步。可就在這時，為首的馬匪突然手臂一振，一道銀光刺中了老畢的咽喉。

老畢渾身一僵，下意識地想要去扣動扳機。可他根本沒受過訓練，不知槍上的保險還沒打開。馬匪們先是躲了一下，一看對方根本沒開槍，便重新獰笑著聚攏過來。從人群的間隙裡，教士看到老畢的咽喉插著一柄匕首，嘴巴一張一合，雙眼流著淚看著丘陵這邊。

教士心中一陣抽搐，那一瞬間他看懂了。老畢的眼神是在懇求自己，似乎還有什麼放心不下的事情要託付。還沒等教士想到是什麼事情，老畢整個人先是驟然一緊，呵呵發出幾聲虛弱的呻吟，然後撲倒在草原上，兩條腿一頓一頓地抽搐。

其他車夫早已經四散而逃，可在無垠空曠的草原上，他們怎麼跑得過馬匪們。很快那些可憐人就被追上，一一被殺。一時間慘號聲四起，鮮血潑灑在草葉上，風中透著濃濃的血腥味。

為首的馬匪沒有動，他蹲下身子，從老畢的屍身上取走那把手槍，簡單地玩賞了一下，滿意地點點頭，別到了自己的褲袋裡。

教士以為他會就此離開，可那個馬匪首領卻轉頭，朝丘陵這邊看過來。原來老畢臨死前的眼神，根本沒逃過這傢伙鷹隼般的眼力，輕而易舉地就判斷出教士藏身的位置。

馬匪首領直起身來，似笑非笑地朝著丘陵走過來。教士渾身緊繃，巨大的恐懼讓他不知所措。當首領走得足夠近了，教士能看到他的面相很滄桑，唇邊有一圈絡腮鬍子。不過這人的右側眼眶上沒有眉毛，整個臉龐像是兩片不相干的油畫拼接而成，看上去扭曲而狠戾。

他走路的姿勢和人類不太一樣，弓腰屈腿，腳尖點地，活像是草原上的一頭孤狼。走得越近，笑意越發猙獰，彷彿對接下來發生的凌虐滿懷期待。

就在馬匪首領即將接近丘陵時，柯羅威教士手裡握著十字架，試圖向後退去。這並不代表任何有意識的逃脫，只是人類在面對死亡時最自然的反應。

可是丘陵後頭別無他路。教士一不留神，腳下一滑，整個人滑過長滿了嫩草的坡面，撲通一聲跌落到丘陵下的海泡子裡。

幾乎在一瞬間，他就被渾濁的水和帶著腥臭味的綠苔包圍。柯羅威教士閉上眼睛和嘴巴，試圖向上帝祈禱，可人類本能的慌亂讓他手舞足蹈，隨即大團大團的腐液灌進了他的耳朵和鼻子裡，令他痛苦不堪。這種體驗，如同墜落地獄一樣——說不定比那還糟糕。

這個海泡子口徑不寬，裡面卻深得很。柯羅威教士的身子經過片刻掙扎，繼續朝水底沉去。他很快發現，油膩的渣滓只浮在表面，下層的水質似乎變得純淨了一些。柯羅威教士在水裡睜開眼睛，居然還能勉強看清周圍，如同置身於死寂的魚缸。他驚恐地發現，在壁邊雜亂的水草之間，居然還糾纏著一具發黑的人類骨架。這大概是海泡子的上一個犧牲者。它的下頜張開，肋骨尖漂蕩著幾縷看不清顏色的破布。隨著柯羅威教士四肢劃動帶動水流，它在水草間也緩緩移動，像是不甘心自己的慘死。

柯羅威教士絕望地控制身體和恐懼，努力讓自己不要浮上去。他知道，只要浮出水面，就會被等在旁邊的馬匪首領殺死。他只能儘量潛在這死綠的水下，寄希望於那些匪徒沒什麼耐心。

他堅持了一分多鐘，肺部開始火燒火燎，窒息的痛苦讓他眼前發黑。為了讓自己能堅持得久一些，柯羅威教士伸出手去，抓住了那具骸骨的脖頸，卻因為用力過度，使整個骨架脫離了水草的束縛，伸開雙臂朝他壓過來。這個變故擊潰了柯羅威教士的堅持，他猛然間張開了嘴，一連串水泡從肺部噴出來，隨即夾雜著泥土和綠苔的臭水猛然地灌入。那一瞬間，柯羅威教士覺得自己真的看到了一束聖潔的光芒，要蒙主恩召了。

不過這束光芒沒有持續多久，柯羅威教士的身體不由自主地浮起來，突破骯髒的水面，重新接觸到了空氣。柯羅威教士無法抗拒這個誘惑，狠狠地吸了一口氣，再也沒有沉下去的勇氣。這時候只要任何一個匪徒還在海泡子邊上，就可以輕易把他打死。

不過周圍靜悄悄的，只有遠處傳來匪徒們肆無忌憚的笑聲。他們大概是覺得他掉進海泡子死定了，所以失去了圍觀的興趣。柯羅威教士強忍住痛苦，在水中一動不動，儘量不發出聲響。一直到馬蹄聲逐漸遠離，他才勉強遊到海泡子邊緣，拽著青草爬上岸來，癱倒在地。他上岸後第一件事就是雙手撐住地面，瘋狂地嘔吐，吐到幾乎要把整個胃都翻過來。吐完以後，柯羅威教士這才注意到，一截臂骨還緊緊抓在自己的胳膊上，五個指頭絕望地勾住外袍。

柯羅威教士拿開臂骨，驚魂未定地環顧四周。馬匪們還沒走，不過他們大概以為教士肯定會淹死在水裡，樂得節省一顆子彈，於是轉過頭來搜檢馬車，看有沒有戰利品。

教士看到，那些馬匪像是過狂歡節一樣，他們從車夫們的屍身上摸出為數不多的一點兒金條和鷹洋，然後一臉厭惡地搗毀教士的工具儀器，《聖經》和其他一些書被撕碎焚燒。貨車上的糧食與日用品都被丟棄在草原上，口袋全部被撕開，靴子在上頭肆意蹂躪。

馬匪們對著其他幾輛馬車發洩得差不多了，緊接著把注意力放在了最後一輛。這輛雙轅馬車上裝著一件大東西，上頭還用苫布蒙著。馬匪們的眼睛閃閃發光，覺得這將是一筆巨大的橫財。

馬匪首領走上前去，伸手把苫布撕扯下來。還沒等苫布落地，一個巨大的黑影轟的一聲撞開籠門，把馬匪首領撞飛開來，然後從馬車上跳落到地面。

馬匪們沒有急忙去把首領扶起來，他們全都驚呆在原地。這是一頭什麼野獸啊，草原上可從來沒見過這樣的傢伙。牠的身軀比老虎還要龐大，脖頸旁邊有一圈威風凜凜的棕黃色鬃毛，鬍鬚戟張，血盆大口，兩隻琥珀般的獸眼，能勾出人類內心最深處的恐懼。

牠的模樣讓馬匪們想起王爺府前那兩尊石獅子，可是兩者又有很多不同之處。其中一個馬匪忽然想起來，之前似乎在喇嘛廟的壁畫裡見過一頭靈獸，和眼前這頭差不多——不過畫像可遠不如親眼見到這麼真切而有威脅。

與此同時，萬福也從遠處走過來。她一路小跑，焦躁地扇動耳朵，長鼻子像旌旗一樣高高翹起，腳掌交替踩踏，連地面都為之微微顫動。馬匪們想起來了，這一頭白象的模樣似乎也在喇嘛廟的壁畫裡頻頻出現。

他們都是膽大妄為之徒，敢做一切殘忍之事，可對於神靈還是有敬畏之心。陡然間兩隻靈獸現身於草原，馬匪們有點兒驚慌，都把視線投向首領。首領是他們之中最兇悍的人，他從地上爬起來，面無表情地翻身先上了馬，然後把那把新得到的手槍掏出來，稍微掂量了一下，拉開保險，準備射擊。

就在這時，虎賁動了。

也許是這裡的景象和牠在非洲的故鄉太像了，觸動了這隻獅子的本能，又或許是這些陌生人的動作刺激了牠的凶性。總之，虎賁先是抖了抖鬃毛，然後腦袋猛然一晃，順勢張開大嘴，發出了一聲興奮的大吼。充滿野性的強烈音波從牠的咽喉驟然炸裂而出，如同一聲巨雷擴散到整個草原，震耳欲聾，無遠弗屆。

這一聲獅吼中蘊含著與生俱來的威嚴和威脅，馬匪們和他們胯下的坐騎同時哆嗦了一下。那些草原雄駿發出陣陣嘶鳴，躁動不安，個別還試圖掉頭跑掉。虧得馬匪們拚命拽住轡繩，呼喊著口號，才勉強控制住牠們。

馬匪首領一手拽住坐騎轡繩，一手端平手槍，準備給這頭猛獸致命一擊。他從來不相信任何神靈，只相信自己的眼睛和手裡的武器，別人面對神仙菩薩的靈獸可能會畏怯，他可不會。在那一雙缺少眉毛的冷酷雙眼裡，什麼都是獵物。

虎賁似乎感覺到了這邊的威脅，牠在草叢裡緩緩伏低，雙肩聳起，頭顱慢慢朝前垂下，這是撲擊獵物的姿態。馬匪首領正要扣動扳機，卻不料萬福在不遠的地方發出一聲號叫，一枚石子遠遠飛來，砸中了他的手腕。

馬匪首領握槍握得很穩，這一片飛石並沒砸掉槍支，只是讓他狠狠地晃了一下。這點時間對虎賁來說足夠了。牠遽然一躍而起，挾著腥風和滔天殺意撲了上去。這一路上，這頭野獸懶散地趴在籠子裡，好像已經忘記了自己作為百獸之王的尊嚴。自從進入草原之後，牠古老的記憶慢慢甦醒，凶性也慢慢展露。

幾百斤重的龐大猛獸躍至半空，連太陽都在一瞬間被巨大的陰影遮住。面對這樣一頭可怕的怪獸，馬匪首領對危險有天然的直覺，知道自己根本無法抵擋，便第一時間飛身跳下馬，在草地上連折了三四個跟頭。

下一個瞬間，虎賁撲到了他的坐騎後頭。兩隻利爪死死摳住駿馬的臀部，整個身軀抱在了後半截馬背上。牠張開大嘴，狠狠地一口咬下去，再猛然甩動頭顱，兩排尖利的獅牙幾乎把半個馬臀都撕下來，登時鮮血四濺。

驟受劇痛的馬習慣性地飛踢一腳，把獅子踢下馬背。那獅子見到了鮮血，凶性更加勃發，又一次撲了上去，側身猛抓。這一次利爪直接劃開了駿馬柔軟的腹部，鮮血和內臟稀里嘩啦地從一道觸目驚心的口子往外流瀉。駿馬拖著腸子向前跑動了十幾步，終於無法支撐，哀鳴一聲，轟然倒地。

趁著獅子把注意力放在坐騎身上，馬匪首領飛快地朝自己部下聚集的方向跑去。他的右側胳膊彎成一個奇怪的角度，大概是落馬時摔折的。手槍自然也不能用了，這麼近的距離，就算能把子彈全數射出去，發瘋的獅子恐怕也會在死前幹掉自己。

可他的部下現在也陷入危機。坐騎們看到同類被吃掉的恐怖場景，情緒徹底崩潰。牠們嘶鳴著，頎長的脖子前後發瘋地搖擺，上面的人無論如何呵斥都不管用，哪怕馬嚼子把嘴角勒得出血。只要騎手稍微一鬆手，牠們就會毫不猶豫地朝著遠處逃去。

馬匪的一個部下勉強拽住韁繩，側身把首領救上馬背，一不留神手鬆了一下，那坐騎彈簧似的跳著遠遠跑開了，誰都攔不住——其實馬匪們也想儘快逃離這個地方，該搶的都搶了，該殺的都殺了，誰會跟一隻沒好處的猛獸纏鬥？

於是，幾乎是一瞬間，馬匪們被炸了毛的坐騎帶著往外跑去，比來時還要快。那些紅了眼睛的駿馬撒開四蹄，奔馳在平坦的草原上，一會兒工夫就不見了蹤影，只留下混亂與血腥。

直到確認馬匪確實遠離而且不會回轉，死裡逃生的柯羅威教士才從小丘後站起身來。他臉色慘白，渾身發抖，幾乎連十字架都握不住。剛才那一幕太過驚悚，簡直像是一個噩夢，直到現在，教士都不敢相信這一切是真的發生了。

司鐸警告他的話，沒想到這麼快就應驗了。

教士蹣跚著走過去，眼前忽而清晰，忽而模糊。車隊休整地一片狼藉，到處都是還未裝好的馬車零件和零散行李，被砸碎的地球儀散落在草地上，種子、燈籠、車輪與書籍潦草地混丟在一邊，被大量碎布條和衣物覆蓋。車夫們的屍體橫七豎八地躺倒在地，教士看到老畢仰天躺著，雙眼兀自瞪得溜圓，咽喉上有一個大大的血洞，鮮血還咕嘟咕嘟地往外冒著。他的上下頜張開一個誇張的角度，不知是為了吸入最後一口氣，還是想最終喊出一句什麼遺言。身下的綠草已經被染成了半紅色，看起來有一種浸透了死亡的妖異美感。

柯羅威教士感覺到一陣暈眩。要知道，僅僅一天之前，他們一起穿過隘口，興致勃勃；

僅僅十幾分鐘前，那些車夫還在談笑風生，一邊更換車輪一邊議論著女人；教士還在和老畢商量接下來的路程。可現在，他們卻變成了冰冷的屍體，天人永隔，就像電影膠片被剪去了一截，極其突兀地跳到了結局。

此時虎賁開心地抱著駿馬的屍體，肆意啃食著。空氣中瀰漫著濃濃的血腥味，鼻子無法分辨這氣味是來自馬匹還是人類。柯羅威教士整個人迷茫而遲鈍地走著，絲毫沒意識到自己身處危險之中。虎賁已經重獲自由，隨時可能過來把他吃掉。他甚至沒注意到，萬福遠遠站在車隊另外一側的邊緣，一動不動，彷彿也被這一切嚇到。

世事的劇變往往超過了人類思維的反應速度。一旦人類無法適應變化的速度，就會產生錯覺，認為這一切都是虛幻，並不真實。這是為了阻擋負面情緒的侵蝕而做出的自我保護，只有認定世界是虛幻的，才不會讓自己真正受到傷害。

可人類一旦冷靜下來，開始理性思考，這一層障壁便失去了保護作用。他必須直面殘酷的現實與艱難，去計算得失，去權衡利弊，去把自己最脆弱的地方袒露出來，任憑傷害。信仰使人安詳，思考會帶來痛苦，可每個人都有從夢裡醒來的一刻。

柯羅威教士此時就是這樣。他雙眼茫然沒有焦點，就這麼佝僂著背，圍著車隊殘骸轉了一圈又一圈，活像個虔誠的牧民在敖包前轉山祈禱。在他的內心，滿心指望老畢把他突然推醒，繼續趕路；或者讓伯靈頓大教堂的鐘聲，把他從家裡天鵝絨的床墊上吵醒，發現這一切只是讀完《馬可．波羅遊記》的夢。

可這一切，只是徒勞的逃遁。他轉的圈數越多，眼前的意象就越清晰。死者滿布血絲的眼白、半紅半綠的倒伏野草、虎賁咀嚼骨頭的哢嚓聲、太陽自天空拋下的熱力，每一個細節都是一根鐵鑄的冰冷尖刺，刺入教士的腦海，帶來鑽心的劇痛，讓他遍體鱗傷，反覆提醒這一切都是真的，是真的，是真的。

不過虎賁沒有襲擊他，吃飽的獅子對周圍的一切都沒興趣。萬福一動不動地停留在邊緣，她第一次對教士產生了畏懼的情緒。狒狒們焦躁不安地互相撕扯，吉祥、如意兩匹虎紋馬還是沒放棄逃跑的企圖，可牠們的牽繩被死死纏在大車板上，動彈不得。只有巨蟒一如既往地安靜趴伏，但牠吐芯子的速度加快了，似乎也對血腥味產生了些許興趣。

至於虎皮鸚鵡，最後一次見到牠的身影，是在老畢的大車前。牠落在了那一枚三清鈴上，然後又振翅飛向天空，不知所終。只有銅鈴兀自響起喑啞的聲音，如喪鐘叫魂。

動物的陣容都還在，並沒有什麼損失。可教士知道，失去了車夫和馬車，補給又被搶光，所有的積蓄和物品都沒了，他和這些動物絕無可能走出這一片深邃的草原。赤峰變成了遙不可及的妄想，頃刻之間，這個異想天開的草原動物園便在誕生前灰飛煙滅。那些馬匪毀掉的不光是現在，還有美好的未來。

教士一圈一圈地走著，腦子裡一片空白，從正午時分一直轉到太陽即將落山。一直到雙腿痠痛得走不動時，他再也無法堅持，撲通一聲，雙膝跪倒在地，恰好面對著老畢那絕望驚恐的遺容。

一瞬間，與死亡擦肩而過的驚悚、過度的恐懼以及憤怒、沮喪、茫然等，無數種負面情緒一起噴湧出來，讓教士不由得號啕大哭起來。在哭泣中，綠色原野、湛藍天空和落日餘暉開始扭曲褪色，整個世界變成黑白，大地與天空的分界線化成一團團漩渦。時間不再是長河流逝，而是化為嚴整的石岩，一塊塊被漩渦吸入其中，不停圍繞著一個原點旋轉。時空攪成一團，讓他無從分辨真實與虛幻。

教士喪失了對時間和空間的判斷，他一動不動地跪倒在地，任憑腦中的驚濤駭浪一遍遍沖刷著意識。恍惚之中，明暗交替，教士聽見施洗約翰在曠野中呼喊，耶穌在十字架上呻吟，看到索多瑪城俄然崛起又轟然崩塌，諾亞的方舟穿過太平洋的波濤，自西向東……而現在柯羅威教士跪倒在空曠的蒙古草原上，在這些動物和車夫屍體面前，也開始拷問起自己的靈魂。

如果他依循總堂的建議，也許現在已經抵達赤峰，開始平庸而安穩的傳教生涯；老畢和其他車夫也會各自忙著自己的事情，不會暴屍荒野。無數念頭紛至沓來，教士瀕臨崩潰的內心產生了一絲懷疑。當初的那股熱情是出自上帝的意旨，還是魔鬼的誘惑？

仁慈的主啊，您讓我遠跨重洋，來到中國，又給予我啟示，讓我把這些動物從京城帶來草原，難道只是為了在這片荒郊把一切都毀滅嗎？如此宏大的一個計畫，卻在行至半途的草原戛然而止，我前去赤峰的意義又是什麼呢？

這些問題，一遍一遍地在教士空洞的內心迴盪，卻沒有迴響。

不知過了多久，天色緩緩暗淡下來，陰影在草原上迅速擴大。這附近沒有任何燈火，太陽的餘暉一收，周遭的空間陡然收緊，整個世界都跌入一口漆黑逼仄的井。

今晚是個多雲的天氣，連月亮和星星也看不見。草原上悄然出現了幾隻綠色的眼睛，牠們被血腥味吸引而來，圍著車隊打轉。可是這附近瀰散著一種危險的味道，黑暗中似乎還隱伏著一個巨大的影子。綠眼睛們不認識這是什麼動物，但牠一定很危險。於是牠們沒有靠近，始終保持著一段安全距離，但也不願意輕易離開。

柯羅威教士就這麼靜靜地跪在地上，垂著頭，閉著雙眼，枯槁如行將化為飛灰的一尊雕像。不知過了多久，肉體的疲憊終於壓倒了一切。他的身子晃了晃，幾乎要癱倒在地上，昏昏欲睡。

忽然，那隻虎皮鸚鵡不知從何而降，牠似乎能看透黑暗，一邊發出清脆的叫聲，一邊準確地落在教士的肩膀上，用尖利的鳥喙啄他的脖子。教士感覺到疼痛，勉強抬起沉重的眼皮，然後看到了一幅他完全想像不到的情景。

不知何時，厚厚的雲層已被夜風吹散，深邃的夜空中露出一輪明月。它渾圓柔和，籠罩在一圈幽斂的淡光裡，讓人始終無法捉摸它的真面目。在淡光起伏中，月亮那一圈模糊的邊緣形成乳白色的光暈，不斷流動，彷彿有奶與蜜在表面流淌。

沒過多久，月亮靠近大地的下緣發生了微微的變化。先是那一圈銀白的淡光逐漸凝實，待到凝至極致，光變成了水，從飽滿的圓盤裡溢出來，自下緣緩緩滴落。一滴、兩滴，無數光點逐次飄灑在整個廣袤而寥廓的草原上，漫延到每一株青草的草尖，深入每一粒沙土。在這神秘的光雨籠罩之下，黑暗被逼迫到了遠方的地平線，稀釋成一道灰色的影。無論是人和動物還是整個大地，都像是披上一層疏離的白紗，彼此之間既親近又漠然，似極遠又極近。月光是最誠實的凝望，它能映照出一切本性。

此時的草原，正展現出最本原、最靜謐的模樣。同樣被袒露出來的，還有柯羅威教士最深處的本我。

隱隱地，似乎有女子縹緲的歌聲不知從何處傳來，卻襯得草原更加靜寂。教士如同被催眠一樣，緩緩站起身，朝前走去。他的雙目空靈，不凝聚在任何一個點上，肉體極度疲憊，意識亦告崩潰，沒有了世俗雜念與信仰的纏繞修飾，潛藏於內心深處那種最初的意識，輕而易舉便被月光和歌聲喚醒。

教士晃晃悠悠地走到車隊中央，為狒狒們和蟒蛇打開籠門，解開虎紋馬的繩子，讓每一隻動物都重獲自由。動物們有的興奮不已，有的卻有些畏怯。牠們不解地望著這個奇怪的人類，不明白到底發生了什麼。

教士沒有去束縛或驅趕，而是伸開雙手，對著牠們喃喃道：「走吧，走吧，前面的路還長呢。」

說完這些話，他轉過身去，一個人恍恍惚惚地朝營地外面走去。很快身影就隱沒在黑暗中，他步履踉蹌，方向卻很堅定，似是被什麼力量感召而去。

那一刻，草原上的月光掀起夜風，將混雜著草籽的塵土吹入每一個生靈的鼻孔。每一隻動物似乎都和之前不太一樣了。牠們眼神變得深沉，有火和月光在瞳孔裡躍動。最先跟過來的是兩匹虎紋馬——吉祥和如意，牠們一改頑劣的脾氣，謹慎地跟在教士身後，脖子上的小鈴鐺還會叮叮噹噹地響。接著是五隻橄欖狒狒，這裡沒有大樹可以攀爬，牠們高舉雙臂站成一排，一搖一擺地跟過來。那條蟒蛇也在教士的側面遊走，長長的牧草完美地遮蔽了牠的身形，旁人只能聽見鱗片滑過草地的嘶嘶聲。

最後一個跟過來的是虎賁。牠還是那麼一副懶洋洋的樣子，趴在地上漫不經心地嚼著骨頭，就連月光都沒辦法讓牠變得勤快。一直到教士和動物們走得很遠了，牠才抖動慵懶的身軀，追上隊伍，慢條斯理地吊在隊尾。虎賁的一雙眼睛散射出兩道淡淡的綠光。牠對前方那些可口的動物毫無興趣，只偶爾瞥一眼教士的身影，抖動鬃毛。那隻虎皮鸚鵡不知何時飛了回來，落在虎賁的臀部，得意地左顧右盼。

至於萬福，她始終如一地跟在教士身旁，沉默前行，眼神安詳而溫柔。那白色的巨大身軀，幾乎要和月光融為一體。

歌聲始終未曾停歇，它似是一隻靈巧的雪兔，當你側耳聆聽，它便倏然不見；你一旦放下心神，耳畔就會再次響起。

於是，在銀白色的暗夜草原上，一位身著黑袍的傳教士踽踽前行，後面跟隨著一隊來自遠方的動物：大象、獅子、虎紋馬、狒狒、鸚鵡與蟒蛇。牠們沒有爭鬥，沒有散亂，站成一列嚴整如軍隊般的隊伍，沉默地跟隨著柯羅威教士。在月光的映襯之下，每一隻動物和人都化為一個莊嚴的黑色剪影，走過地平線，走過碩大的月亮，走向草原的深處。

這一幕難以言喻的奇幻景象反覆出現在許多赤峰人的夢裡，但沒人能說清楚為什麼。事就這樣成了。

第五章 瘋喇嘛

這一次馬戲團式的草原巡遊不知持續了多久，也不知走了多遠，更不知是朝著什麼方向。它就像夢一樣，沒人知道從何時開始，只知道何時結束。

晨曦的第一束金黃色光芒自東方投下之時，月亮終於隱去了身形，那神秘的力量也隨之被遮罩。柯羅威教士陡然停住了腳步，雙眸恢復了焦點。他第一眼看到的，是一個頭纏紅色手帕的美麗女子，她正掀開蒙古包的簾子，探出半個頭來觀望天色。

教士和女子四目相對，兩個人一時都愣住了。女子的視線很快越過教士的肩膀，看到他身後跟著的那一長串動物。動物們此時也恢復了正常，牠們茫然地左顧右盼。在隊伍末尾的虎賁似乎有點兒累了，朝陽讓牠很想睡一會兒，於是牠張開大嘴發出一聲低沉的吼聲，就地趴下。

那女子被虎賁的吼聲嚇了一跳，發出一聲驚恐的尖叫，連忙把頭縮回去，把簾子重新放下。

直到這時，教士才顧得上觀察一下眼前的建築。

這個蒙古包是藍白兩色，體積不大，坐落在草原上一處微凹的窪地裡，這樣可以避風。教士曾經在京城研究過這種遊牧民族的居所，還特意找了幾個蒙古人請教。眼前這頂蒙古包，支撐整體結構的哈那*用的是細木條，沙柳製成的烏尼*在頂上形成一圈傘蓋式的椽架，兩者之間用棕紅色的駝繩捆紮住，再鋪上一層毛氈。包門開向東南，穹頂套瑙*很小。

這個規制比正式的蒙古包要簡陋得多，應該是旅人在途中臨時紮的宿營地。不過那鋪在外面的一圈氈子可一點兒不簡陋：藍色來自染青厚氈，白色來自白氈胎，上面還繡著符號一樣的花紋與鳥獸，可見這個蒙古包的主人出身一定很高貴。教士還聞到一股奶茶的清香，從帳篷裡飄出來。

教士還沒來得及研讀那些符號的寓意，遠處就傳來急促的馬蹄聲和叫喊聲。他抬起頭，循著聲音朝草原的方向望去，看到七八個身穿淺黑袍子的騎手匆匆朝這邊趕來。他們手裡拿著火槍和馬刀，用蒙古語嚷嚷著什麼，看起來頗為著急。

他們的衣著和裝備要比昨天的馬匪強得多，身上卻沒有什麼血腥味和殺氣。教士猜測他們是那位身份高貴女子的護衛，清晨正牽著馬出去吃草，聽到女子尖叫，這才急忙趕回。

這些護衛從蒙古包背面的西北方向過來，然後突然扯住轡繩，馬的前蹄揚起，發出唏律律的嘶鳴，竟然全數停住了腳步。

* 哈那：蒙古包下部的圍牆支架。
* 烏尼：蒙古包的椽子，上接套腦（瑙），下接哈那。
* 套瑙：蒙古包的天窗，位於頂中央，可以排煙、通氣、照明、採光。

剛才被蒙古包擋住視線，他們以為只有教士一個人，可一繞過帳篷才看到，教士旁邊還站著一頭巨大的長鼻子怪物，還有兩匹花紋古怪的馬。最可怕的是，遠處一頭殺意肆起的猛獸正盯著他們胯下的坐騎，那一對琥珀色瞳孔正在收縮，隨時可能會撲過來。

護衛們猶豫了片刻，可責任心還是驅使他們硬著頭皮衝了上來。教士連忙高舉起雙手，用漢語大聲表明自己的身份，表示並無任何惡意。可騎手們在高度緊張之下根本沒有聽見，他們迅速圍成一個圈，想把教士和動物們團團包圍。還沒等包圍網形成，萬福突然發出憤怒的號叫，用長鼻子把其中一個人狠狠地抽下了馬。

這個舉動讓其他護衛大為緊張，四五把火槍同時舉起，對準了教士的胸膛，準備隨時扣動扳機。就在千鈞一髮之際，那女子再次從帳篷裡探出頭來，大聲用蒙古語交代道：「住手！」

護衛們對女主人的聲音反應迅速，紛紛放下火槍，後退了一步，可臉上的戒備仍在。其中一人跳下馬去，查看那個被象鼻子抽飛在地的倒楣鬼。女子看向教士，居然說出一串流利的英文：「請你的野獸安靜下來，不要傷害我的人。」

她的發音不算標準，可意思表達很清晰。教士驚喜之餘，伸手去撫摸萬福的耳朵，小聲地說了幾句。萬福從鼻子裡噴出一股氣，後退了幾步，可看向護衛的眼神仍舊充滿敵意。在她心目中，這些人和昨天的馬匪是完全一樣的。

誤會解除以後，雙方都謹慎地收起自己的武器，隔開一段距離。女子從帳篷裡走出來，她是個二十歲出頭的年輕女子，穿著一件紅邊綢綢短袍，頭上纏著一塊赤霞色的手帕，與烏黑的長髮形成鮮明對比。長髮朝兩邊分開，紮成兩條粗大的辮子，辮子裡還絞著幾根紅絲線，綴滿瑪瑙和細碎的玉圓珠。

女子警惕地問教士能否先把這些猛獸控制住，再來談話，不然沒人會放心。教士自然不會拒絕，他自從發現她會說英文，心中大為釋懷，像是回到了自己家鄉一樣。

在護衛的幫助下，教士將萬福等動物用繩子拴在蒙古包附近的拴馬樁上。這是一種楔形木樁，一頭蓋著一層薄薄的鐵皮，敲進草原的泥土裡，可以作臨時拴馬之用。其實這種拘束對萬福來說形同虛設，只消輕輕一扯就能連根拔起。可是為了消除護衛們的戒心，這個處置還是必要的。

至於虎賁，教士向女子借了半扇羊肉，丟給牠。吃飽喝足的虎賁比貓還要溫順，隨便你怎樣拴捆都無所謂。

等到所有動物都安頓好了，護衛們這才徹底放下心來，各自散開。女子對教士嫣然一笑，邀請他進帳篷裡共進早餐。

在蒙古包的正中央，一個鐵鍋正咕嘟咕嘟煮著奶茶。女子從隨身褡褳*裡掏出一把炒米和兩團餜子丟進去，攪了攪，再用一個鑲著銀邊的木碗盛滿，遞給教士。

教士經歷了一天一夜的磨難，早已餓腸轆轆。他不顧禮貌，稀里嘩啦地連吃四碗，感覺一股熱流在全身瀰散。第五碗見底以後，他打了一個飽嗝，然後滿臉羞慚地為自己的粗魯道歉。

看到教士孩子一樣的窘迫模樣，女子大笑。她有著一張蒙古人的典型面孔，眉長眼細，顴骨很高，年輕的五官瀰漫著鮮亮的活力，一笑起來如同草原上所有的鮮花都同時綻放。

女子先做了自我介紹。她叫薩仁烏雲，蒙古語裡是「像月亮一樣」的意思，是喀喇沁親王貢桑諾爾布的一個遠房姪女。

這位貢親王的頭銜有喀喇沁右旗札薩克和卓索圖盟協理盟長，是赤峰周邊最有權勢的人。他是個開明的人，並不抱殘守缺，積極向外界學習。在他的主持下，報紙、學堂、電報等新生事物被引入漠南蒙古，給這個古老的地區注入新鮮活力。作為開化的舉措之一，貢親王開辦了蒙古第一所新式女校——毓正女學堂。薩仁烏雲的英文正是在這所學堂裡學來的。

和大部分蒙古人一樣，薩仁烏雲生性好動，喜歡四處遊走。趁著七月這個最好的時節，學堂又放了假，她決定深入這一帶的草原，勘察地理情況。貢親王擔心會遇到馬匪，特意派遣了王府幾個最精銳的護衛跟隨。

沒想到馬匪沒遇到，她反而撞見一個落難的教士。

薩仁烏雲眼神閃動，充滿了好奇。她之前曾經接觸過不少教士，也在博物圖冊上辨認過大象、獅子這些草原沒有的動物，可是她怎麼也想不明白，為什麼一個教士會和這麼多動物突兀地出現在草原深處，連一輛馬車都沒有。

說起這個話題，教士的臉色黯淡下來。他先說了自己前來中國傳教的經歷，然後說到在前往赤峰的途中遭遇了馬匪。薩仁烏雲聽得很認真，中途還把護衛隊長叫進來，告誡他要加強戒備，那批馬匪可能還沒遠離。

「可你是怎麼走到這裡來的？」薩仁烏雲發問。

根據教士的描述，他是翻越了塞罕壩之後的次日，遭遇了馬匪。可是現在兩人相遇的地方，距離塞罕壩有很長一段距離，失去了車隊的柯羅威教士，怎麼可能徒步帶著這麼多未經馴養的動物，在一夜之間橫穿草原？那一夜到底發生了什麼？

柯羅威教士困惑地搖了搖頭，那一夜的經歷他完全不記得了，腦中一片空白，記憶似乎

＊褡褳：一種長方形口袋。

被強制抽取出來。他自己都說不清楚，到底是怎麼做到這一點的。他絞盡腦汁地回想了半天，只模模糊糊記得有一片神秘的月光灑下來。

薩仁烏雲以為教士有什麼難言之隱，便沒有繼續追問。可她還是很好奇：「那麼，你為什麼要千辛萬苦把這些動物送到赤峰呢？」

教士長長地歎了一口氣，從華國祥的電影放映機說起，講到教堂的那一場火災，講到萬牲園的變遷，然後攤開雙手，平視著薩仁烏雲，說出了自己的計畫：「我想在草原上建一個動物園。」說出這句話時，他原本黯淡的雙眼重新放射出光芒。

薩仁烏雲睜大了眼睛，忍不住讚歎道：「這是個多棒的主意呀！」她接受過新式教育，在書上見過動物園，但她沒想到居然有人有勇氣在草原上建一個。

「可是主並不贊同我的想法。」

說到這裡，教士重新陷入沮喪。他的面部肌肉抽動了一下，昨天的遭遇實在太可怕了，那恐怖的感受仍舊殘留在記憶裡，像一道不易痊癒的傷口。他下意識地雙臂抱住自己，嘴唇顫抖，一半是因為恐懼，一半是因為他意識到，所謂的啟示也許並非神的本意。

薩仁烏雲歪了一下頭，似乎想從另外一個側面觀察柯羅威教士。在鐵鍋騰騰的蒸汽中，教士的表情不停發生著細微變化，這個人的內心一定處於糾結與矛盾之中。

她為自己盛了一碗奶茶，卻只是沾了沾嘴唇：「可你一個人帶著這些動物，穿行了這麼遠的草原夜路，而且遇到了我。要知道，最大膽的牧民也不敢在夜裡這麼做，而你卻帶著這麼多野獸做到了——我不知道你是怎麼做到的，但它確實發生了。」

柯羅威教士怔住了。他對那一夜的事情實在是沒什麼記憶，事實上，他剛剛才從那種空靈的狀態中脫離出來，還沒來得及重新用理性審視自身的處境。經過薩仁烏雲一提醒，他才覺察到其中的微妙味道。

教士閉上眼睛，努力地回憶，可最終還是沒有想起來。

他腦海裡浮現的最後畫面是跪倒在老畢的屍體前方，任由崩潰的情緒淹沒自己。

「車隊遇襲確實發生了，老畢和他的同伴都死了，建動物園這件事已經註定無法實現。如果方便的話，希望你能把我帶到赤峰州，我要跟總堂聯絡……」柯羅威教士虛弱地說道。信心是一回事，現實則是另外一回事。

薩仁烏雲突然俯身湊近柯羅威教士，他有點兒猝不及防。女子的聲音很執著：「你的動物都在嗎？」

「嗯，是的。」

「你還活著，對不對？」

「沒錯。」

「那麼，你到底想不想在草原上建一座動物園？」

「想。」

「是因為別人讓你這樣做，還是你自己想這樣做？」

「當然是我自己。」

薩仁烏雲拍了拍身旁的羊毛靠墊，無比認真地說：「我不瞭解你所信奉的神明，可我是這麼想的，如果你的神不願意這樣做，祂在一開始就會阻止你，不是嗎？」

柯羅威教士注視著姑娘的雙眸，她並非基督徒，可他能感到一股力量傳送過來。他忽然明悟，這不是一次挫折或否定，這是一次試煉。上帝從來沒有拋棄過他，只是在試探他的信心是否堅定。

他深深地為自己的軟弱感到羞愧。這是多麼明顯的一件事，任何一個信心堅定的教士都應該在第一時間想到。可自己呢？在遭遇挫折時完全崩潰了，居然還去質疑上帝的意旨，需要一位異教徒提醒才如夢初醒。

柯羅威教士仰起頭來，朝蒙古包的穹頂看去。金黃色的光芒變成一條狹窄的光束垂落下來，刺痛了他的雙眼，讓他淚流不止。去赤峰州的意義難道不就在此嗎？教士跪在地上，懺悔自己的軟弱和動搖過的信心，乞求主的寬恕。

薩仁烏雲安靜地等在旁邊，直到教士完成懺悔，才露出燦爛的笑容，她拍了拍教士的肩膀：「昨晚長生天*給我托了一個夢，夢見有一頭白象從西方而來，牠化成一條哈達*披在我的肩上。這是我的神給我的啟示，這就是所謂的緣分因果吧——我會幫你實現這個夢想的。」

教士對這個承諾感激不盡，只是他對蒙古女孩口中的「神啟」略有不解。長生天是蒙古人的神祇，祂怎麼會對一個傳播福音的基督徒發出啟示？不過他一轉念，想起了老畢拴在大車旁邊的三清鈴和盧公明評價中國人的話，他們確實沉迷於各種信仰，彼此相處融洽，毫不介意，這種性格自然會反映到他們所信奉的神明身上。

這是柯羅威教士的宗教精神所不能接受的。於是教士向薩仁烏雲表示感謝，並謹慎地說了一句：「願主保佑您。」他偷偷抬眼去看，發現女孩並無不悅，反而很高興地接受了。

薩仁烏雲決定幫助教士，不光是夢見白象的緣故。她相信緣分，也挺喜歡這個有點兒呆呆的教士，尤其是當他說起動物園時那發自內心的興奮，讓她想起自己的叔父貢親王。

---

*長生天：蒙古民族的最高天神。
*哈達：蒙古人或西藏人表示祝賀或恭敬之物，為絲或絹製品，傳統多為白色。

她記得貢親王從日本考察回來以後，在王府與她聊了很多見聞。一說到那些外界的新鮮事物，貢親王就興致勃勃，說一定要找機會把它們都引入草原來。他絮叨了許多方案細節：這個學校建在哪兒，那個工廠建在哪兒，道路該如何修整，怎麼從外面聘請教師——貢親王說話時那孩子一樣興奮而好奇的神情，和柯羅威教士一模一樣。

「我先帶著你去趟赤峰州，那邊的知州和我叔父很熟悉，他應該能幫上忙。州裡有電報局，跟京城聯繫很方便。」薩仁烏雲高高興興說著自己的計畫。教士看著這個蒙古姑娘，苦笑著搖搖頭。運送動物可不是件容易的事情，光憑她和幾個護衛幫不上什麼忙。

他提醒說，最困難的是如何把這些動物從荒渺無人的草原運走。薩仁烏雲驕傲地伸長手臂，向四周一劃：「太陽光所及的草原，都會向薩仁烏雲這個名字獻出祝福。」

不待教士詳細詢問，薩仁烏雲已經行動起來。她把護衛們召集過來，宣佈這一次的出獵提前結束，接下來先護送教士和那些動物前往赤峰州。護衛們面面相覷，覺得這實在有些詭異，但是又不敢違背女主人的命令。於是他們拆掉蒙古包，扔掉不用的物資，派出一個最快的騎手去附近的蘇木*，徵調能用的大架車。

在等待期間，教士帶著薩仁烏雲簡單地參觀了一下動物們，他一一進行介紹，算是為日後的動物園做一次預演。教士說了牠們的產地、種類以及一些基本習性，蒙古姑娘聽得饒有興趣，不時發問。

薩仁烏雲最喜歡的是那頭獅子，第一眼看到時就很喜歡。牠那股懶惰皮囊下洶湧的野性，和這個蒙古姑娘產生了某種奇妙的共鳴。可惜的是，虎賁對她顯然沒興趣，瞇著眼睛睡得正香——昨晚的長途跋涉對牠來說，實在是破天荒。

她最不喜歡的是那條蟒蛇。薩仁烏雲一看到這條可怖陰沉的動物，就像被針紮了一樣跳開，渾身顫抖。教士知道有些人天生懼怕蛇，這是夏娃遺留下來的心理陰影。他連忙把薩仁烏雲帶開，去看萬福。

薩仁烏雲看到這一頭白象，臉色變得嚴肅起來，她相信這就是夢中從西方走來的那一頭。她走近白象，萬福沒有閃避，任憑薩仁烏雲撫摸自己的耳朵和長鼻子。薩仁烏雲想了想，從右側辮子裡捋下一條掛滿珊瑚和彩石的紅絲線，繫在了萬福嘴邊的凸起處——萬福是一頭母象，沒有象牙，只在嘴兩邊有微微的肉包凸起。

薩仁烏雲把額頭貼在萬福白皙粗糙的肌膚上，她細嫩修長的手指滑過紅線上的一枚枚飾物，好像在數念珠。她開始低聲念誦著什麼，教士聽不懂，大概是什麼玄奧的經文，然後誦經

＊蘇木：蒙古旗下一級軍事行政單位。

聲演變成了歌聲，或者說兩者本來就是一回事。

薩仁烏雲的歌聲忽高忽低，悠揚中還帶著一股蒼涼的憂鬱，只有草原上的風能配合上這節奏。正在姑娘的聲音逐漸低沉之時，萬福抬起長鼻子，搭在薩仁烏雲的肩上。這頭母象彷彿把握住了風的節奏，知道歌聲何時結束，挪動肥厚的腳掌，讓姑娘貼得更緊了。

教士站在旁邊，發現萬福的眼神更清澈了，透亮明快，所有的光芒都收斂在瞳孔中，就像月光。他忽然想起來，似乎昨晚在草原上聽到的就是這樣的歌聲。

「你昨晚是否唱歌了？」教士略顯魯莽地問道。

薩仁烏雲的臉頰貼在象鼻子上，笑著回答：「我每天晚上都會唱歌啊，這是我在草原上的使命。」

這個回答有些奇怪，不過她沒有進一步解釋，教士不好追問。他暗自揣測，也許昨晚就是薩仁烏雲的歌聲把自己引到帳篷附近來，那些幻象不過是過度疲憊而產生的幻覺。

那些護衛手腳麻利，很快就拆完了蒙古包。又等了一陣，找車的人也回來了。薩仁烏雲這個名字在草原上確實相當有影響力，附近蘇木一口氣派出了四輛大架子車和四輛勒勒車*，幾乎傾其所有。

在裝卸這些難伺候的乘客時，其他動物都還好，只有虎賁著實費了一番周折。其實牠只要吃飽了，並不介意在哪裡待著，可是那些拉車的轅馬卻不肯配合。牠們一聞到野獸的氣味，就嚇得魂不附體。薩仁烏雲建議乾脆讓她牽著虎賁走算了，就像教士牽著萬福一樣，但教士堅決反對這個魯莽的行為。

最後薩仁烏雲決定把搭建蒙古包的染青氈子拿出來，蓋在虎賁四周，再在旁邊堆了一大堆香料。這樣勉強可以遮掩身形和氣味。

這個臨時組建的車隊，在正午時分隆隆地上路了。和之前不同的是，教士這回沒有坐車廂——因為沒有車廂給他坐——而是騎在了馬上。薩仁烏雲給了他一匹青灰色的駿馬，教士戰戰兢兢地伏在馬鞍上，一點兒都不敢撒手，生怕掉下去。護衛們都哈哈大笑，示威似的在周圍來回跑動。只有萬福看起來不太高興，她大概對另外一隻動物與教士如此親近有些不滿。

接下來的一整天，再沒有什麼意外發生。沒看到馬匪，補給也十分充足。沿途牧民聽到薩仁烏雲到來的消息，都紛紛跑出蒙古包，雙手獻上哈達和最美味的羊羔。不光是虎賁，就連教士也慢慢習慣了羊肉的腥膻味道，騎術也越發熟練。不過無論他怎麼努力，還是趕不上薩仁烏雲，她輕盈得就像是一朵大風吹動的白雲，輕輕一縱，便騎出去很遠，渾身的活力根本揮灑

* 勒勒車：蒙古族使用的傳統交通運輸工具。

不盡。

當天晚上，車隊停留在一處避風的凹地中心，周圍是一圈橢圓形的草丘。護衛們七手八腳地把帳篷再次搭起來，還額外給教士搭了一個小的，離薩仁烏雲的住所不遠。至於那些動物，都老老實實留在車上，停放在帳篷後頭。只有萬福和虎賁身軀太大，教士特意把牠們鬆開，只用繩索牽在地上的橛子旁。

這些工作做完時，太陽恰好沒入地平線一半。教士深深吸入一口已然變涼的青草氣息，向遠方看去。那昏黃晦暗的光芒像溺水者的手臂，絕望地從草原的邊緣伸出來，高高舉起，想要抓住燦爛的雲霞，彷彿不甘心自己的沉淪。可暮色正徐徐湧上來，不可阻擋地將光芒吞沒。

薩仁烏雲走到教士身旁，輕輕說道：「你知道嗎，這是草原上最美妙的時刻，既不是白晝，也不是黑夜，牧民們把這一刻稱為卜瑞——生者和死者會在這段時間看到彼此，任何人在此時祈禱，都能同時讓神祇和惡靈聽到。」

教士一邊努力理解著薩仁烏雲的話，一邊注視著眼前逐漸暗淡的光線。他從小就很迷戀黃昏，那種感覺像是走進一座暗房，他腦子裡那些異想天開的幻覺，在昏黃光線的沖洗下，慢慢在現實的底片中顯現出來，彼此疊加。

「來，我帶你去看個東西。」薩仁烏雲拽著教士的手，朝著夕陽落下的方向走去。

他們越過溝坎，爬上草丘。教士看到在草丘的頂上，矗立著一個大大的圓錐體石堆。它大約兩米高，尖頂上插著三根柳條枝，石塊彼此鑲嵌得很巧妙，縫隙之間還夾著幾條幾乎褪掉顏色的破爛哈達，正隨風飄舞。

薩仁烏雲告訴教士，這種東西叫作敖包，是寄寓著神聖魂魄的神物，同時也是茫茫草原上的路標，為旅人指引方向。每個牧民路過時，都要停下來祈禱，並親手添加幾塊石頭或幾捧土。此時黃昏籠罩，天地之間的邊緣都模糊起來，唯有這個不知何時建起的敖包，形體依舊清晰，與周圍格格不入——就像是混沌大海中的一座燈塔。

雕著花紋的皮靴踩在草皮上，薩仁烏雲一步步走到敖包近前，從腰帶裡掏出幾塊形狀各異的石子，虔誠地把它們一一塞進敖包的石堆裡。要知道，在草原上，石塊並非唾手可得，她一定是在白天趕路時就在刻意搜集了。

教士忽然注意到，這些石頭的形狀與他帶來的動物頗為相似。最大的那塊，拱起一條如同萬福臀部的大曲線。次大的石頭圓滾滾，如鬃毛完全展開的虎賁。其他的也各有神韻，能與這些動物一一對應。他數了數，一共是十二塊，最後那一塊石頭的樣子很像自己。

有那麼一瞬間，他感到有些不安，想起從前讀過的一些博物書籍，似乎非洲或南太平洋的某些原始部落會用這種方式詛咒仇敵。不過這個念頭稍現即逝，這裡是草原，薩仁烏雲不會做這樣的事。柯羅威教士雖然只與這個女子相處不到一天，但對她卻抱有莫名的信任。

薩仁烏雲並不知道教士的心思，她在敖包前認真地擺佈著石塊，嘴裡還喃喃念誦著什麼。過不多時，所有的石塊都放入了敖包，使它的形狀發生了一點點改變。她起身對教士道：「敖包是一扇大門，走過它，你就能看到真正的草原。」

教士開口問道：「你現在要祈禱嗎？」

薩仁烏雲唇邊露出一抹微笑：「不，我要跳舞。」

還沒等教士有所回應，她舒展雙臂，居然在敖包前跳起舞來。她的舞姿相當緩慢，兩條長長的手臂交替在半空劃過，動作玄妙，體態婀娜，頭上的小掛飾叮噹地響起來。也許是黃昏光線折射的原因，以她白嫩的手指為中心，一圈圈肉眼可見的漣漪正在向四周擴散開來。教士感覺，整個草原都開始變得不太一樣了，模糊扭曲，彷彿一位失望的畫家正在用抹布瘋狂地擦去畫布上的油彩。所有的東西都化為一抹含混的顏色，唯有薩仁烏雲和敖包還保持著清晰的形體。

在迷亂中，柯羅威教士恍惚看到一個小小的黑影從敖包的石堆空隙裡鑽出來。它就像是縮小了幾十倍的虎賁，先是探出腦袋懶散地晃動一下，然後跳出敖包，發出一聲小小的嘶吼，朝著草原深處狂奔。那個深褐色的身影，很快就融入一片不斷旋轉的斑斕色彩之中，再也無從分辨。

隨後其他動物的身影也紛紛跳出敖包，義無反顧地投入漩渦中去。最後只有兩個身影留了下來，一個體形巨大，似是一頭大象，還有一個人影站在大象旁邊。它們圍著敖包轉了幾圈，似乎有些猶豫。

柯羅威教士的嗓子似乎被什麼東西堵住了，他想吶喊，卻喊不出聲音。薩仁烏雲的舞蹈越發快速起來，似乎在催促它們。終於，那兩個黑影相互依靠著，一步步離開了敖包。那一瞬間，它們的形體跟隨周圍的漣漪一起顫動起來，逐漸潰散、消融……

就在這時，夕陽的最後一束光芒奮力地照射過來，它們的身形一震，再度凝結起來。它們想要掉轉頭，可薩仁烏雲的舞蹈倏然中止，漣漪消失了，糾結在一起的色彩和形體再度散開。柯羅威教士從恍惚中恢復過來，整個草原已徹底落入暗夜之中。

「剛才一定是我的幻覺。」柯羅威教士心想。他定定心神，再次朝前看去。遠處可以看到隱約的火光，那是護衛們點起了篝火。整個世界恢復到他所熟悉的樣子。一直到現在，他都無法確定，到底是黃昏導致的恍惚，還是薩仁烏雲施展了什麼奇怪的法術。

薩仁烏雲從敖包旁走開，雙頰有些泛紅，呼吸急促。她對著教士嫵媚一笑，拖著他朝營地走去。一路上，她輕輕哼著歌調，腳步輕快，卻沒做任何解釋。教士也不好意思去追問。

回到營地之後，那些動物一個個睡得很香甜，只有萬福還醒著。她對剛才的異象似乎有所感應，直到教士摸了摸她長長的鼻子，她才發出一聲安心的低號，繼續埋頭吃草。

「你會明白的，教士先生，晚安。」薩仁烏雲鑽進帳篷，把簾子掛了起來。

在接下來的日子裡，這個車隊跨越了數不清的草原與河流，先後七次看到太陽和月亮，也看到很多敖包。然而那種幻象再沒有出現過。

很快風景發生了細微變化，丘陵與山地逐漸增多，草原的顏色也漸漸斑駁起來。當教士第八次在清晨跨上馬，迎著第一縷晨曦朝遠方望去時，他看到一座巍峨的紅色山峰矗立在地平線邊緣。它的每一塊石頭都是紅色的，像一團凝固的火焰，直衝天際。

無須言語，柯羅威教士一下子就明白了，那裡就是赤峰，他的應許之地。

他淚流滿面。這一段堪比摩西出埃及的史詩旅途，終於要結束了。

赤峰是一座奇特的城市。它首先給人留下印象的不是建築，而是城市裡洋溢著的一股奇特味道。這味道混雜著青草、牲畜糞便、煙土、火藥和酥油，穿行於大街小巷，滲入每一戶人家。即使你把窗戶關緊，也無濟於事。

味道裡的每一點兒成分，都來自不同的過客。赤峰城裡有出關的參客、走口的老西兒商賈、翁牛特旗的牧民、光頭的喇嘛、關內的農民、扛著土銃的旗丁護衛與蒙古王爺的儀仗。黃土道面上滿布寬窄不一的車轍，就連房屋也個性鮮明。灰瓦山脊屋頂是自由平民的居所，有彩雕和紅柱子的都是貴族，如果院子裡還高高豎起杆子，那麼這個家族一定屬於皇室（這裡，柯羅威教士理解錯了滿族和皇室的區別）的後裔。蒙漢混居，各自都強烈地彰顯著存在感。

這些高高低低的建築聚在一起，形形色色的人穿梭其間。整個城市，就如同柯羅威教士跌落的那一片海泡子，裡面混雜著極純淨和極污濁的東西。它們攪和在一起，不分彼此，卻又涇渭分明。

另外一個讓教士印象深刻的，是赤峰的風。

無論四季，赤峰城上空始終吹著大風，人的眼睛可以輕易分辨出風的形體，因為它裹挾著大量黃沙，時而在天空飛舞變化，時而穿行於大街小巷。狹窄的街道如冬天的枯樹枝杈一樣密佈城區，兩側是一片片低矮的漢式房屋。為了防沙，每一棟房子的窗戶都開得很小，用寬寬的木簷遮住。遠遠望去，像是一群對外界充滿警惕的草原沙鼠。

柯羅威教士想起了自己剛離開北京時，在官道上看到的那一片混亂。雖然雜亂無章，其中卻蘊含著微妙的秩序。他相信，只有從亂流中將這條規律捋清楚，才能真正把握這座城市的脈動。

就在柯羅威教士好奇地審視這座應許之城時，城裡的居民也在好奇地觀察著他們。

運載奇特動物的車隊進入城市，還是大名鼎鼎的薩仁烏雲帶頭，這個奇異的組合轟動了整個城市。居民們爭相湧過來，無論是商鋪掌櫃、夥計還是工匠、小販，都簇擁過來，就連一些披著紅袍的喇嘛也混在其中，向大車架上看過來，指指點點。

萬福毫無意外地成為重點，所有人看到這頭白象都毫不掩飾地發出驚歎。還有一些牧民對虎紋馬心存疑惑，他們從來沒見過這種花色的馬兒，懷疑是不是用泥灰塗抹的，想伸手去摸，結果被吉祥、如意噴著響鼻踹了回去。狒狒們從籠子裡伸出手來討要吃的，居民們慷慨地扔過去一些瓜果，然後樂呵呵地看這些傢伙爭搶。

幸虧虎賁被氈子給遮擋住了，不然可能會引起更大騷動。

在整個遊行過程中，車上的動物們面色淡然，人類卻不時發出驚歎和歡呼。教士發現，居民們看到這些不屬於草原的動物時，渾濁的眼神裡會透出一絲明亮的光芒，那是孩童式的好奇——單純、清澈，不摻雜任何用心，純粹是對未知事物的憧憬。那一張張常年被風吹成皴皺的臉膛，被笑容短暫地撫平。

這對教士來說，是個好消息。好奇心是個偉大的品質，只要還沒失去它，無論是斯堪的納維亞半島的漁民還是南美雨林裡的原始部落，都有機會點燃內心的火花。教士的信心緩慢地恢復，他甚至冒出一個令他自己都很驚訝的想法：即使只是為了這樣的笑容和好奇心，而不是福音，他也會前來赤峰。

車隊在人群中行走了很久，花了一個多小時才抵達位於頭道街的一處大車店。這個店鋪是王爺府的產業，所以對薩仁烏雲言聽計從。動物們都在這裡卸下來，臨時安置在一處馬廄裡。這裡的乾草和羊肉敞開了供應，無論萬福還是虎賁都挑不出什麼毛病。

那些動物經過一系列長途跋涉，已經筋疲力盡。環境變化對動物來說是最可怕的殺手，如果不好好休息的話，恐怕會大量死亡。

安頓好動物以後，教士決定先去拜訪赤峰州的知州。薩仁烏雲還有別的事，就給他寫了一封書信，代表王爺府對這件事很關心。

知州姓杜，是個六十多歲的漢人儒生，留著一縷長長的花白鬍鬚。一般這個年紀的儒生都比較守舊頑固，對西洋事物普遍懷有畏懼和排斥。不過杜知州卻不是這樣的人，他曾經生過一場重病，後來被西醫治好了，因此對西方文明的各種事物很有好感，鼻樑上還架著一副精緻的玻璃眼鏡。

聽說教士的到來，杜知州很高興，大開衙門中門，予以熱情接待。尤其是接到薩仁烏雲的書信之後，態度便更加和藹了。

教士先簡單地講述了一下在草原上遭遇馬匪的事情。聽完他對那個馬匪首領的描述，知州面色凜然。他告訴教士，襲擊車隊的馬匪頭目叫榮三點，是整個草原最兇殘同時也最悍勇的匪徒，官府數次圍剿，都被他逃掉了，他手上的人命少說也有幾十條。

教士希望官府能夠派人去現場看看，好歹把老畢等人的屍身收起來。杜知州詳細詢問了出事的地點，然後叫進一位捕快，吩咐派人去查看。同時他拍著胸脯說，已經在周圍盟旗發了海捕文書，這些金丹道餘孽不日即可歸案。

說完了這件事，杜知州不露痕跡地把話題轉到動物上來，問教士帶著牠們來赤峰到底要做什麼。教士猶豫了一下，想起了薩仁烏雲之前的叮囑。

她說過，不要跟這些官僚講借助動物園傳播福音的事，他們厭惡一切未知的東西，因為未知意味著風險，風險意味著不安穩。

但是柯羅威教士不願撒謊，他特意準備了一個圓滑的回答：牠們是已故皇太后的遺產，這一次運來赤峰，是為了讓更多臣民「體沐慈恩」——他很費力地用中文說了這四個字。

這個答案並沒有撒謊，經得起查證。杜知州一聽是已故皇太后的遺產，面色變得嚴肅起來，立刻表示一定會盡全力配合。他又查看了一下教士帶來的許可布教文書和公理會總堂介紹信，在上面蓋了一個官印，整個流程就算是順利完成了。

「赤峰州裡曾經有過幾個教堂，可惜在之前的騷亂中都被焚毀，現在那些地方都被居民佔據。如果教士您有相關地契文書，我可以讓他們儘快搬離。」

杜知州說得很委婉，教士明白，他這是在暗示城裡已經沒地方了。不過沒關係，教士原本也是打算把動物園和教堂建在城外的開闊地，以示區分。於是他謙卑地表示，不必如此麻煩，只要在城外撥一片無主之地作為教產即可，他無意和當地居民發生衝突。

聽到這個回答，知州便放下心來。這個教士和其他教士不太一樣，對於搶奪熱門地段沒那麼熱衷。他慷慨地攤開一張赤峰州周邊地形圖，教士湊過去，看到無數線條彎彎繞繞。知州沉思片刻，拿起一管毛筆，點在了地圖上的某一處。

這是紅山腳下的一片淺淺的盆地，方圓大概二十多畝，距離赤峰城約有兩里半。這裡名叫沙地，因為一鏟子下去全是黃沙。英金河就在不遠處流淌而過，這裡卻連一點兒水都存不住，連草原上最耐活的胡楊都活不成，放眼一望，極度荒涼。

所以沒人在這裡耕種或放牧，很久之前就是無主的荒地。

知州誠實地把實際情況告知教士。教士對此並不介意，當年聖彼得也是在一塊磐石上立起的教堂。更何況這片沙地足夠寬闊又安靜，對於動物園來說最合適不過。

杜知州甚至還準備了一小筆錢，作為教士遭遇馬匪的補償。

看到這筆錢，教士想起了一個非常棘手的麻煩，如坐針氈。不過他沒有當場表露出來，而是謝過知州，先行告辭。杜知州熱情地說，過兩天衙門會派專人嚮導，帶教士去實地勘察一下，再辦地契，七天之內就可以把所有手續走完。

柯羅威教士回到大車店時，薩仁烏雲還沒回來。他走到自己的房間，關上房門，開始仔細地盤算這個棘手的麻煩。即使是當年的聖彼得，恐怕也會面臨同樣的窘境。

麻煩只有一個：錢。

教士在美國的身家很豐厚，不過他帶來中國的錢幾乎都用來買動物和準備車輛了，只剩下很少的一筆，和公理會的撥款以及會督的私人饋贈擱在一起，存放在老畢馬車的一個箱子裡。這些自然全都被馬匪搶了個精光，此時教士身上只剩極有限的一點點銀圓，連維持動物們的日常開銷都不夠。

好在赤峰州已經通了電報，他可以通知北京的公理會總部，讓他們重新匯一筆款子過來。不過公理會本身的預算有限，尤其是會督曾經激烈反對運送動物，從他們那兒得到的援助不會太多。這些錢，再加上杜知州的補償，教士很快得出一個結論：

短期內能湊出來的經費，只夠修一座建築。

要麼是教堂，要麼是動物園。二選一。

對於普通傳教士來說，如何選擇顯而易見，但柯羅威教士卻猶豫起來。建教堂是他的職責，可剛才進城時赤峰居民注視動物的好奇眼神，讓他在茫茫草原上看到一條金黃色的道路。柯羅威教士想起《浮士德》裡的一句話：「逗留一下吧，你是那樣美！」

「你究竟是為了建動物園而去赤峰傳教，還是為了去赤峰傳教才建動物園？」會督的質問又一次迴響在教士的耳邊。柯羅威教士沒了頭緒，他抓了抓頭，把計算過的紙揉成一團丟進垃圾筒，然後起身前往馬廄。

此時馬廄裡一片安靜，那些可憐的動物在經過將近一個月的艱苦跋涉之後，這才能夠在一個安穩有遮蔽的地方休息。從虎賁到虎皮鸚鵡都沉沉睡去。淡淡的乾草味瀰漫在四周，狹窄的窗格有陽光照射進來，透著一絲溫馨。

教士在畜欄裡一一檢查過去，打開籠門，把食物投到牠們面前，說著牠們聽不懂的話。最終他停在了萬福的身邊。她非常疲憊，可依舊保持著站立。教士一走近，她立刻睜開了眼睛，溫柔地發出一聲低吟，挪動巨大的身軀朝教士靠近。

一陣風吹過窗格，吹進馬廄。一人一象視線交錯，那一晚的月色似乎就停留在萬福的眼睛裡，盈盈欲滴。教士感覺自己就像來自東方的三個智者一樣，被聖靈感召，來到這個馬廄。他幾乎在一瞬間就做出了選擇。他俯下身子，摘下胸前的十字架親吻了一下，然後把它掛在萬福的另外一側牙包上，和薩仁烏雲的紅絲線左右相配。在這個狹窄的馬廄裡，教士決定，先建一個動物園。

這是個驚世駭俗的選擇。他默默地向上帝禱告，請求主原諒並做了解釋：他覺得與其把教堂建在沙地上，不如建在人心裡。柯羅威教士對上帝的篤信毋庸置疑，可這一刻，他樸素的好奇心卻超越了信仰本身。

晚上薩仁烏雲返回客棧，聽到教士的這個決定，並不覺得意外。經過這麼多天的交往，薩仁烏雲早就瞭解柯羅威教士的秉性——這就是一個善良頑皮的孩子，有著無窮的好奇心，並渴望與人分享。

她當即表示，以個人名義捐贈一筆錢給教士，然後會盡量說服貢親王，說不定還能獲得王爺府的撥款。柯羅威教士非常感激，可是他摸遍了全身，除了掛在脖子上的十字架，沒有什麼值得送給她的禮物——而且她膜拜的是長生天和佛祖，送十字架是不是有些冒犯？

薩仁烏雲倒是完全不在意，她笑盈盈地接過十字架，在手心摩挲了一下，鄭重其事地收好，然後回贈了一條哈達。

教士渾身像觸電一樣，猛然哆嗦了一下，試圖後退。可是薩仁烏雲的動作太快，輕輕一撩，就掛在了他的脖子上。

一身黑袍的教士脖子上掛著白巾，看起來並不違和，反而有一種異樣的莊嚴。薩仁烏雲拍手笑道：「下次我帶個相機來，你這個扮相可真不錯。」

教士只得站在原地，苦笑以對。

薩仁烏雲忽然抬起頭來，朝著馬廄外面望去，似乎感應到了什麼。然後她把視線收回來，略帶憂慮地說：「城市和草原是不一樣的，在這裡我的力量很難庇護你，你可要多加小心。」

「這裡難道會比草原更危險嗎？」教士反問。

「人心可是比草原的風還難預料。」薩仁烏雲的手指向窗外，「你看，雲在動。明晚的月色大概會和那天晚上一樣吧？你做好準備了嗎？」

「一切聽憑上帝的安排。」

她看教士一副如釋重負的模樣，歎了口氣，沒再說什麼。

為了儘快落實撥款的事，薩仁烏雲沒有多待。次日一早她就匆匆趕回喀喇沁。她剛一走，赤峰州衙門的長隨就到了客棧門口，要帶教士去實地勘察情況。

正如杜知州描述的那樣，沙地是紅山腳下的一小片沙漠，幅員不算廣闊，卻顯出拒人千里的凜然。它的周邊有星星點點的稀疏樹林與草地，可任何堅韌的植被都沒辦法再前進一步，它們全被頑固的黃沙擋在了邊境。

整個沙地上，鋪滿了顆粒均勻的灰黃色沙粒，高低不平，形成浪花一樣起伏的沙丘群。只要有風吹過，整個沙漠就會沙沙作響，好似精靈藏在沙下吟唱。長隨告訴教士，這裡的位置正對著紅山的一個埡口，所以日夜風力都很足。尤其是一到晚上，能聽到鬼哭一樣的嗚嗚聲，還有好似妖怪小步疾走的窸窸窣窣的聲音。居民們都嫌不吉利，就連最擅長找水的野駱駝都不願意靠近。

唯一能給沙地帶來一點兒活力的，是附近的英金河。它在夏季豐水期的水量很豐沛，浪花翻騰，跟武烈河比起來並不遜色。教士仔細觀察了一下，發現英金河岸距離沙地也就兩里路的樣子，而且前者的地勢更高一些，為什麼沒人挖一條水渠過來呢？長隨回答，這裡不臨近商道，沙地又種不了什麼作物，誰會花那麼大代價挖條用不上的水渠？

柯羅威教士點點頭，用隨身的一把鐵鏟往下挖了數尺，土層始終是黃沙，只是顆粒變得更加細膩。長隨說：「您還是別費力氣了，從前不少人都看上這片地，也打過好幾口井，可惜一點兒水花都沒冒出來。只要一颳風，黃沙就能把井口填滿，白白浪費人力。」

教士對地質學略有瞭解。他總覺得這種地質條件，應該有豐富的地下水才對。於是他圍著沙地轉了幾圈，不時抓起幾把沙子放進口袋。直到長隨開始覺得不耐煩了，教士才走回來說：「我們回去吧。」

回到客棧之後，教士也沒閒著。他把採集來的沙子樣本倒出來，仔細地研究了很久。他的肚子忽然發出咕嚕嚕的叫聲，教士才意識到該吃飯了。他吩咐客棧夥計送點吃的過來，一轉身，無意中想起一件事。

司鐸曾經寫了一封信交給他，收信人姓汪，就住在赤峰，曾經是司鐸的信徒之一。可是這封信在馬匪劫掠中遺失了，柯羅威教士除了知道那位信徒姓汪之外，其他一無所知。

赤峰州沒有自己的報紙，教士又不可能直接去貼啟事，想要找到這位汪信徒，恐怕只能再請承德的那位司鐸寫一封信過來了。於是他簡單地吃了點東西，走出客棧，想要去找電報局。一來聯絡承德司鐸，二來向公理會總部報告自己平安抵達，還要請他們轉達噩耗給老畢以及其他車夫的家屬……一想到那些家屬悲痛欲絕的臉，教士就覺得胸口發悶。

柯羅威教士走在街上，發現赤峰的市容比想像中要文明得多。道路用碾碎的煤渣鋪就，被絡繹不絕的過往大車碾軋得極為硬實，就算下雨也不會造成泥濘。兩側商鋪多為二層灰瓦小樓，招牌旗幌鱗次櫛比，教士居然還能認出幾家洋行。在這些建築的間隙裡，還能看到一些電線杆，說明電力已經延伸過來了。無論是橫平大街還是豎直小巷，街面都很乾淨，很少看到大堆大堆的垃圾——當然，一部分原因可能是常年大風吹拂——唯有空氣裡的那股腥膻味揮之不去。總之，相比京城，赤峰州的個性更為單純，它很年輕，沒有歷史包袱，因商路而起，因商路而活，一切都以商業便當為要，而商人從來都是最活潑的。

赤峰的街道分佈簡明扼要，頭道街，二道街，三道街……就這麼按照數字排列下去，一直到九道街，這是自乾隆年間就有的規模。柯羅威教士對此特別欣慰，靠數字記憶，總比去記那些典雅而富有內涵的名字更容易。

電報局就在二道街的東頭，是一間不大的綠色門面，院內有高大的電報線杆。它的東邊路北，是一座簡易的天主教堂，這是數十年前聖母聖心會修建的，現在早已挪為他用，成了一處會館。杜知州之所以那麼慷慨地把沙地劃給教士，就是怕他來爭這塊地。

教士走進電報局，裡面很安靜。他很快填寫好了兩張單子，遞給電報員。電報員接過去看了一眼，抽出一張道：「你要找這個姓汪的，不必發報去承德了，我恰好認識他。」

教士喜出望外，連忙請教。電報員先收下半吊銅元，然後慢條斯理地說：「那人叫汪祿文，原先是我的鄰居，在教的。後來鬧金丹道，他嚇壞了，為了自保就進了馬王廟，吶，就在隔壁。」他朝電報門外一指。

教士一愣，一個基督徒怎麼去了廟裡？可電報員已經把身子伏下去，開始解碼了，他只好保持沉默。等到電報發好，教士離開電報局，出門抬頭向右一看，果然看到一座和尚廟。

這座和尚廟與京城那些廟宇並無太大差別，上面掛著一塊匾，匾上寫著「馬王廟」三個字。但柯羅威教士走進去才發現，這廟的結構非常古怪，一進門是一面牆——不是照壁，而是一堵封天截地、嚴嚴實實的磚牆，只能右轉直行，才到達正殿，中軸線和廟門成九十度角。這可是一個詭異的佈局，教士可從來沒見過這樣的情景。

之前老畢特意告訴過他，即使是佛教，也分成不同教派，赤峰有漢地寺廟，也有密宗喇嘛廟，兩者之間區別很大。眼前這座廟，應該是漢地寺廟。

繞過這道磚牆，就能進到一個軒敞院子。院子三邊各有一座殿，正面大雄寶殿裡供奉的是佛祖，左右偏殿分別供著靈官馬元帥和土地爺。在院子正中央的槐樹之下，是一尊巨大的方口香爐，上頭密密痲痲地插著香炷，香氣繚繞。這些香少說也有百餘根，大體可分為三堆，大部分在土地爺這邊，佛祖和馬王爺兩邊卻寥寥無幾。幾個身穿僧袍的光頭和尚懶洋洋地坐在一棵槐樹下，面前擺著張破桌子，桌上凌亂地擱著幾捆生香，供香客們購買。

教士更加迷惑，就算是對信仰保持寬容態度的中國人，也不會在同一個神廟裡供奉這麼多不同體系的神祇。可他觀察到香客並不少，那些和尚也一副無所謂的樣子。教士還從來沒見過這麼懶散的神職人員。

教士走到擺滿了生香的桌子面前。為首的一個胖和尚抬起眼皮，掃了他一眼，拖著長腔兒問什麼事。教士說明了來意，本來以為胖和尚會刁難一番，沒想到那胖和尚不以為意地擺了擺衣袖，指著身後道：「小汪……哦，不，慧園，有人找。」

在那一堆昏昏欲睡的懶和尚堆裡，一個光頭猛然抬起來。教士看到一張微胖的圓臉，雙眼略凸，大鼻子，頭上的戒疤痕跡尚新。他說：「貧僧俗家名字叫汪祿文，法號慧園。請問……」

剛說完，他就注意到教士的黑袍和脖子上的十字架，表情立刻不太自然。柯羅威教士把隨身十字架送給薩仁烏雲以後，又給自己做了一個簡陋的。教士覺察到他的尷尬，便沒有直接說破，而是朗誦了《羅馬書》中的一段：

「神的事情，人所能知道的，原顯明在人心裡，因為神已經給他們顯明。自從造天地以來，神的永能和神性是明明可知的，雖是眼不能見，但藉著所造之物就可以曉得，叫人無可推諉。」

他的聲音很大，連槐樹葉子都震得籟簌作響。幾個和尚被吵醒，揉著惺忪的睡眼，旁邊的香客也好奇地看過來。

教士朗誦完之後，不置一詞，就這樣平靜地看著汪祿文。

任何一個在中國傳教的教派，都會在第一次佈道時向信徒宣讀這一段文字。文字淺顯易懂，言簡意賅，能最快開啟人們心中的靈知，感受到主的存在。教士相信，司鐸當年也一定向汪祿文宣讀過，而且不止一遍。

果然，汪祿文眼神閃過一絲感慨和懷念，準確地捕捉到了教士的意思。可是他站在原地沉默良久，然後雙手合十深施一禮：「阿彌陀佛。」

無須太多言語，教士已經知道汪祿文的選擇，他微微地歎了一口氣，後退一步。汪祿文抬起頭來，忍不住多問了一句：「司鐸……他可還好？」教士回答：「還好，他一直在為你的健康祈福。」

汪祿文近前一步，解釋說：「當時金丹道挨家挨戶搜教內之人，我沒別的辦法，只有這家廟肯收留……」他話還沒說完，胖和尚忽然拍了拍桌子，發出砰砰的聲音：「快吃飯了，快吃飯了。慧園，你趕緊去鹿鳴春結個善緣。」

鹿鳴春是赤峰州最好的飯莊，遠在四道街口。胖和尚這麼說，明顯就是要把汪祿文支開。汪祿文聽到師父吩咐，一縮脖子，只得把話嚥下去，跟教士行合手之禮，匆忙離去。

教士以為胖和尚怕他強行把汪祿文重新拉回教堂，想解釋幾句。不料胖和尚突然聳了聳鼻子，像是聞到什麼味道。他把肥嘟嘟的身軀費力地從椅子上拖起來，幾步走到教士跟前，又聞了一下，抬臉笑道：「你身上有一股有趣的味道，應該不只是來自人類。看來隨你而來的，還有幾位朋友啊。」

盯著胖和尚沁著油汗的鼻子尖和額頭，教士鎮定地回答：「我們都是神的子民，希望來這裡傳播主的榮光。」胖和尚第三次深吸一口氣，陶醉地閉上眼睛，似乎在分辨或鑒賞那股有趣的味道，還咂了咂嘴。末了他睜開眼睛，變得很熱情：「我們這廟裡沒什麼忌諱，如果你有興趣，把教堂開過來，一處供奉，四面香火，你那幾位朋友也自在些。」

這座馬王廟裡供了佛、道、雜幾家，胖和尚看起來並不介意再多一家的香火。教士禮貌地謝絕了這個請求，告辭回身。他已經快走到那堵磚牆旁邊，胖和尚不陰不陽的聲音忽然從背後響起：「赤峰這個地方，立足不易，人心難測。如果你的朋友碰到麻煩，小廟隨時虛位以待。」

這段話說得又快又急，柯羅威教士只能聽懂五六成。他停下腳步，回過頭去想聽得更清楚一些。一陣悚然的涼意突然爬上脊背，讓他忍不住打了一個激靈。

教士急忙轉頭，看到大槐樹下那七八個和尚，正保持著同一個姿勢盯著他：脖子向前伸長，嘴巴微微咧開，兩隻手端在胸前，手掌下垂。這些和尚雖然面相各有不同，可他們有一個共同的特點：眼神裡都藏著兩把綠色的鉤子，看人的時候彷彿伸出利爪掏向對方的胸膛。

教士一瞬間想起來了，那一夜在草原上，他在車隊附近看到過同樣的綠色目光。那些目光像魂靈一樣，縈縈繞繞，沒有靠近也不曾遠離。

好在這個異狀稍現即逝，那些和尚一下子又恢復成原來的慵懶模樣，該躺的躺，該靠的靠。胖和尚吧唧兩下嘴，重新把身子塞進椅子裡，仰著脖子等慧園討齋飯回來。

教士走到街頭，覺得背心幾乎被冷汗浸透。他一回到客棧，客棧掌櫃的便問他是不是去了馬王廟。教士說是。掌櫃的趕緊把柯羅威教士拉到曲尺櫃檯深處，壓低聲音告誡他不要離那太近。

原來那座馬王廟，本是一座普通寺廟，裡面只供奉著佛祖，有那麼兩三個和尚，香火不怎麼旺。後來忽然來了一群掛單的和尚，為首的正是剛才那個胖方丈。

這些和尚最初是從哪裡請來的，沒人說得清楚。有外地的皮貨商人路過，說聽和尚口音像是關外的，指不定是逃過來的鬍子*。他們來了以後，這廟裡不知不覺就多了一尊馬王爺和一尊土地爺，一個香爐三處燒香。原來那幾個和尚慢慢都不見了，問起來就說外出雲遊了，總之廟裡就剩下胖方丈和他帶來的七八個僧人。又過了一陣，廟門口便修起了這麼一堵磚牆。

這些和尚有兩個特點：一是懶散，既不做早課也不做晚課，每天開了門，就橫七豎八在廟裡或躺或坐，從來沒人看他們幹活或誦經；二是饞，特別饞，葷素不忌，酒也能喝，偏偏胖

*鬍子：馬匪。

方丈鼻子還特別靈，聞到誰家吃請，就厚著臉皮過去化緣。赤峰的居民們時常能看到這些和尚買酒肉回來，他們還時常出去下館子，尤其喜歡去最高級的飯店鹿鳴春。

好在除了這兩點之外，馬王廟的和尚從來不惹是生非。不願意施捨的，罵出去他們也不生氣，平時只是懶在廟裡，從不出去搗亂。那個胖方丈據說還會點醫道，能幫左鄰右舍看個頭疼腦熱，赤峰居民也就這麼容忍了這個廟的存在，只是告誡小孩子們不要去。

這廟裡供奉的那尊土地爺，和別處土地爺不一樣，兩隻眼睛往外撇，幾乎都快到腦袋兩邊了。居民們都說邪性，但也認為有法力，很靈驗，所以香火頗為旺盛。赤峰人對這個地方，可謂是又信又怕。

汪祿文被金丹道逼得走投無路了，才被迫投奔馬王廟，削髮為僧。果然金丹道叛軍不再為難他，很快便退去。馬王廟在那場叛亂中毫髮無傷，不知是土地爺保佑還是胖方丈有什麼手段。

柯羅威教士聽完掌櫃的講述，大為感慨。難怪汪祿文拒絕回歸主的懷抱，原來還有這麼一層淵源。他完全能理解這個做法，只是可惜司鐸一番苦心，卻連最後的種子都失卻了。

不過這正是他前來赤峰的意義所在。柯羅威教士想到這裡，振奮精神，把這件事拋在腦後，全部精力投入另外一件事情上來。

之前去沙地考察的時候，教士隨身帶了紙和筆，已經把附近地形簡略地做了記錄。接下來，他必須要勾畫出動物園的詳細設計圖。

這份圖紙已經在教士的腦子裡存在很久了。從北京出發的第一夜開始，他就依靠在萬福的身邊，給她講述自己想像中動物園的樣子，然後沉沉睡去。幾乎每一天晚上，教士都會這麼做，動物園的規劃就這樣一夜一夜地豐富起來。

現在教士要做的，就是把它在紙面上呈現出來，結合地形勘察記錄，繪出一張真正的圖紙。

教士伏在桌子上畫了一陣，發現思路滯塞，似乎有什麼東西堵住了大腦，沒辦法從中掏出那份想像中的圖紙。他看看窗外，已經天黑了，不方便外出，於是收起紙筆，來到關著所有動物的馬廄裡——柯羅威教士發現自己已經養成了習慣，不倚靠著萬福，便無法下筆。

萬福獨自擠在馬廄最寬敞的地方，面對著大門。她的頭頂有一盞昏黃的油燈，給巨大的白色身軀塗上了一層淺淺的黃。教士推開馬廄，像旅途中的每個夜晚一樣，先是輕輕呼喚一聲萬福。萬福聽到召喚，默契地朝旁邊挪動一點兒，留出一塊空間給教士。她一動，牙包上的紅絲線和十字架就一起晃動。

教士剔亮油燈，踏進馬廄，伸手摸了摸萬福的長鼻子，然後坐下來，把那條粗粗的右前腿當作靠背。萬福貼心地把鼻子捲過來，半盤在教士旁邊，方便他擱墨水瓶和稿紙。

一切準備妥當，教士開始揮筆劃起來。

柯羅威教士的興趣十分廣泛，學過素描，也懂一點兒建築設計。一會兒工夫，他就勾勒出了動物園的總圖。這是一個很小的動物園，包括幾間獸舍與活動院落、一個連在一起的廚房和倉庫、一間飼養員的住所。本來還有一處小噴泉，不過考慮到水源問題，很快被劃掉，改成了一個蓄水池，用一道水渠與遠處的英金河連通。

很快夜幕降臨，柯羅威教士的興致卻絲毫不減，他給油燈續了一點兒油，繼續埋頭畫著。隨著午夜的臨近，細節不斷豐富，一座草原上的動物園慢慢從紙面上浮現出來。

這裡的正門是一個拱形月門，要塗成綠色，上面纏著藤蔓；拱門的正上方是一個月桂花冠和一顆孤星，人們會像東方的三位智者一樣，望著星星趕來這裡；萬福的象舍外面畫著棕櫚樹的紋路，旁邊有一個漆成粉紅色的小門通往蓄水池，這樣她可以在夏季盡情地洗澡降溫；鄰近的虎賁擁有一整座石製假山，而如意、吉祥兩匹虎紋馬則擁有動物園最寬闊的圓形跑場，以供馳騁；狒狒們的籠子要足夠高，以防這些傢伙攀爬出去；至於蟒蛇，教士特意設計了一個封閉木屋，用一道牆分成兩半，牆上有三到四個觀察孔，鑲嵌上透明玻璃，供遊客們安全地觀察。

在動物園正中央，還應該有一座簡易的平頂佈道堂，牆壁漆成純白色，就像天使的顏色，裡面有四五排座位和一個高臺。遊客累了，可以在此休憩，順便聽聽佈道，瞭解一下這些動物的真正創造者。

他原來設想過教堂與動物園毗鄰而建，還有一個高高的鐘樓召集遊客們前來聆聽佈道，可惜資金有限，暫時無法實現。那個佈道堂雖然不合教堂規制，但也算是一個非正式的佈道場所。

當這張圖紙即將完工時，教士忽然想起來，它還沒有名字。他想了一個名字，很快否決，然後又想了一個，還是覺得不好。柯羅威教士感覺自己成了新生兒的父母，為了給孩子起一個好聽的名字而絞盡腦汁。他心想，當年亞當在伊甸園裡，為上帝的造物一一命名時，是否有這麼頭疼過。

教士冥思苦想，忽然有一陣強烈的疲憊感侵襲過來。他今天在赤峰城裡跑了一天，又熬夜到現在，精神其實已經消耗殆盡。他握著筆，想著想著名字，頭一歪，居然就這麼靠在萬福身旁沉沉睡去。

教士在睡著前忘了一件事：他沒有把馬廄的門鎖好，結果每一個隔間都是敞開的，一推即開。

正值午夜時分，天氣晴朗。當一絲淡淡的雲靄散去之後，和草原上那一夜同樣光華的月色，悄然透過馬廄的一排狹窄窗格，流瀉進這間簡陋的屋舍裡。那一道道乳白色的豐腴月光，好像溫柔女神的一雙皓腕，撫摸著每一頭動物，抬起牠們的頭顱，向牠們的鼻孔吹著神秘的氣息。

虎皮鸚鵡再度出現。牠振動翅膀，在馬廄半空盤旋，好似向著太陽跳舞的蜜蜂一樣指明了方向。獅子、虎紋馬、蟒蛇與狒狒同時昂起脖子，牠們的眼神同時發生了變化。在無形力量的感召之下，這些動物走出自己的隔間，排成一列長隊，跟隨鸚鵡離開馬廄，離開客棧大院，鬼使神差地走到大街上。

只有萬福沒有走，她也感受到了那種神奇的力量，可是她的長鼻子正墊在教士的腦袋下面。萬福看著教士熟睡的幸福面孔，擺了擺頭，不忍走開。

動物們一走出客棧大院，短暫地互相對視片刻，然後各自掉頭，朝著不同方向跑去。一會兒工夫，全都跑散了。黑夜給了牠們勇氣，月光喚起了牠們的靈智，這些來自異域的生物此時對這座草原上的陌生城市充滿了探索的欲望，渴望走遍每一條巷道，嗅遍每一寸角落。

此時整個赤峰城已陷入沉睡，渾然不覺多了幾個陌生的闖入者。這是一個儀式，在牠們滿足這座城的好奇心之前，這座城得先滿足牠們。

最興奮的莫過於那五隻橄欖狒狒。牠們的毛皮是偏灰的橄欖色，因此而得名。早在萬牲園裡，這五隻狒狒已經約定好了這個小群體的次序，最強壯的那一隻衝在最前方，引導前進的方向，其他四隻緊緊跟隨。牠們在第一時間躍上牆頭，踏著瓦片，踩著脊獸，飛快地從一個屋簷盪到另一個屋簷。狒狒王迎著夜空的風，發出陣陣吼叫，不時掃視著腳下急速掠過的院落與擺設，看有什麼東西更值得玩。牠們所到之處，宛如刮過一陣橫風，裝滿小米的簸箕被掀翻，捆紮好的柴堆被踩亂，井欄邊的轆轤咕嚕咕嚕地空轉起來，然後撲通一聲，井繩轉盡，水桶落入井底。這些狒狒一路鬧騰，很快便衝到了六道街的西屯東口。

這裡是赤峰的大菜市，被一圈歪歪扭扭的木柵欄圈住，進口處是一棟負責收稅的燕子樓。此時一些趕早市的菜農已經推著小車早早來占地方，靠著車轅，雙手籠在袖口裡沉睡。燕子樓頂懸起一串黃皮燈籠，為他們提供微不足道的一點兒光亮。空氣中瀰漫著蔬菜瓜果的清香。狒狒王躍到燕子樓上，伸出爪子扯落下那一串黃皮燈籠，其他狒狒按捺不住興奮，嗷嗷地衝向一輛輛菜車，大快朵頤。

與此同時，吉祥、如意兩匹虎紋馬正在五道街南門裡飛跑。牠們一直抗拒著束縛和牽引，這次終於獲得徹底的自由，毫不猶豫地撒開蹄子，沿著最寬的街道飛奔，因為過於興奮，牠們一路上遺留下一堆堆糞便和渾濁的尿液。這兩匹馬一口氣便跑到了位於南門外的小驢市，這裡是赤峰城中騾馬交易的地方，有十幾個寬闊的露天畜欄，裡面常年存著幾百匹等待交易的騾馬驢駝。吉祥和如意聞到了同類的味道，憑著直覺跑來這裡。牠們跑得太歡快了，身上那黑白相雜的條紋就像是奔跑速度超越了晝夜變換後，時光留在身上的印跡。

那些牲畜從未見過這麼奇特的毛色，全都緊張地騷動起來，踢踏聲和低哼聲此起彼伏。吉祥、如意圍著畜欄轉了幾圈，想要啃扔在縫隙裡的胡蘿蔔，可是失敗了。守夜人聽到動靜，睜開惺忪的睡眼，被突如其來的黑白怪物嚇了一跳。他正貓腰去摸打火石點燈籠，兩匹虎紋馬早已飛奔而去。

至於那條蟒蛇，表現得最為沉靜淡然。牠慢慢把盤捲的身體伸成一條直線，滑著優美而危險的曲線遊過長街，不動聲色地來到了三道街的楞色喇嘛廟前。廟門雖然緊閉，可牆邊有好幾個鼠洞，蟒蛇悠然自得地挑了一個洞鑽進去，進入廟內。附近所有的老鼠都伏在地上瑟瑟發抖，發出數錢似的哆嗦聲。蟒蛇對這些食物不屑一顧，徑直遊向廟裡最高大的一尊石製經幢。

經幢細長高聳，上面雕刻著一瓣瓣蓮花。蟒蛇一圈圈地纏上去，當整根柱子都被蛇身覆蓋時，蟒蛇的頭恰好高過幢頂的頂尖一點兒。在月光照耀之下，蟒蛇與經幢幾乎融為一體。如果此時有起夜的喇嘛偶然抬頭，他會看到那高大的經幢居然浮現出一圈鱗甲，時不時還會吞吐芯子。

所有的動物裡，只有虎賁依舊保持著慵懶的本色。牠晃著威猛的鬃毛，踱著步子在二道街上閒逛，從西頭的札薩克行轅轉到東頭的天雅軒大茶館。牠想找一個能夠趴下睡覺的地方，可煤渣子路面實在太硌了，不舒服，於是牠又踱去了東橫街旁邊那迷宮似的胡同裡。

胡同狹長，圍牆逼仄，只夾出一條極窄的石面通道。正好一隊巡夜的差役經過，燈籠往前一撞，虎賁不太高興地噴了噴鼻子，帶隊的差役這才發現眼前多了一對綠色獸眼。整個巡夜的隊伍登時大亂，前隊往後撞，後隊不明就裡，還要往前探頭，一時間吵嚷聲四起。

虎賁不喜歡混亂，也不喜歡這麼狹窄的地方，更不想吃掉眼前這些奇怪的「狒狒」。牠不耐煩地伸出爪子，把隊前的兩個差役撥倒，然後踩著他們的身體朝前移動。這個舉動加劇了差役們的惶恐，紛紛朝後頭退去。可胡同太過狹窄，一下子就被堵住了。

虎賁倒退了幾步，伏下身子，兩條矯健有力的後腿猛然一蹬。牠就像在非洲草原上捕獵羚羊一樣，整個身軀高高躍起，在半空劃過一條完美的弧線。差役們只覺得頭頂被一片巨大的黑影和腥臭掠過，他們回過頭去，驚訝地看到：在胡同盡頭，月光之下，一個雄偉而孤獨的身影落在地上，傲然直立，高傲地瞥了他們一眼，然後擺動鬃毛，發出一聲恢宏的怒吼。

這吼叫聲，像是把一塊石子投入水中，震出一圈一圈的漣漪，逐漸擴大，延伸至遠方。

整個赤峰城猝然被獅吼驚醒。居民們一個接一個地從炕上爬起來，紛紛點亮油燈，推開窗子的木擋，膽戰心驚地朝外窺探。昏黃的燈光從無數小視窗陸續亮起來，像是整個城市睜開了無數雙好奇而驚恐的眼睛。

走水鑼聲和鼓聲同時響起，更夫們扯大了嗓門，憑藉自己的猜想警告著附近的居民。每一種警訊都帶給老百姓們一個不同的故事，這激發了越來越多人的好奇心。他們披上衣服，想要推開門看個究竟。而動物們也被突如其來的喧騰嚇到，紛紛憑藉本能奪路狂奔。

這些來自非洲的生靈在草原城市的巷道裡肆意鑽行，彷彿闖入一個陌生的夢境。靜謐被撕扯成碎片，酣睡被打斷。前所未見的人們和前所未見的動物在同一座城市的黑暗裡肆意奔跑，他們對彼此心懷恐懼，卻又渴望相見，這讓赤峰被一團矛盾交織的情緒籠罩。只有乳白色的月亮高懸在天空，安靜地俯瞰著這一番奇景。

在這場混亂中，只有馬王廟保持著安靜。和尚們呼呼大睡，對外面的一切充耳不聞。不過當虎賁的吼叫傳來時，那尊古怪而詭異的土地爺微微晃動了一下，臉頰兩側的眼睛似乎發出幽幽的綠光。

整個小城足足喧騰了一夜，一直到太陽初升，這些動物才被重新收攏起來。這不是一件容易的事：虎賁的樣子太兇惡，狒狒們太過矯健，至於那條蟒蛇，根本沒人發現牠藏身何處。兵丁們費盡九牛二虎之力，總算把牠們全數捉拿歸案，一股腦兒關在頭道街中央的一處露天畜欄裡。

只有虎皮鸚鵡獲得了禮遇，牠被一個商人的女兒小心翼翼地收在籠中，和兩隻鷯哥關在一起。

衙門的捕快粗暴地衝到客棧裡，推醒教士，然後把萬福也強行牽了出去，和其他動物關在一起。動物們都在，只少了一匹叫如意的虎紋馬。有人看到牠踏出了城市邊緣，沒有絲毫猶豫，義無反顧地迎著月光向草原奔去。

經過清點，城內沒有人員傷亡，只有一頭騾子被虎賁咬死，以及損失了一些瓜果蔬菜。但民眾很憤怒，他們不能想像昨晚到底是怎樣一番混亂場景，那些古怪陌生的動物豈止驚擾了清夢，簡直要把他們拖進噩夢。最重要的是，赤峰可從來沒出過這樣的怪事。

老百姓聚在衙門前大聲抗議，這讓知州很頭疼。他派人把柯羅威教士請來，和顏悅色地詢問怎麼回事。柯羅威教士有些惶恐，他承認是自己忘記關門，並表示一定會賠償所有損失。知州端起茶碗啜了一口，委婉地表示，傳教沒有問題，但動物園還是不建為好。

在金丹道叛亂之後，赤峰的居民變得十分敏感，他們像草原上的沙鼠一樣，每天謹慎地從狹窄的窗戶探出頭，嗅著周圍的空氣。如今一大堆陌生而危險的變數突然闖入，又缺少護欄保護，這讓他們惶恐不安。知州不得不考慮子民的情緒。

柯羅威教士瞪大了眼睛，再三保證等動物園建起來以後，絕不會出類似的紕漏。可知州客氣而堅決地說：「要麼把這些上天眷顧的動物們如數送回京城，要麼就地為慈聖殉葬。否則鬧起事了，我也很難護你周全。」

柯羅威教士自然不肯接受這個建議，可他孤身一人，並沒有別的什麼好辦法，只能昂起頭來，拒絕離開簽押房。懾於他的身份，知州不能派人把教士拖開或下獄，只得軟語相勸。教士倔強地搖頭，宣稱自己與那些動物們一同進退，如果牠們要被殺掉，那麼自己也將死在這裡。

知州可不敢承擔一位教士身亡的風險，他絞盡腦汁，最終想出一個折中的方案：「我們讓整個赤峰城的居民來決定這個動物園的前途。如果你能說服他們中的一半，我就批准這個計畫。」

這個方案不太令人滿意，但已經是教士所能爭取到的最好結果。知州給了他七天時間——比上帝創世還多了一天——來說服赤峰居民。教士別無選擇，硬著頭皮站在畜欄前方，向居民們大聲疾呼。那些動物簇擁在畜欄裡，騷動不安，就連萬福都變得煩躁，數次試圖用長鼻子把圍觀的人甩走，幸虧被教士及時制止。

這個畜欄位於大路旁邊，本來是臨時停放牲畜的，現在關了這麼多奇怪的動物，吸引不少居民過來圍觀。他們的恐懼逐漸退去以後，好奇心又重新回來了，三五成群，饒有興趣卻又充滿疑惑地站在圍欄附近，對裡面指指點點。漢民也有，蒙古牧民也有。教士覺得這是個機會，試圖先說服前來圍觀的人們。

第一天，他說得口乾舌燥，可是根本沒人聽，那些人發出哄笑聲，說這個洋鬼子在念什麼符咒。第二天，教士想了一個辦法，他在一張紙上畫出了動物園大門的效果圖，試圖給對方建立起一個直觀的概念。觀看的人不少，可他們還是一臉警惕。有小孩子朝畜欄裡丟石塊和泥土，讓虎賁很不高興。

第三天，教士用泥土捏成一個簡易的動物園沙盤，用美國式的兜售語調告訴圍觀者，這將會成為多麼美妙的園林。他甚至還違心地強調，這是已故皇太后最喜歡的動物，牠們全都受到過皇家的祝福，帶著玄妙的福氣。皇太后的名字，在赤峰還是相當有影響力，一部分居民的態度有所鬆動。教士心中略感欣慰，他發現有一個人聽得最為仔細，尤其是聽到已故皇太后的名字，頻頻點頭，似乎完全被教士說服。柯羅威教士與他攀談片刻，沒想到那人開口詢問這些野獸的皮毛和骨頭是否可以出賣，皇家出品的獸骨應該會很受追捧，教士沮喪而憤怒地拒絕了。

第四天，一位喇嘛出現在頭道街。

這位喇嘛瘦得好似一具骷髏，身披一件破破爛爛的緋色僧袍，背著一具扁背架，手裡還拿著兩根柳條子。他一邊走一邊大笑，瘋瘋癲癲地來到畜欄跟前。教士注意到這位喇嘛的異狀，下意識地向後靠去，讓開一條路。喇嘛卻沒有走，他先掃視了一圈畜欄裡的動物，然後轉身面向大街，對著來往行人放聲唱了起來：

我的祖先是在哪裡？
是巴林的原野喲！
想知道家鄉的名字嗎？
是寶日勿蘇的風喲。
想知道我是誰嗎？
我是沒有來歷的遊方僧人。
沙格德爾，沙格德爾，這是個好名字喲。
問我遠行要幹什麼嗎？
背著扁背架，拿著柳杖行走四方，
來尋找佛祖賜下的機緣。

我找到了嗎？
找到啦，找到啦，就在這裡呀。
這些可憐的牲口是什麼？
牠們比我們要高貴得多。
這頭威猛的青色雄獅喲！
是文殊師利的坐騎。
這頭六波羅蜜的大象喲！
是普賢菩薩的靈獸。
問牠們來到凡間是為了什麼？
這只有佛祖才能知曉吧。

這個自稱沙格德爾的喇嘛是用蒙古語演唱的，教士根本聽不懂。他嘶啞的嗓子如同破鑼，韻律裡卻蘊含著縹緲神秘的魅力。隨著兩條柳枝互相敲擊的聲音，他一遍一遍地唱著這奇妙的歌曲，響徹整個頭道街。教士發現，赤峰城的居民似乎都認識這位瘋瘋癲癲的喇嘛，而且對他很信服，很快便有一大批人聚集在畜欄附近，不敢大聲驚擾，個個面帶虔誠。

柯羅威教士不知道，這個人是在東蒙遠近聞名的「瘋喇嘛」。他是個腦子有點兒問題的雲遊僧，在昭烏達、哲里木、錫林郭勒一帶的草原遊蕩。沙格德爾不講經說法，也不吃齋禮佛，他最擅長把那顏貴族們的醜事隨口編成歌謠，在城鎮牧場之間吟唱，許多小段子在民間廣為流傳，頗受百姓喜愛。不過沙格德爾的行蹤飄忽不定，在任何地方都不會停留太久，就像是草原上空的一片雲——所有人都沒想到，他居然在這時候出現在赤峰城裡，而且還一口道出了這些奇怪動物的來歷。

隨著沙格德爾的歌聲一遍一遍地旋轉，匯聚而來的居民越來越多，很快便把畜欄圍了一個水泄不通。這裡的牧民多篤信藏傳佛教，受到沙格德爾的歌聲指引，再去看畜欄，裡面真的有兩頭靈獸。還有人從廟裡取來兩位菩薩的畫像做對比，發現普賢、文殊的坐騎果然和這兩隻動物很像，你看那長鼻子，你看那一圈鬃毛……這個發現引起了更大的轟動。

在民間本來就盛傳沙格德爾是羅漢轉世，他既然能認出兩位菩薩的坐騎，那一定錯不了。當場就有信徒跪拜在地，焚香祝祈，更多的人紛紛敬獻哈達，把它們蓋在萬福的身上。一條條哈達蓋上去，很快便讓這頭大象變得一片雪白。有人試圖接近虎賁，不過被牠的眼神一瞪，嚇得立刻縮了回來。他們只好遠遠地叩頭，乞求菩薩恕罪。

除了萬福和虎賁之外，就連其他動物也享受到了高規格的禮遇。蟒蛇也罷，狒狒也罷，虎紋馬也罷，雖然居民們一時半會兒還沒在佛典裡找到相應記載，但牠們既然與獅子、大象同在，想來都是佛祖降下的靈獸，理應接受供奉和膜拜。一排排牧民叩拜得十分誠心誠意，讓其他圍觀之人也有所動搖。他們疑惑地對視一眼，表情也都變得肅然。

沙格德爾站在圍欄邊，坦然接受著人們的膜拜，卻謝絕了牧民們奉上的酥酪和果品。他悠然自得地唱著、跳著，偶爾會從懷裡掏出一個破舊水囊，將清水傾倒進喉嚨，恍若置身於空無一人的曠野。

不到兩天時間，沙格德爾的歌聲已經傳遍了赤峰的大街小巷。人們興奮地口耳相傳，佛祖派遣了兩頭神獸下凡，牠們已來到了赤峰城內，只等羅漢點化慧覺。大家回想起前幾天車隊入城，又想起那一夜人與野獸在城中不期而遇，都紛紛湧去頭道街，在沙格德爾的歌聲中頂禮膜拜。

更有知曉內幕的人聲稱，衙門不能把神獸趕走，這是赤峰的福緣。這個說法贏得了越來越多人的支持。

看到這些熱烈的支持者，柯羅威教士雖然鬆了一口氣，可隱隱覺得不妥當。他不明白那位突如其來的喇嘛為何會幫這個忙，明明彼此的信仰截然不同。更令教士不安的是，他帶著這些動物前來，是為了宣揚主的福音，現在動物們卻被百姓奉為密宗的神獸，有悖初衷。

讓柯羅威教士哭笑不得的是，那些狂熱的民眾連他都開始追捧起來，認為他是牽引神獸之人，一定福緣深厚。有人過來叩拜，有人請他的手摩頭頂，還有人特別嚴肅地問，如果入教是不是能得到神獸保佑。

柯羅威教士試圖解釋，可無論他說什麼，聽眾們都鼓掌喝彩，場面熱烈而尷尬。沙格德爾的出現，讓僵持的局面出現了巨大轉變。到了第六天，不需要教士出手，已經有熱情的民眾自發湧到衙門前，要求儘快赦免這些神獸，避免佛祖降災——幾天前嚴重抗議野獸威脅城市安全的也是這批人。

杜知州面對洶湧的民意，無可奈何。他本人很清楚，這些只是普通野獸，但長期為政的經驗告訴他，不要試圖跟民眾解釋。既然民間已流傳牠們是兩位菩薩的靈獸，那麼牠們就是。杜知州可不想引發另外一場宗教騷亂。

於是在第七天，赤峰州衙門正式發出一份公函，通知柯羅威教士從畜欄領回他的幾頭野獸，並批准了沙地動物園的建造計畫。不過杜知州特意叮囑了一句，務必要嚴加管束，萬一再釀成類似事故，嚴懲不貸。

柯羅威教士在衙門拿到公函後，長長地舒了一口氣。無論如何，這次糟糕的局面總算挨過去了。至於解決這個問題的手段是否合乎教義，柯羅威教士卻陷入苦惱，他不期然想起了彼得的遭遇。

當年耶穌被抓走之後，有追捕者質問彼得是不是耶穌的門徒。彼得為求自保，先後三次不認主。難道為了自保，就要拒絕承認主對萬福、虎賁所做的印記，對牠們成為別家信仰這件事坐視不理？

讓教士覺得不可思議的是，無論是杜知州、衙門的辦事人員還是民眾，對此事本身並不覺得訝異。似乎在他們心目中，一個藏傳佛教的來幫基督教的忙，再尋常不過了，它們彼此之間的關係就該如此。教士跟他們交談過，他們不太能分得清天主教和新教的區別，對於藏傳佛教、佛教、道教雖然有清晰的認識，可並不因一方而排斥另外一方。在他們心目中，所有的信仰就像是馬王廟裡那三神共立的佈局一樣，諸神共存，乃是天經地義。

柯羅威教士拒絕相信這種荒唐的觀點，可他也不得不承認，全靠瘋喇嘛才能解開這個困局，讓動物們活下來。他不知道這時候應該擇善固執還是委曲求全，哪一種才符合他的身份。

在這種矛盾的情緒中，教士拿著公函緩步走出衙門。他感覺有些胸悶，但是連一個可以懺悔的地方都沒有。教士不知不覺走到畜欄旁邊，一抬頭，再一次見到了瘋喇嘛。

沙格德爾渾身破爛骯髒，頭頂還有瘡疤，唯有那雙眼睛無比深邃，一下就看透了柯羅威教士的苦惱。他丟開紅柳條子，笑咪咪地走上前來，張開雙臂。教士囁嚅著想說些感謝的話，可又怕不合規矩，便謹慎地挑選著詞彙。沒等教士想好，沙格德爾已經給了他一個滿滿的蒙古式擁抱。

教士的身子一下子僵住了，任由喇嘛的寬大袖子蓋到自己身上，耳邊傳來一陣溫和的吐息：「草原的天空寬曠得很，每一隻鳥兒都可以盡情飛翔。」這句話是用漢語說的，可柯羅威教士還是不太理解。沙格德爾後退一步，神秘地笑了笑，然後垂下眼睛，豎起一根手指放在唇邊。

一陣猛烈的風遽然吹過，大把大把的沙土和垃圾漫天飛揚。畜欄旁上香的民眾紛紛瞇起眼睛，熟練地把頭轉向下風口。萬福身上披著的那幾條潔白的哈達都被吹起，像鳥兒一樣飛向天空，很快消失不見。

「您為什麼會來幫助我呢？」教士問。

「受一個朋友之托，來拯救另外一些朋友。」沙格德爾的話永遠和他本人一樣飄忽不定。

看到教士有些迷惑，沙格德爾蹲下身子伸出食指，在地上沾了一點點黃土，抬起手臂勾畫起來。風還在吹著，細膩的黃土沫子不斷從指尖散落、飄浮、旋轉，在半空中勾勒出一幅稍現即逝的人像輪廓。輪廓是一位年輕女子的剪影，兩條長長的辮子搭在雙肩。

教士這才知道，原來那個朋友是薩仁烏雲。

看來她在喀喇沁王府也一直關心著赤峰的局勢，應該是聽說了那一夜的騷動之後，知道此事必然沒那麼順遂，便拜託沙格德爾來幫忙。

沙格德爾大袖一擺，薩仁烏雲的剪影在半空消失，重新化為黃沙落在地上。他沒有繼續與教士攀談，哼著歌推開畜欄的門，走到動物之間。

畜欄裡的動物對沙格德爾很有好感，五隻狒狒在籠子裡嘰嘰喳喳地上躥下跳，伸手去扯他袍角的線頭。沙格德爾的手一碰到狒狒們的頭，牠們立刻都不叫了，像等待上師給牠們灌頂。僅存的一匹虎紋馬吉祥和蟒蛇對沙格德爾的靠近也沒顯露出任何敵意，反而愜意地瞇起眼睛，就像風吹過一樣自然。就連萬福都露出善意，把長鼻子溫柔地搭在喇嘛的肩上，隨著小調兒微微擺動。

只有虎賁很不友好，牠伏低身子，發出沉沉的低吼，拒絕這個瘋喇嘛繼續靠近。沙格德爾只好站在離牠幾步開外的地方，歪著腦袋，一臉戲謔地看著這頭文殊師利的坐騎。琥珀色的眼睛與黑色的瞳孔彼此凝視，敵意與不著邊際的瘋癲相互碰撞。

就在教士擔心喇嘛的安全，想要過去安撫虎賁時，沙格德爾退了回來。他笑著用蒙古語唱道：

大無畏的野狼喲，
跑不到查幹沐淪河的盡頭。
草原的雄鷹喲，總也碰不到天空的頂。
那顏們穿的是錦緞喲，
卻擋不住風寒與雪。
來自遠方的馬，
只有我能唱出你的蹄聲。

在歌聲中，虎賁終於放鬆了警惕，重新趴了回去。

沙格德爾沒有試圖去摸牠的毛皮，轉身從畜欄走了出來。他對教士說：「我在此間的事情已了，可以離開了。大雪第七次落下之後，我會把那匹迷途的駿馬送回到你的動物園來。」不待教士挽留，沙格德爾就這麼敲著柳木條子，晃晃悠悠地離開了赤峰城。

有虔誠的信徒想追上去，可奇怪的是，無論騎馬還是趕車，卻怎麼也追不上前方那個瘋瘋癲癲的喇嘛。不一會兒工夫，他的身影就消失在遠方的地平線上。信徒只好悻悻地回轉過來，在畜欄前叩拜，向教士請求把神獸帶回自己家去供奉。

柯羅威教士苦笑著拿出設計圖，苦口婆心地解釋說他會建起一座動物園來。這些居民聽得懵懵懂懂，他們認為動物園和寺廟是差不多的東西，紛紛熱情地表示要捐香油錢。

柯羅威教士拒絕了這些好意。之前動物們被當成異教靈獸，這已經令教士惴惴不安。如果再用異教名義吸納金錢，教士認為自己會直接墮落到地獄去——他知道有些同僚在中國就是這麼幹的，幾乎敗壞了整個圈子的名聲。

看到教士如此堅決的態度，赤峰的居民們聚在一起商議了一下，然後換了個說法。他們表示這是一筆慈善捐款，既不是香油錢，也不是施捨，只用來做善事。至於善事是什麼，教士可以自行決定。

「我要奉上帝之名，在沙地之上建起一座動物園，讓每一個人都有機會聆聽主的福音。」教士明確無誤地表明瞭想法。

「沒問題，沒問題。」

捐款的人們笑咪咪地掏出錢來。他們上一分鐘還虔誠地向喇嘛沙格德爾進獻供奉，下一分鐘又為柯羅威教士慷慨解囊，彷彿這只是帳本上兩項不同的支出罷了，可以隨心意自由轉換。

教士知道，他們之所以如此大方，絕非福至心靈突然歸信天主，歸根到底還是對萬福和虎賁懷有憧憬。那未必是一種源自信仰的堅定情感，更像是一種神秘主義式的敬畏——正如盧公明在《中國人的社會生活》裡所說，中國人的頭腦裡似乎存在著一個開放框架，可以為任何異乎尋常的神蹟提供跨宗教的解釋。在他們心目中，不是信仰去解釋任何神蹟，而是神蹟去解釋任何信仰。

柯羅威教士終究還是拒絕了這一筆錢。捐款的人們有點兒意興闌珊，不過他們沒有發怒，反而認為這是一個不貪戀錢財的好人，他所堅守的信仰必定是更靈驗的。結果更多的人跑來幫忙，教士有些哭笑不得，只好說：「如果你們願意的話，可以幫我把這個動物園建起來，以上帝和赤峰州的名義。」

事就這樣成了。

第六章　白薩滿

赤峰位於商衢重地，能工巧匠和物資都不缺乏，只要資金跟得上，可以建起任何東西。為了順利建起這座動物園，教士在當地找了一班名聲不錯的營造匠戶。這些工匠沒建過動物園，不過曾經修過楞色寺，手藝很好。他們對動物園的理解，就是搭一堆牲口棚子。教士反覆溝通了很久，好不容易才讓工匠明白動物園和畜欄之間的區別。

工匠先用小木片搭出一個樣式，教士做了一點兒修改，把整個方案最終確定下來。這項工程贏得了赤峰居民的熱烈支持，熱烈程度與他們當初反對的程度大體相當。正式破土動工以後，很多附近的居民自願過來幫工。因為在赤峰城裡有個奇怪的傳聞：這個動物園是佛祖的旨意，參與建設的人都會獲得功德，就像是捐獻一條門檻或香油錢似的。於是大批願意無償幫忙的人湧了過來，無論縉紳商人還是窮苦民眾，都願意盡一份力，解決了勞動力的大問題。

在赤峰居民的幫助下，土牆一截截地夯實，木柵欄一層層地壘起，硬沙步道兩側的獸舍一間一間地矗立起來。教士規劃中的水渠，也從遠處的英金河引了過來，在動物園中央匯入一個早就砌好的水池。當初圖紙上的設想慢慢浮現出來，沙地上的形體變得愈加立體和清晰。

慢慢地，這座尚未竣工的動物園已經名氣遠播。很多牧民從遙遠的地方趕過來，只為能一睹萬福和虎賁的獸舍。有人在工地附近擺下香爐，有人高舉著蘇勒德*、頭頂經文在周圍轉上一圈又一圈。連諸旗的章京、佐領們都悄悄地來觀摩施工現場。

在圍觀人群中，還有一些披著紅袍的喇嘛，他們應該來自三道街的楞色寺。這些喇嘛和沙格德爾不太一樣，警惕心十足。他們一直在打聽那兩頭神獸的事，不過圍觀民眾說法不一，最後什麼也沒問出來。

馬王廟的懶和尚們也來看過一次。胖方丈身後跟著已經改名慧園的汪祿文，他們先跟教士打了一個招呼，然後在沙地上轉悠。胖方丈背著手踱著步子，脖子不時突然向相反方向轉動，鼻子一直聳動，似乎在聞什麼美食的香味。慧園已經褪去了初出家時的青澀，跟在師父後頭，和胖方丈無論步態還是動作都很相似。

如果俯瞰整個工地，會發現這師徒二人在圍著動物園轉圈，卻始終和柵欄保持著一定距離。他們就像是兩隻心存警惕的草原動物，謹慎而頑強地接近著目標，沙地上留下的腳印還故意前後交錯，讓人無法捉摸。

他們看了約莫半天時光，一言不發地走了。胖方丈累得不行，汗珠子啪嗒啪嗒地掉下來，慧園趕緊在旁邊的張記鋪子買了一籃子柴溝堡熏肉，師徒倆一邊吃一邊回了馬王廟。

---

* 蘇勒德：成吉思汗統率的蒙古軍隊的戰旗，戰無不勝的象徵。

面對這些風格迥異的熱心人，教士不得不反覆澄清，這個動物園並非宗教場所，至少不是一座寺廟，它只是用來欣賞野生動物的，以上帝的名義。周圍的人每次都高興地點頭，表示完全贊同他的說法，然後繼續我行我素。可教士知道，無論上帝還是佛祖，在他們心目中大概都是一回事。

在這期間，動物們仍舊待在客棧的馬廄裡。不過牠們的待遇和之前大不相同。赤峰居民對待牠們的態度越發恭謹。除了萬福和虎賁之外，那五隻狒狒、鸚鵡和僅剩的一匹虎紋馬吉祥也被傳為某些神祇的寵物。那些神祇的來源很雜，有佛教、道門、薩滿，甚至金丹道、一貫道和一些無法分類的草原信仰。在他們心目中，這麼多神仙派遣坐騎下凡來到赤峰，一定有一個大緣由。

甚至那一晚的混亂，也成了傳奇的一部分。大部分居民忘記了當時的恐懼，反而津津有味地開始回憶每一個細節。有幾個當晚遭遇了虎賁的轎夫和更夫成了社交界的寵兒，每次都被旁人要求講述親身經歷，並引來無數羨慕和驚歎。聽完故事的居民會跑到馬廄旁，彷彿想要去找動物們求證。

柯羅威教士很快發現，他每天花費最大精力的不是監督工程，而是把給萬福和虎賁磕頭的信徒們勸走。不過這一切辛苦也並非全無回報，在勸說過程中，總會有些人停下腳步，聽聽柯羅威教士的佈道。

教士的講述對他們來說是一種很新鮮的體驗。聽眾茫然、迷惑，眼神裡始終閃動著濃濃的興趣。他們最喜歡《舊約》裡的《創世紀》和《出埃及記》，卻對耶穌降生保持著一種略帶揶揄的敬畏態度。很可惜的是，聖母聖心會曾經感化的那些信徒並沒出現在教士面前，他們不是被殺掉了，就是被嚇破了膽，不敢露面。

接觸多了，柯羅威教士發現赤峰的居民有一種淳樸的天性：他們在談論生意、祈求健康、出門遠行和詛咒仇敵時，會成為不同神祇的信徒，哪怕這些神明不屬於同一體系，甚至自相矛盾，他們也處之泰然，並不會因信仰衝突而糾結，更不會覺得困惑或為難。正如承德司鐸評價的那樣，赤峰居民的信仰是一團模稜兩可的霧氣，模糊不堪，難以捉摸，他們的精神世界凝結成形態不一的信仰支柱，每次都不相同。

在教士看來，就好像在這些人的腦袋裡，有一個龐雜的動物園。在這個動物園裡面，聚集著各種各樣的動物，牠們待在自己的院舍裡，彼此相安無事，有時候還好奇地串串門。沒有任何一種動物可以完全佔據整個動物園。同時，赤峰的居民們還天真地認為，整個世界就該如此運轉。

柯羅威教士忽然有點兒明白沙格德爾那句話了：「草原的天空寬曠得很，每一隻鳥兒都可以盡情飛翔。」

儘管在信仰的傳達上，教士暫時無法取得進展，但動物園的建設卻是實實在在地在推進。樂觀估計，動物園有望在秋天落葉之後竣工。整個建設過程很順利，唯一的意外是拱門在搭建時坍塌了一次，弄傷了四個泥水匠。

這純粹是一次意外。工匠們搭拱門時，要先把兩邊門框做成半懸空的曲形，下方用裹了稻草的泥柱托起來，然後再將兩邊曲形合攏。可在施工過程中，一個工匠誤將運土料的獨輪車撞在泥柱上，結果柱子一下被撞斷，連帶著上面的半個曲形以及四個正磨邊的工匠全跌落下來。

這四個工匠傷得並不算重，最厲害的也不過是小腿骨折。可是有些人卻不這麼認為。很快就有楞色寺的喇嘛過來，臉色陰沉地與教士交涉。

喇嘛說，這些工匠雖然可以自由出來做工，身籍卻屬於楞色寺，因此他有權利代表他們來進行交涉。柯羅威教士本來以為只要支付一筆湯藥費就夠了，可喇嘛提出的條件卻讓他大吃一驚。

楞色寺的喇嘛表示，大象和獅子是如來兩位脅侍的靈獸，牠們下凡也理應在楞色寺，而不是在洋教的地盤。既然楞色寺的瓦匠在動物園受的傷，那麼只要把這兩頭動物賠償過來就可以了。

柯羅威教士對這套說辭感到很憤怒，認為簡直荒唐絕頂。萬福和虎賁乃是教士受了上帝的啟示，千辛萬苦從京城運來的，怎麼就成了佛祖的靈獸？就算是佛祖的靈獸，也輪不到楞色寺來接收。

第一次談判就這樣不歡而散。

可楞色寺態度很強硬，威脅說要讓四位工匠上告官府，聲稱洋教仗勢欺人，拖欠工錢還打傷工人。赤峰州對這種事相當敏感，金丹道當初鬧事的由頭之一，就是聖母聖心會的神父槍殺了金丹道的一個首領。當地官府可不敢承受第二次教案的衝擊。

這時一位腳行的老闆找到柯羅威教士，也許是單純出於好心，也許是楞色寺唯恐這位遠道而來的洋人不知其中利害，特意委託這位老闆把微妙之處解釋給他聽。但柯羅威教士態度很堅決，無論如何也不鬆口。腳行老闆無可奈何地離去了，臨走前叮囑了一句：「柯長老，楞色寺裡，住的可不只是喇嘛。」

教士不明白這是什麼意思。老闆搖搖頭，歎息著走了。

接下來的數日裡，工地上的怪事層出不窮。不是物料被偷走許多，就是腳手架莫名坍塌，或是在工人們吃飯的木桶裡屢屢發現沙鼠腐爛的屍體。甚至還有一次，火頭從搭到一半的屋子裡冒出來，幸虧撲救及時。謠言開始在工人之間悄然流傳，有人說這個動物園是用來拘押靈獸的，所以惹來佛祖不滿。不少人嚇得趕緊辭工，勞動力一下子發生了短缺。

教士告到官府，可官府只派了幾個捕頭象徵性地轉了一圈。

杜知州委婉地告訴教士，這兩頭靈獸的存在讓楞色寺很尷尬。他們一向以黃教在卓索圖盟、昭烏達地區的傳法正統自居，如果動物園建立起來，菩薩靈獸降臨在楞色寺之外，這對信徒們將是個很大的打擊。喇嘛們不能否定沙格德爾的認證，他們只能順著民意，要求把萬福和虎賁接去楞色寺，如此才能維持住自己的地位。

杜知州還暗示說，官府在這場糾紛中嚴守中立，他會盡量不偏袒楞色寺，可也別指望會給予教士任何幫助。

柯羅威教士陷入矛盾中，他不知道該如何妥當地處理這件事。交出兩頭動物是絕對不可能的事，可喇嘛們的威脅也是實實在在的。他坐在馬廄裡，背靠著萬福愁眉不展。那頭白象也感覺到了主人的憂慮，她把鼻子甩過去，用尖尖的象吻碰觸教士的耳朵。

這一次，就連虎賁都被驚動了。牠從自己狹窄的馬廄裡站起來，把腦袋擠在小門前的欄杆上，伸出一條長滿倒刺兒的粉紅色大舌頭，剛好能夠著柯羅威教士。虎賁就像一隻慵懶的大貓，一會兒工夫就把教士的衣袍舔得濡濕一片。

忽然馬廄裡傳來一陣翅膀的拍動聲，教士一抬頭，發現那隻虎皮鸚鵡再度出現。牠在之前的夜亂中不知所終，到這時才終於出現。柯羅威教士欣慰地笑了笑，牠沒辦法解決目前的難題，可總算是一個小小的安慰。教士抬起手臂，讓食指微微翹起。虎皮鸚鵡乖巧地落在指頭上，來回踩了幾下，突然放聲大叫起來：「慧園，慧園！」

教士開始還以為牠在外面學了蒙古語，仔細聽才發現原來是一個名字。還沒等他想起來這個名字是誰，慧園已經一腳邁進了馬廄。

柯羅威教士注意到，慧園雖然一身灰袍僧人的打扮，脖子上掛著一串念珠，居然還掛著一個聖母像的小木牌，顯得不倫不類。這個小木牌，應該是他當年皈依天主時所得，不知此時為何又特意戴了出來。儘管公理會沒有聖母崇拜，可教士看到這個小飾物，還是覺得有點兒親切。

慧園沒有雙手合十，而是略帶羞澀地與教士行了個西式禮——這大概也是承德司鐸教的——然後他開口說：「師父讓我把這隻鸚鵡送回來。」

教士一愣，他一直以為鸚鵡是自己飛回來的。據慧園介紹，在那一夜的混亂中，這隻鸚鵡被一位商人的女兒收留，關在一個雕刻精美的籠子裡。後來這位少女拎著鳥籠去馬王廟上香，鸚鵡在裡面呱呱地叫，叫聲中夾雜著一些英文單詞。

慧園從承德司鐸那裡學過一點點英文，一聽，立刻知道這隻鸚鵡屬於赤峰城裡新來的教士。他出面對少女表示，這鸚鵡與我佛結緣，不如佈施在寺裡。少女是個虔誠的佛教徒，聽到大德*提出這個請求，自然滿口答應。當天夜裡，鸚鵡蹲在馬王廟的槐樹上，佛祖、馬王爺和土地爺三尊神像從三個不同方向注視著牠。也不知道這隻扁毛畜生在半夜看到了什麼，不安地叫了一宿，左鄰右舍都被驚擾了清夢。到了早上，黑著眼圈的胖方丈讓慧園趕緊給教士送過來。

教士向慧園表示感謝，慧園又開口道：「除了鸚鵡之外，我家師父還托我帶來一句話：如果教士您對楞色寺覺得為難，他可以幫忙解決這個問題。」

這是一個出乎意料的邀請，柯羅威教士不知道這些懶饞的和尚為何突然要主動幫自己。慧園道：「師父說了，他是為了這些朋友。」然後環顧了一圈馬廄。動物們有些騷動，因為他的眼神頗為怪異。

教士抬起頭來：「那麼代價是什麼？」慧園笑了笑：「還是原來那句話，師父邀請您把教堂開去馬王廟裡，一處供奉，四面神仙。」

柯羅威教士這次沒猶豫，堅決地搖了搖頭。此前沙格德爾用菩薩靈獸來拯救那些動物，已經讓教士心存愧疚。如果這次為了解決楞色寺的逼迫，把教堂開去馬王廟裡，那麼教士將不得不質疑自己，是否能為了一時便利而讓原則無限後退？可以妥協的信仰，是否還能稱為信仰？

慧園似乎早猜到了教士的回答，他一點兒也不氣惱：「師父說了，如果您不願過來，權當欠馬王廟一個人情，他日再行回報，您看如何？」

柯羅威教士隱約猜到，慧園今天戴上聖母像，又行西式禮，都是為了完成這一次交易。雖然這種表示友善的方式略顯笨拙，誠意卻十足。教士仔細地考慮了一下，認為這個要求並不違反教義，便點頭答應下來：「我會償還這個人情，但不會違背自己的原則。」慧園點頭稱善，變回僧人的禮儀，雙手合十深鞠一躬：「不會讓您等得太久。」

慧園告辭離開，柯羅威教士也回到了工地現場，繼續指揮施工。剩下的工人不多了，他們惶恐不安，唯恐遭到佛祖的懲罰和楞色寺的報復。教士好說歹說，才說服他們多幹一天，次日再結工錢。

次日清晨，朝陽初升。那些工人從工棚裡鑽了出來，揉了揉眼睛，看到在動物園的四周沙地上多了密密麻麻的梅花形腳印。每一個赤峰人對這些腳印都非常熟悉，它們是屬於草原狼

＊大德：佛家對年長德高僧人的敬稱

的印記，不知來了多少隻。

奇怪的是，這些腳印圍著動物園轉了一圈，卻沒有一個爪痕靠近圍牆。那樣子就好像昨晚有幾十隻狼圍著動物園虔誠地轉了許多圈，好似牧民繞著敖包轉圈。工人們很快又發現，那一條從英金河通過來的水渠邊上，趴著一頭死去多時的黃羊。黃羊的喉嚨被粗暴地撕扯開一個洞，乾涸的洞口正對著渠底。可以想像，牠剛死的時候，熱氣騰騰的鮮血汩汩地從身體裡流出，灌入水渠，混雜著冰涼的河水淌進動物園內的水池裡。

面對這奇異的一幕，工人們不約而同地想到一個草原上流傳很廣的傳說。

在很久以前，草原上的動物們不需要自己覓食，長生天會將食物分配下去。有一天，祖狼因為貪睡而遲到了。長生天對祖狼說：「這裡的食物已經分光了，從此以後你只能靠自己的利爪和牙去捕獵。我允許你在一千頭動物裡捕食一頭。」祖狼走得太過匆忙，聽錯了長生天的話語，以為是一千頭動物裡只剩一頭。從此以後，草原上的狼群變得十分貪婪殘暴，即使吃飽了，還是會繼續殺戮。

可無論多兇殘的狼，都會留下最後一頭獵物不吃，把牠放在祖狼留下過足印的地方。牠們相信魂魄存在於鮮血之中，所以這頭獵物的血會被放掉，用來祭祀長生天，證明狼群並未違背神的意志。這種地方，被稱作「赤那敖包」。

稍有經驗的牧民或行商都知道，如果在草原上看到被放了血卻沒被吃掉的鹿、羊、馬、牛乃至人的屍體，周圍還遍佈梅花足印，要儘快朝相反方向離開。因為這意味著他們已經進入了祖狼留下足印之地，稍有耽擱，就可能遭到狼群的報復。

那些工人萬萬沒想到，在赤峰城邊上的動物園周圍，居然也出現了赤那敖包。草原狼很少靠近人丁稠密的地方，如今牠們卻在赤峰州現身——難道說這裡也曾經留有祖狼的足印嗎？一想到這個可能，工人們都驚慌起來，想要離開。

這時另外一則流言開始在工人之間傳開：之前在這裡幹了一個多月，也不曾有什麼異狀；楞色寺提出要接走那頭白象和獅子，狼群便立刻出現了。可見菩薩們派遣那兩頭靈獸下凡，正是為了在沙地鎮護赤峰。牠們一離開，恐怕會有狼災暴發。

赤那敖包的消息以極快的速度傳遍了整個赤峰州，居民們帶著敬畏竊竊私語，輿論完全倒向教士一邊。大家都覺得，那些動物留在牠們該在的地方就好，楞色寺在這時候伸手實在太不應該。

楞色寺那邊派了幾個喇嘛來查看，他們在沙地看了幾圈，臉色陰沉地離開。有人問起，老喇嘛說這是教士自己裝神弄鬼，但再也沒提過討要靈獸的事。

柯羅威教士對昨晚的異狀也莫名其妙，他很早就回客棧了，根本不知道是怎麼回事。隱隱之間，他覺得這件事大概和馬王廟的饞和尚們有關係，可又沒什麼確證。杜知州把他叫過去問了一番，也沒問出個所以然。

總之，這起風波似乎就這麼平息了。教士離開衙門的時候，迎面正看到胖方丈和慧園走過來。師徒二人呼嚕呼嚕地啃著肉串，胖嘟嘟的肉臉顫動著，有肥膩的油從嘴角流淌下來。他們對教士微笑著點點頭，嘴裡咀嚼聲不停，一路揚長而去。

經過這麼一個小小的波折，動物園重啟施工。這次再沒出現什麼意外，工人們認真埋頭工作，原來逃走的工人也都悄悄跑回來，乞求寬恕。周圍的小偷小摸現象徹底絕跡，沒人敢在赤那敖包附近造次。

最後一陣炎熱的夏風和第一陣涼爽的秋風先後吹過無邊的草原。那些綠油油的草尖中央出現一抹淡淡的黃紋，起初肉眼幾乎無法分辨，隨著秋風一日緊似一日，黃紋向四周的葉面迅速沁染，就像是一滴黃漆落入盛綠水的桶裡，展開一圈圈漣漪。

從綠黃至金黃，從金黃至深黃，從深黃至枯黃，死去的時間一層層疊在草葉上。當整個草原的黃色終於演變至無可挽回的衰頹時，動物園竣工了。

建成當天，柯羅威教士破例允許在門口放了一串鞭炮，用這種「很中國的方式」宣告落成。

動物園的一切都如同教士在馬廄裡設計的那樣。入口是一個漂亮的中國式磚砌拱門，上頭懸掛著一個木製的月桂花冠，以及一顆灰白色的孤星——孤星的來歷很有意思，柯羅威教士在攀登紅山時無意中撿到一塊扁扁的怪石，形狀是個不規則的五角星。教士認為這也是啟示的一部分，就委託石匠把它雕成一顆孤星，高懸在門口，指引著來自東方的賢者們。

進入大門之後，迎面是一個用松木和青磚砌成的平簷大屋，被分成前後兩部分。前面一半是個簡易的佈道堂，目前只掛了個十字架在門口，裡面可以容納大約二十人；後面一半則是教士的休息室與倉庫。

在大屋後頭，是一個挖得很深的圓形水池，水池的半徑有四米，四周用白色鵝卵石圍邊。水池的正中央是一座殘缺不全的告喜天使雕像，它原本屬於聖母聖心會，在叛亂中被人推倒，附近的居民把它抬回去壘成圍牆。當動物園快落成時，它又被捐獻出來，重新打磨後豎在了水池裡。雖然教士是新教徒，可他覺得這點兒變化無傷大雅。

一條蜿蜒的水渠從英金河引過來，渠內水流潺潺，不停地充實著水池，然後從另外一處巧妙排掉。幾十簇移植來的沙棘、松樹和圍欄巧妙地掩飾了水渠的走向。水渠與遊覽道路相接的地方，又建了幾座散發著清香的松木橋，讓園內的景致更顯活潑。

以這個水池為中心，五條石子路向四周輻射出去，分別通向象舍、獅山、狒狒山、虎紋馬欄和蛇館。每一處館舍都經過精心設計，力求讓動物們感覺最舒服。牠們的屋子都特別厚，提前預留了暖爐的位置，以應付塞外嚴苛的冬天。

隨著動物園的落成，動物們陸陸續續進駐園內。牠們早已不耐煩待在狹窄的馬廄，現在搬進新家，個個都顯得很興奮。尤其是萬福，她居住的象舍是整個動物園最大的房子，是平常屋子的兩倍高、三倍寬，裡面鋪著厚厚的稻草，滿是草香。在象舍的外面還有一個寬敞的院子，從中央水池裡單獨引了一道水進來，方便萬福沖洗身體。

萬福從來沒住過這麼豪華的地方，她像個天真的小姑娘一樣，晃著尾巴前後轉了好幾圈，還用鼻子吸飽了水，噴向臨近的獅山，讓虎賁不停地抖動鬃毛，水珠四濺。

橄欖狒狒們唧唧地在假山上跳來跳去，這裡面有幾棵枯萎的胡楊樹交錯搭在一起，高度恰到好處，可以讓牠們玩個痛快，但剛好夠不著圍欄的上緣。至於那條粗大的蟒蛇，牠居住在一間封閉的陰暗矮屋裡，中間被鑲嵌著透明玻璃的牆壁攔住。牠很滿意這個環境，直接遊到一截半腐爛的樹幹後面，盤成一圈，吐了吐芯子，繼續沉沉睡去。

唯一美中不足的是那頭叫如意的虎紋馬還沒找回來，因此畜欄裡暫時只擱了吉祥在那兒，讓整個畜欄略顯空曠。

當把一切都安排妥當以後，柯羅威教士忽然想到一個問題，一個他居然一直忽略的重要問題。

動物園還沒有起名字。

這是一種重要的活化儀式，一個事物固然可以獨立存在，但如果它想與世間萬物建立聯繫，那麼勢必要賦予它一個名字。上帝創造萬物之後，讓亞當和夏娃在伊甸園為其命名。同樣，這個草原上的動物園，需要由牠的創造者起一個名字。

教士最初想以自己的母親「瑪格麗特」來命名。她是一個虔誠的信徒，曾在無數個夜裡把小柯羅威抱在膝蓋上，給他講《聖經》的故事。不過仔細斟酌之後，教士決定把這個動物園命名為「諾亞」。在這一片如海洋般浩瀚寬廣的草原上，諾亞動物園將成為拯救之光，這豈不是最恰如其分的名字嗎？

名字一經賦予，萬物的聯繫即成。

諾亞動物園落成的當天，迎來了它的第一位客人。

客人的名字叫作薩仁烏雲。她特意從喀喇沁王府趕來赤峰州祝賀，這次什麼隨從也沒帶，孤身一人騎一匹棗紅色的高頭駿馬，在正午時分抵達了動物園的門口。

柯羅威教士看到薩仁烏雲的樣貌，和上次又有不同。這次她穿了一身素白的鑲藍邊蒙古長袍，頭髮完全披散下來，只在額前綁了一條鑲綠松石的絲質抹額，看起來自然隨意。不知為何，柯羅威教士感覺她的一舉一動都帶著股神秘的高貴氣質，那璀璨的雙眸似乎隱藏著更多深意，每一次眼波流轉都讓他覺得魂魄被攝取。

教士連忙收斂心神，彎下腰去親吻她的手背。薩仁烏雲坦然接受了這個西式禮節，咯咯地笑了起來，隨即又害羞地把手臂收了回去。

薩仁烏雲是諾亞動物園第一個正式的遊客，她饒有興趣地沿著遊覽碎石路一間間參觀下去，教士在旁邊一一講解。其實她之前在草原已經見過這些動物，可當牠們以某種嚴整的次序擺放在各自的位置上時，秩序的意味頓生，從背景割裂開來，讓參觀者更加專注於動物本身。

薩仁烏雲走過一個又一個館舍，從蟒蛇看到獅子，最終停在象舍前。她走得微微出了汗，鼻尖有一點點晶瑩，卻顧不得擦掉。她徑直走到欄杆邊緣，好奇地把身子壓向前方，伸出右手臂。正在象舍裡吃草的萬福像是受到什麼感召似的，鬆開稻草，抬起鼻子，不疾不徐地走到院子裡來。

在午後金黃色的陽光照耀下，這頭白象長鼻輕甩，扇耳微動，以莊嚴肅穆的姿態行走在沙地上。肥厚的腳掌與沙礫摩擦，發出細微的沙沙聲，眼神始終注視著薩仁烏雲。當萬福抵達圍欄邊緣時，她伸出長長的鼻子，用鼻吻與薩仁烏雲伸進來的指尖相觸。那一瞬間，教士覺得陽光突然熾烈了幾分，光芒幾乎要把薩仁和萬福淹沒。他不禁握住十字架，低聲讚頌起主的名字來。

這個神聖的瞬間持續了一秒或一百萬年，薩仁烏雲收回胳膊，猛然扯下頭上的抹額，轉頭對教士露出一個燦爛的笑容：「哎，我想要跳個舞。」

教士一下子想到了兩人在敖包前的那個黃昏。他本來略有猶豫，可一看到薩仁烏雲雙眼裡躍動的光彩，便情不自禁地答應了。

此時動物園還未正式開放，偌大的園區內除了動物們，就只有他們兩個。薩仁烏雲走到寬闊的象舍前方，馬靴踩在沙地上。她背對著教士，抬起右臂，頭向左邊垂下，突然旋了一個圈子，那乳白色的蒙古袍轉成了一道月色般的影子。

伴隨著舞姿，悠揚蒼涼的蒙古長調從她的喉嚨裡飛出，迴盪在動物園內，迴盪在沙地上，一直傳到遠處的紅山之間。那濃郁的調子已在草原上迴盪了千百年，從未停歇，只要有風的地方，就能聽見。

這次她的舞蹈和上次敖包前的慢舞不同，更不同於教士所見過的任何蒙古舞。薩仁烏雲的四肢極其舒展，十個修長的指頭不停地變換著手勢，像是一連串複雜艱澀的符文。與其說是舞蹈，毋寧說是在用身體訴說著什麼——就像是在祈禱，教士的心中忽然想到——她在跳躍，她在聳動著雙肩，她在旋轉之間懷抱自己，她垂下頭去聆聽泥土的聲音，突然又抬起下巴，向遠方眺望，修長的雙腿來回踢踏，如同駿馬疾馳，手中的抹額揮舞，似一隻雲雀翱翔。

她的舞姿健美而自信，每一個動作都柔暢而堅決。舉手投足之間，攝人心魄的魅惑氣息繚繞而起。跳至高潮之時，她整個人像是融入了這一片天地，旁觀者已看不見實在的形體，只留下強烈的魂魄意念圍繞在四周，變幻莫測。那幻影如伸展向天空的枯萎胡楊，如公羊骸骨眼窩中長出的青草，如雨後搖曳的彩虹，如撕咬土撥鼠的年輕健壯的狼崽子——那兩條藍邊白袍的長袖飄忽不定，把一切意象都包容在藍天白雲之下。

站在一旁的教士屏住呼吸，情不自禁地被舞姿吸引住了。這與不同文化圈的審美無關，更不是什麼性慾的原始勃發。他感受到的，是一種磅礴的生命力在閃耀，躍動時光芒四射，休憩時內斂恬靜，整個草原的自然迴圈都從這舞動中傳達出來，帶著一點兒肅穆的神性。

似乎有另外一重世界的大門，在舞蹈中悄然開啟，神秘而空靈的氣息流瀉而出。那個世界與現實本來就疊加在一起，此時自虛空顯現出來，讓整個諾亞動物園散發出莊嚴的光芒。

這一場神秘的舞蹈一直跳到夕陽西下才停下來。這時教士才注意到，動物園裡的動物們，無論是萬福、虎賁、吉祥還是那些狒狒，都不約而同地探出腦袋，一直凝視著這邊。白薩滿用這舞來溝通萬物，只要是有靈之物，皆可體會，並不是只有人類可以欣賞。

薩仁烏雲晃晃悠悠地走到教士身邊，臉色紅撲撲的，渾身散發著強烈的香汗味道。她的眼神迷離，似乎還沒從恍惚的狀態中完全甦醒過來。教士趕緊捧來一杯清水，薩仁烏雲卻把它推開，從馬兒上的掛囊裡拿出一個鑲著銀邊的馬頭酒壺。

她拔開塞子，咕咚咕咚喝了一通，然後遞給教士。教士猶豫地接過去，喝了一口。沒想到那烈酒像火龍吐息一樣，從喉嚨燒到胃裡，把他嗆得直咳嗽，噴出來的酒水沾滿了嘴邊的大鬍子。

薩仁烏雲哈哈大笑，用手帕替他擦了擦鬍鬚。待到教士緩過來一點兒，她開口道：「你知道嗎？我跳的這一段舞，叫作查幹額利葉。」

聽了她的解釋，教士這才知道，這種舞蹈不同於喇嘛們的「查瑪*」，乃是來自古老的白色薩滿，也叫白海青舞。白薩滿是草原的見證者和奧秘的守護人，他們可以與萬物溝通，由長生天最初呼出的氣息鑄就。只有體內流淌著白薩滿血液的女祭祀才能跳出真正的查幹額利葉，求得神靈庇護、澆灌福氣，打開通向真正草原的大門。

在這個時代，薩滿幾乎消亡殆盡，而薩仁烏雲的血統，正是最後一代白薩滿。難怪那些

---

*查瑪：一種以演述宗教經傳故事為內容的面具舞。

牧民對她頂禮膜拜，言聽計從，原來她的身份居然如此高貴。她跳起這一段已無人知曉的查幹額利葉，為這個草原上的動物園獻上來自遠古的祝福。

「想不到，你居然是一個……呃，女巫。」教士說出這個詞的時候有些尷尬，畢竟在他們的詞彙裡，女巫不是什麼好詞，可他又想不到其他更適合的詞。

薩仁烏雲沒生氣，她還挺喜歡這個描述的：「準確地說，我是這片草原的守護者，我會帶回迷途的羔羊，找到雲開之後的新月，指引有緣人看到真正草原的模樣，或者說他們心目中的神。」

「你是說長生天嗎？」

「不，不，每個人心中都有一片草原。我只是個領路的人，能看到什麼樣的神祇和景象，取決於自己的信心。長生天也罷，佛祖也罷，上帝也罷，每個人都不同。」

教士沉默起來，半天才開口道：「可我看到的，還是這座動物園。」

薩仁烏雲笑了：「是啊，你可真是我見過最奇怪的人。我認識的傳教士裡，只有你不務正業，不去建教堂，居然先建起了一個動物園。」

教士狼狽地擦去鬍鬚上的酒漬：「與其把教堂建在沙地上，不如建在人心裡。」

薩仁烏雲支起下巴，仰望天空：「你知道嗎？自從那天在草原上遇見你和那些動物以後，我回去就做了一個夢，裡面有大象、獅子，還有你說的虎紋馬與狒狒。哦，對了，還有那條蟒蛇，牠可真嚇人。我從前根本不會夢到這些。」

教士不知該怎麼回答，他只是怔怔地看著薩仁烏雲的側影，在落日下被映得極美。

「我的媽媽是東蒙最後一位白薩滿，她跟我說過，夢是靈魂安居的帳篷，你心裡祈願的是什麼，靈魂在夢裡就是什麼樣……」她拿起酒壺，又啜了一口，把滿頭亂髮撩到肩膀後頭。「你把牠們帶到草原上來了，也帶進了我的夢裡。我想其他人來到這動物園以後，應該也會做同樣的夢。赤峰州這個地方，本來就匯聚了人類各種各樣的夢。我從前經常用媽媽教的法子，潛入他們的夢境去看。可沒想到有一天，自己的夢反會被你影響，這可真是太有趣了……」

教士瞪大了眼睛，他沒想到，居然會有人可以窺視別人的夢。他忍不住問道：「那你看到過我的夢嗎？」

「你的夢？」薩仁烏雲不由得輕聲笑起來，她長袖一擺，把前方的景色畫了個圈，「你的夢不就已經在這裡了嗎？」

此時黃昏已過，整個動物園被夜幕籠罩，彤雲厚積，今夜看不到星月，動物們都回到自己的屋裡。園內安靜如雨後的花園，火燭還未及點燃，深沉的黑暗一口一口地吞噬掉每一座館舍與院落。教士只能看清佈道堂的一圈晦暗輪廓，和拱門上的那一顆孤星。

「可惜我的力量在城市裡無法施展，那是和草原截然不同的存在。你選的這片沙地很好，既在城市邊緣，也在草原邊緣，就像是黃昏一樣。否則我也沒法跳起查幹額利葉。」

「所以出事那天，你才會請來沙格德爾幫忙？」

「是啊，我的力量源於自然，他卻可以操控人心。」說到這裡，薩仁烏雲忽然轉過頭，看向燈火通明的赤峰城內：

「你似乎也有自己的朋友？」

教士愣了一下，知道她指的是馬王廟的和尚們，遲疑地點了點頭。薩仁烏雲笑道：「他們啊，可是一群好玩的家夥。你看，赤峰這個地方，總能匯聚起一群有趣的人，包括你在內。」

經過薩仁烏雲提醒，教士才隱隱發現，赤峰州似乎並不是個普通城鎮，這裡有最後一位可以窺夢的白薩滿巫女，有來歷不明的馬王廟和尚，還有一位瘋瘋癲癲的野喇嘛。傳奇和想像滲入它的肌理，同生共長，真實和虛幻糾結於一處，讓整個城市看起來更像是一則寓言。

「哎？」

薩仁烏雲突然發出驚喜的叫聲，她仰起頭看向夜幕，猛然抓住教士的手，往自己的面上摸來。教士不明白她的意思，有點兒畏縮，薩仁烏雲卻毫不放鬆，很快教士的手指碰觸到了她高挺的鼻尖。

指尖傳來一陣涼意，教士定睛一看，發現在兩人之間多了一朵晶瑩的白花。白花是六角形狀，在體溫的籠罩下倏然消融。但很快有更多的白花落下，紛紛揚揚，在兩人之間掛上一圈薄幕。

初雪翩然而落，讓整個動物園更加靜謐和純潔。

赤峰的冬季來了。

薩仁烏雲翻身上馬，拍落肩上的雪花，對教士道：「有了這個動物園，從此以後，每一個赤峰人都會夢到不一樣的東西吧？謝謝你。」

韁繩一抖，駿馬嘶鳴，她就這樣在雪夜縱馬離開，素白色的身影幾乎要和初雪融為一體。教士靠在象舍旁，和萬福久久凝望著她的背影，直到虎賁用不耐煩的吼聲把他們喚醒。

雪落在孤星上，歌聲吹起了風。

事就這樣成了。

第七章　榮三點

草原動物園的建成，是一個不折不扣的奇跡。從京城到塞外的遙遠距離、層出不窮的動物健康狀況、窘迫的預算、當地人的敵意，還有同僚的反對，任何一個環節出了問題，都可能導致整個計畫失敗。可這個動物園終究還是在一片沙地上建了起來。

在柯羅威教士看來，這份成就感不遜於在磐石上建起教堂的聖徒彼得。這次的成功讓他更加篤信，上帝指引他和萬福來這裡，是有著一個大計畫。當然，教士也承認，沙格德爾、薩仁烏雲和馬王廟裡的慧園和尚，這三個分屬不同信仰的朋友在其中幫了大忙。這些異教徒像對待自家信徒一樣，熱情地幫助了教士和他的動物們，這讓教士又是欣慰又是惶恐，不期然想到盧公明那句評價：在中國人的觀念裡，他們認為每個人都可以在自己的信仰中找到天堂和獲得救贖。

無論如何，草原動物園總算是正式開業了。這個消息轟動了整個赤峰州，所有人都爭先恐後，打算來看看這個從未出現過的新生事物。

這些動物在入城時已經引起過圍觀，後來又鬧了一次夜，還被指認為菩薩坐騎下凡。這樣的奇觀，喜歡熱鬧的赤峰人豈能錯過。

從開業那一天起，來參觀的遊客絡繹不絕，他們根本不在乎那幾個銅子的門票錢，蜂擁而入。天氣雖然已經變冷，赤峰人的熱情卻逆勢而漲。他們簇擁在每一個館舍旁邊，把雙手揣在厚厚的襖袖裡，在凍成冰的雪面上踮起腳尖，好奇地向圍欄內望去。這些奇怪的、來自非洲的動物極大地滿足了草原居民們的好奇心，他們一望就是半天，絲毫不覺厭煩。

教士很貼心地請赤峰州的學士——當地稱為秀才——用雋秀的館閣體書寫了標牌，自己又標了英文，寫明每隻動物的產地和習性。遊客們很多不識字，這時就會有志願者站出來大聲念給他們聽，引起陣陣驚歎。

那段時間，城裡的談資全是這個叫諾亞的動物園。商人們在茶館裡，夥計們在鋪子門口，牧民們在畜欄和馬車旁，書辦與衙役在衙門裡，所有人都興致勃勃地交換著觀看動物的心得，有時候還會引發爭論。每到這時，總會有人一揮手：「走，再去看個仔細！」然後又一窩蜂地跑去沙地轉上一圈。諾亞取代了沙地，成為紅山腳下一個全新的地名。每個人都為它神魂顛倒。在動物園裡，每個人都變成了孩子。

甚至有許多人從遙遠的科爾沁、錫林郭勒等地專程過來，只為看一眼傳說中的靈獸。赤峰當地人——無論什麼身份——只要一聽有外地的客人趕來看動物，會立刻挺直身板，一臉自豪地給他們講解，帶他們過去。每個人的眼睛都閃閃發亮，彷彿這動物園是這個城市新的精神圖騰，每個人都與有榮焉。

一切就如那一夜似的。整個古老的草原被這個突然闖入的陌生驚醒，緩緩睜開眼睛，詫異而好奇地望過去。教士總是在問自己，為什麼要不遠萬里跑來赤峰這個地方，他一直認為是上帝的感召。但現在他發現，也許還有另外一個理由，就是為了這些居民驕傲的眼神。

在所有的動物裡，萬福最受老人歡迎，她有著溫柔悲傷的眼神。老人說，這是菩薩的眼神。不過小孩子們更喜歡那五隻狒狒，牠們不畏嚴寒，經常把爪子伸過圍欄，討要松子和栗子。年輕人更喜歡虎賁，但牠太懶散了，幾乎足不出戶。牧民們則圍著吉祥指指點點，不明白長生天為何允許這匹馬身上長出黑白條紋。至於蟒蛇，沒人喜歡，大家最多充滿獵奇地瞥上一眼，然後悚然離開。

教士把門票價格定得很便宜，只要求遊客看完動物後，能來佈道堂坐上一坐。佈道堂裡的爐火熊熊燃燒著，大家逛完園子後樂得在這裡暖暖腳，教士趁機宣講福音。居民們像對待喇嘛一樣對待教士，不太虔誠，但非常尊重，時常還會帶些供品過來，問一些荒唐問題。

教士知道，他們把福音當成了腦海中動物園裡的另一隻動物。教士有些無奈，但還保持著耐心。時機早晚會到來，教士對自己說。

不知是不是薩仁烏雲那一段白薩滿之舞的緣故，動物園的魔力始終縈繞在參觀者的心中。即使離開沙地返回城鎮，他們也久久難以忘懷。

據說，從那時候起，每一個赤峰人在睡覺時都會夢見動物園的情景。有些人夢見大象，有些人夢見獅子，還有人夢見在一片空闊的草原上，那些動物走成一長列，狀如剪影，頭頂的月光如水似幻。他們醒來以後，還會驚喜地交換彼此的夢境，認為這是一個吉兆，然後向各自信奉的神祇禱告。

當一座城市裡的每一個人都做夢時，城市也就擁有了自己的夢境。那段時間裡，赤峰的夢就是諾亞動物園。它就像是一片籠罩在草原上的雲，把影子投射到所有人的睡眠中去。

動物園開業半個月之後，教士發現，開園的成功固然令人興奮，但隨之而來的各種麻煩也變得棘手起來。

除了採購飼料、打掃館舍、檢查動物身體和圍牆、引導遊客之外，教士還得設法騰出時間來為這些人佈道。教士不得不承認，他原先把建造動物園的難度估計得過高，而把運營的難度估計得過低了。現在他一個人從早到晚忙得不可開交，一絲喘息的機會都沒有。

而且還有一個嚴峻的問題。天氣一日冷似一日，凜冬已至，這些來自熱帶的動物能否熬過第一個冬季，取決於動物園能否讓館舍維持足夠的溫度——這可不僅僅是花錢那麼簡單。

柯羅威教士在赤峰州孤身一人，他雖然認識了些朋友，卻缺少足夠的助手，只能親力親為。

動物園在設計時已經充分考慮到了赤峰的寒冷天氣，館舍採用平頂磚木結構，牆壁加厚，並且為每一棟建築都配備了一個內置爐和外通煙囪。只要燃料供應源源不斷，屋子裡就會溫暖如春。

但整個動物園只有柯羅威教士一個人。他得一個人照料五個館舍的爐子，白天把柴火或煤炭分成五份，一個爐子一個爐子分配進去，晚上睡前得確保爐火不會徹底熄滅。與此同時，日常工作還不能耽誤，工作量驚人。

這些繁雜而重要的瑣事讓教士疲於奔命。教士心想，他必須得趕在天氣徹底冷下來之前找幾個僕役，不然自己就垮掉了。不過雇人一來需要錢，二來還要找靠得住的人，三來這人還得足夠聰明，飼養大象、獅子可不像餵馬驢騾那麼簡單。萬牲園的飼養員教過教士一些基本的飼養方式，教士還必須得給他們做培訓。

又一次結束了一天的工作，教士拖著疲憊的身軀，回到自己位於佈道堂後面的住所。他推門走進房間，正在盤算接下來該怎麼辦，這時虎皮鸚鵡撲簌簌地落到了他的肩上。

牠是唯一一隻不必關進館舍的動物，就住在教士的床頭架子上。柯羅威教士教會牠說了幾句「上帝保佑」、「神愛世人」之類的話，在佈道時可以錦上添花。虎皮鸚鵡學得很快，唯一的問題是，牠學習其他東西也很快，除了來自京城的那些老髒話之外，還學會了很多赤峰口音的俚語和粗口。

教士疲憊地摸了摸虎皮鸚鵡的羽毛，正準備坐下喝口水。虎皮鸚鵡拍動翅膀，仰起脖子，用老畢的聲音大叫起來：「小滿！小滿！」

柯羅威教士嚇得手一鬆，水杯摔落在地上。他開始還以為是老畢的亡靈突然出現，過了好久才回過神來，原來是鸚鵡的叫聲。從京城到草原這一路，老畢一直喋喋不休，這隻聰明的鳥兒自然學會了模仿。

教士鬆了一口氣，可是隨即眉頭又皺了起來。鸚鵡叫出的那個名字，一直在他耳邊縈繞。小滿，小滿，小滿，虎皮鸚鵡喊到第三遍時，教士忽然想起來，這是老畢兒子的名字。

那個小傢伙有點兒怪癖，不愛與人說話，還把自己千辛萬苦帶來的電影放映機給燒毀了。教士還記得，他們出發的時候，小滿一直追著馬車，讓爸爸回來。可惜他的爸爸再也回不去了。海泡子旁那可怖血腥的一幕，再次迭入教士的視野，讓他歎息不已。

可是，這是什麼樣的啟示呢？柯羅威教士面色凝重地看著虎皮鸚鵡，牠之前可從來沒叫過小滿的名字，也沒學過老畢的聲音。今天忽然這樣開口說話，難道是死者藉著鸚鵡的身體想要表達什麼？

亡靈呼喚？這可不是一件小事。他捏著十字架，凝視著這隻鸚鵡。和其他動物不同，牠是從宮廷流落出來的，也許會沾染上一些說不清、道不明的神祕力量，何況這裡是赤峰州。對種種神秘現象，柯羅威教士已經見怪不怪。

虎皮鸚鵡沒再吭聲，專注於用尖喙啄著小米，似乎死者的力量已經完全耗盡了。柯羅威教士把雙眼閉上，表情有些奇異。

當初在草原上遭遇馬匪，老畢和其他幾個車夫慘遭殺害。當教士抵達赤峰州以後，請杜知州派了人到現場，將屍體收殮起來。教士出資，把遇難者的屍骸送回京城家中，還附贈了一筆撫恤金。從任何角度來說，這都已經算是仁至義盡。

難道說，老畢還有未了的遺憾嗎？那唯一的可能，就是他的孩子小滿了吧？

教士到赤峰州之後，一直忙於動物園的事，沒再關注遇難者屍骸送回京城的後續事宜，自然不會知道小滿後來怎麼樣了。

他跟小滿並不熟悉，一共也只見過幾面，那個孩子有著奇怪的心理痼疾，沒法與人交談。其他車夫都來自大家庭，只有老畢父子倆相依為命。如今老畢意外去世，就算小滿能被鄰居收養，這樣一個孩子，恐怕也過得很苦吧？

這個猜想一旦產生，便很難忘卻。接下來的幾天裡，教士每次一看到虎皮鸚鵡，就會忍不住回想起小滿告別父親時的表情，以及老畢在海泡子附近死亡的慘狀。他的內心深處始終迴盪著老畢那悲愴的吶喊：「小滿，小滿，小滿！」

教士向上帝詢問自己該怎麼做，可始終未得到回應。當第三次從深夜的噩夢中驚醒時，教士做出了一個決定。他對老畢唯一的遺孤小滿，理應負有照料的責任，應當把他接來赤峰。這不是法律上的義務，而是良心和悲憫的要求，同時亦是死者的囑託。

教士給自己找了一個更現實的理由：動物園現在人手短缺，小滿多少能幹點活兒，順便還能接受教育，兩全其美。當然，這個計畫的前提是小滿自己願意離開京城，來赤峰這個苦寒之地。

可惜的是，動物園的事務太多了，教士一個人根本抽不開身。他給薩仁烏雲寫了一封信，請求幫忙。薩仁烏雲很爽快地答應了，她很快用電報聯絡了王府在京城有往來的一間錢莊，委託老闆去找人。沒過幾天，錢莊就有了回信，小滿還真被找到了。

原來老畢鄰居家的那個婆娘，聽說老畢死了，便以小滿養母的身份私吞了教士送來的撫恤金，然後把小滿賣到一個酒樓裡當小夥計。小滿沒法兒跟人講話，勝任不了這份工作。酒樓把他當成一個傻子，去做最辛苦的苦力，每天幹粗活髒活，連工錢也不給。後來小滿生了病，奄奄一息，酒樓老闆索性把他扔到化工廠邊上，棄之不顧。錢莊的人找到小滿時，他渾身都是瘡疤，蓬頭垢面，瘦弱得不成樣子。

教士得知這一情況後，又是心疼，又是慶幸。如果不是鸚鵡提醒自己，小滿恐怕活不過這個冬天。一定是老畢在天國知道自己的孩子受苦，特意通過虎皮鸚鵡來告訴教士。

柯羅威教士請求錢莊的人把小滿送到赤峰來。這件事絲毫不為難，那個錢莊一直在蒙古一帶做生意，只要把這孩子交給一個旅蒙商隊捎來就是了。看在王爺府和薩仁烏雲的面子上，他們連錢都沒要。

當第三場雪在赤峰城內落下時，小滿隨著商隊如期而至。柯羅威教士看到一個頭大脖子細、瘦骨嶙峋的髒孩子從一頭載滿綢緞的駱駝上跳下來，一件不合身的破爛袍子看不出本來的顏色。他站在雪地裡，竹竿似的雙腿瑟瑟發抖，雙眼卻很冷漠，彷彿全世界的變化都與他無關。

商隊的馱夫說，這孩子能聽懂話，可從來不搭理人，永遠只圍著牲口轉悠。柯羅威教士向他表示感謝，然後招呼小滿過去。這孩子記得教士的臉，可是什麼也沒說。

教士把他帶回到動物園。一聽到裡面動物的吼叫聲，小滿的雙眼唰地亮了起來，彷彿看到自己的伊甸園，一堆死灰裡迸出了幾點兒火星。

柯羅威教士讓他先待在自己的臥室裡。可一轉身，小滿就不見了。教士以為他走丟了，找了一圈才發現這孩子居然跑到象舍裡，蹲在萬福的旁邊，雙手抱住膝蓋，口中發出奇妙的哼叫，那聲音和大象很相似。萬福慈愛地用鼻子撫摸著他的頭髮，如同一位母親在撫慰受驚的孩子。

教士把小滿重新帶回居所，讓他脫光衣服，為他簡單地做了一下檢查。遠離萬福讓小滿變得很煩躁，他雙眼空洞地看著窗外，任憑擺佈。

檢查結果還好，除了嚴重營養不良和皮膚病之外，這孩子的身體並沒什麼大問題。教士把小滿放進一個盛滿熱水的大木桶裡，讓他好好地泡上一個熱水澡。

柯羅威教士知道他能聽懂別人講話，一邊拿毛巾為他擦拭身體，一邊講道：「從此這個動物園就是你的家，你可以幫我照料這些動物，也可以自己去找份工作。如果想讀書的話，也能儘量安排。你不必恐懼，也不用悲傷，在這裡沒人可以傷害到你，因為我會與你分享同一個主保聖人*。」

聽著教士的絮絮叨叨，小滿泡在熱氣騰騰的木桶裡，把表情隱藏在水汽裡，不發一言，眼神始終看向窗外。

這是一個晴朗的冬夜。夜幕之上，月亮大而清晰，彷彿一頭母牛飽滿的乳房，靜謐而寒

---

* 主保聖人：守護聖人

冷的乳汁自穹頂緩緩傾落，整個房間乃至動物園都浸泡在難以名狀的神秘氣氛中。

當小滿洗完澡正準備從桶裡跨出來時，窗外傳來撲簌簌的翅膀震動聲。一隻色彩斑斕的虎皮鸚鵡穿過松木窗框，飛了進來。

小滿猛然抬起頭，略帶驚愕地盯著鸚鵡。鸚鵡在洗澡桶上空盤旋了幾圈，口中喊著：「小滿！小滿！小滿！」一時間，老畢的聲音響徹整個房間，在樑柱之間久久縈繞。小滿渾身劇烈地顫抖起來，他抬起了一條瘦弱的手臂，抓向鸚鵡，「啊啊」地叫著，彷彿想要挽回他在人世間最後一絲眷戀。

可是鸚鵡在屋子裡飛來飛去，就是不肯落下來。小滿只能看到牠如鬼魅般在房梁之間飄動，幻化成無數虛影，卻始終無法觸碰。他淚流滿面，另外一隻手拚命拍打木桶。洗澡水嘩嘩地潑灑出來，在地板上流成一灘形狀不斷變化的水漬，形若符咒。

教士知道這是最後的相見，不需要第三者在場。他默默地退出了房間，把門帶上，讓這隻鳥和孩子獨處。

不知過了多久，門縫裡銀白色的乳光徐徐暗淡下去，忽然老畢的聲音又一次傳來：「小滿！」教士連忙推開門，看到虎皮鸚鵡振翅飛出窗戶，不知飛去何處。而小滿站在房中間，正用手背擦去臉頰上最後兩道淚痕。

這是教士最後一次聽虎皮鸚鵡叫出小滿的名字，也是最後一次見到小滿哭泣。

幾天後，前往動物園的遊客們驚訝地發現，園內多了一個瘦弱的小孩。這孩子手裡總拿著一把比他個頭還高的鐵鏟，沉默地在院落裡鏟大象糞，把吹到步道的黃沙堆在路旁，或者掏出爐子裡的廢渣，重新填入煤炭或木柴。有人過去搭話，可他從來都不理睬，只是埋頭專注地做著自己的事。很快在遊客之間流傳起一個流言，說教士為了省錢，從直隸買來一個聾啞孤兒當苦役。

小滿並不關心這些流言蜚語，他此時已徹底被動物園迷住了。在不算清晰的記憶裡，童年時他總是獨自趴在窗邊或院子裡，等待遠行的父親歸來。小滿觀察牆角的蜘蛛和螞蟻，看野貓和鄰居家的狗打架，挖蚯蚓去餵屋簷下的燕子，把老鼠從空蕩蕩的米缸裡救出來。漸漸地，他能聽懂每一種動物的叫聲，熟悉牠們的每一個動作。這是一個廣闊而純粹的世界，動物們遠比除了父親之外的那些大人更誠實、更有趣、更安全。小滿沉溺其中，為了牠們，他甘願放棄與同類交流。

就這樣，他打開了一扇門，又關閉了另外一扇。小滿沒辦法再與人溝通，卻擁有了跟動物天然親近的神奇能力——簡直註定是為動物園而生。

教士從來不知道，小滿在京城時已經在萬牲園偷偷為許多動物送終。

小滿每天的大部分時間都和動物們待在一起，包括吃飯和睡覺。教士幾次安排他到臥室去，但半夜一看，不見人影。次日一早，教士發現他不是抱著萬福的鼻子打呼嚕，就是揪著虎賁的鬃毛酣睡。他愛每一隻動物，每一隻動物也都愛他，萬福、虎賁、吉祥以及那五隻橄欖狒狒，都把這個孩子視為同類。小滿可以毫無顧忌地走近任何一種動物，用旁人聽不懂的聲音與牠們交談。這只能用奇跡來形容了。

小滿把自己的世界封閉起來，在那裡沒有留出人的位置。他很認真地承擔起動物園內大部分的勞動，兢兢業業，只要不是和人打交道的工作，都幹得無可挑剔。這樣一來，教士就從繁重的勞動中解放出來，可以花更多時間在佈道上。事實證明，動物園和佈道堂的結合卓有成效，已經開始有很多人初步表現出了興趣。柯羅威教士發現，至少有十幾個人是佈道堂的常客。如果按照這個節奏持續下去，教士很樂觀地估計，在新年到來之前，就能夠有第一個領取聖餐的本地信徒。

閒暇時，教士會教小滿一些簡單的英文和拉丁文，還會教他唱一些歌曲。小滿聽得很認真，到後來甚至能夠聽懂英文指示，可他從來不出聲。人類世界對他來說，就像一排大雁飛過一匹野馬的頭頂，也許會駐足仰望一陣，但終究都是些與己無關的風景。

小滿只和動物園之外的兩個人有過接觸。一個是薩仁烏雲，還有一個是馬王廟的胖方丈。

薩仁烏雲和小滿的第一次見面頗富戲劇性。當時她來動物園拜訪教士，卻被小滿擋在了園子門口。小滿似乎感應到她身上的神秘力量，十分不安，先後變換了四五種野獸的吼叫，試圖嚇退她。薩仁烏雲倒沒什麼，不過她的坐騎卻因此發狂，差點把女主人摔下來。

教士及時趕到，把小滿抱在懷裡安撫。薩仁烏雲對這個小孩子很有興趣，她從耳邊取下一串金鈴鐺，夾在他的右耳上，並用雙唇親吻他的眼皮。神秘的氣息瀰漫過來，小滿緊閉著雙眼，惶恐不安地轉動身軀，整個人陷入幻境。

動物園在一瞬間變了顏色，如同一張沖洗失敗的底片。遠方的草原景象開始扭曲，色彩失去了重力束縛。小滿抬起頭，看到無窮無盡動物的魂靈劃過天空，它們低嘯著，哀鳴著，聚成一團團灰暗的煙霧，一起朝著西方飄去。

在西北的天盡頭是一片巨大的窪地，中央有一個海泡子。墨綠色的泡沫在翻捲，泡子邊緣盤成森森白骨的顏色。魂靈們從上空墜下，紛紛落入海泡子，不再浮起。這裡叫作塔木，是蒙古語裡地獄的所在。小滿也被這巨大的風潮裹挾，站立不穩，幾乎要加入魂靈們的行列，投身其中。

幸虧這時薩仁烏雲的金鈴鐺及時響起，小滿聞聲回過頭來，看到動物園依然屹立在沙地之上，那一顆孤星非常耀眼。

足足持續了十分鐘，小滿才突然長長吐出一口氣，一屁股坐在地上，眼神恢復正常。

薩仁烏雲只是想引領他看到真正的草原，可沒想到這孩子居然直接感應到了塔木的存在。她對柯羅威教士說，這個孩子擁有神奇的才能，可以與自然溝通，是最適合的白薩滿繼承者。教士表示，一切取決於小滿自己的意願，他不會強迫。可小滿被剛才的幻覺嚇到了，還沒等薩仁烏雲開口說什麼，就發出一聲尖叫，轉身逃掉了。薩仁烏雲只得露出苦笑。

「白薩滿要在人世與自然之間保持超然平衡，既要有敏銳之眼，也要有堅韌之心。這孩子的天賦有點兒好過頭了，他沒法承載自己的才能。」她如此評價道。

除了薩仁烏雲，小滿也見過馬王廟的胖方丈。教士有一次帶他去馬王廟玩，他一踏進那段詭異的照壁，整個人立刻處於一種亢奮狀態。小滿甩脫了教士的手，衝進三座大殿，把三尊神仙挨個兒看了一圈，還想要爬上土地爺的神龕，幸虧被旁邊的慧園及時喝止。

可是無論慧園怎麼說，小滿都不理睬。直到胖方丈走過來，小滿才跳下神龕，衝他發出一聲類似狼嚎的叫聲。胖方丈眉頭一皺，趕緊從懷裡掏出一片風乾的牛肉條，塞到孩子嘴裡。小滿嗚嗚地發不出聲音，可又捨不得吐出來。

胖方丈對隨後趕到的教士說：「這孩子與我佛有緣，不如來廟裡剃度做個小沙彌罷！」

教士還是同樣的回答，這事得讓小滿自己做主。可小滿根本不理解剃度的意思，他只是對土地爺的神龕充滿濃厚的興趣，無時無刻不躍躍欲試，嚇得慧園一步都不敢離開，生怕碰到了惹出禍事。

教士思忖再三，只好請薩仁烏雲和胖方丈過來，在佈道堂內擺下一枚十字架、一串金鈴鐺和一個木魚，讓小滿自己選擇未來的方向。薩仁烏雲還特意帶來一面小經幡，說是代沙格德爾拿的。

小滿站在佈道堂中央，看著這四樣法器，惶恐不安，不明白大人們的用意。教士俯身對他低語了幾句，然後把他推到前面去。其他人站在身後，饒有興趣地猜測著。

小滿的眼珠轉動一圈又一圈，依次從四樣東西掃視過去，卻沒在任何一處停留太久。他顯得猶豫不決，不時朝窗外看去，彷彿想要去找動物們諮詢意見。可是佈道堂的門窗都關得很緊，門口又站著幾個陌生的人類。

猶豫了半天，小滿將這些法器一把抱起，飛也似的跑出屋子去。幾個大人連忙追過去，卻看到小滿居然跑到象舍裡面，嘩啦一下把法器扔到地上，小腦袋依偎在萬福身邊，嘀嘀咕咕說著奇怪的話。

萬福安詳地聽著，大耳朵不時呼扇。小滿說完以後，把腦袋塞進旁邊一個大大的乾草堆裡。萬福像是跟他商量好似的，緩步走出畜欄，用長鼻子把這些東西捲起來，遞還給隨後趕到的教士。柯羅威教士注意到，萬福的眼神溫柔極了，像一位寵溺孩子的母親。

薩仁烏雲和胖方丈同時大笑起來，從此再沒有提過這件事。

塞北的寒冷如同草原上奔跑的駿馬，看似還遠，轉瞬即至。

這一年赤峰非常冷，雪也非常大，還沒接近年關，就已經連續下了幾場。整個赤峰州都被白色覆蓋，街道之間填塞著大塊大塊的雪堆，稍微矮一點兒的房子幾乎被掩埋，只露出一個黑黑的掛滿霜凍的房頂。城裡的人還算幸運，有厚實的牆壁可以禦寒，附近還有紅山、南山遮蔽大風。在更遠的平坦草原之上，白毛風吹得漫無邊際，讓那裡徹底變成極其恐怖的生命禁區。無論是牧民還是馬匪都銷聲匿跡，一切恩怨都要等到來年再清算。

在這種嚴寒肆虐之下，日常活動幾乎完全停止。大家都待在家裡，穿著厚厚的棉襖，除非必要絕不出門。諾亞動物園的客流量很快降到了最低點，不再有人冒著風雪跑來看動物。其實即使他們來了，也看不到什麼。為了確保動物們能熬過寒冬，堅持到來年開春，教士早就把牠們關在各自的館舍之內，足不出戶。厚厚的白樺木大門終日緊閉，連門縫和窗縫都塞滿了布條，不給寒氣一絲機會。

在薩仁烏雲的幫助下，柯羅威教士儲存了足夠的煤炭和柴，曬乾的牛糞和大象糞也不浪費，可以保證每一間館舍都有足夠的供暖。

不過爐子的位置在館舍外側貼牆之處。燃料不會自動跑到爐子裡去，所以需要有人每天清早冒著嚴寒去外面清理爐膛、添加新燃料。這是一件特別艱苦的差事，小滿雖然勤快，可他畢竟只是一個孩子，健康還未恢復。所以大部分清早的工作，還是得教士自己動手。

又一場大雪剛剛結束，迎來了一個雪後晴朗的清晨，教士用棉袍和羊毛圍巾把自己裹了個嚴實，推開臥室的門，寒氣如同幾十把弓箭狠狠地射過來，把他射成了一隻刺蝟，他不由自主地倒退了幾步。教士呼出一口白氣，強迫自己邁出門去，空氣冷而清冽。

羊絨靴子踩在鬆軟的雪上，發出咯吱咯吱的聲音。日頭很高，可是金黃色的射線被北風濾去了熱度，只能把積雪映出一片耀眼寒光。

教士挨個兒檢查了每個館舍的取暖狀況，一一補充了燃料，順便查看了一下動物們的身體狀況。也許是嚴寒的關系，動物們都很安分。狒狒們簇擁在一起取暖；吉祥孤獨地站在馬廄深處，那裡鋪滿了厚厚的稻草，讓地面不至於太涼；虎賁和萬福不約而同地緊貼著靠近館舍外爐的那一面牆，可以直接感受到爐溫。虎賁還不時打幾個噴嚏，牠的身體結構可不是為冬季而生的。

教士忽然想到，如果當初在塞罕壩隘口，虎賁選擇逃入圍場，那麼現在牠會怎樣？在沒有遮蔽的森林裡，牠恐怕很快就會死於寒冷或饑餓吧。半年的自由時光和註定的死亡，長久的狹窄拘束和安穩富足，教士不知牠到底會如何選擇。

柯羅威教士巡查了一圈，花了大約一個半小時。他微微喘息著，細密的汗水從身上沁出，感覺寒意稍微消退了一點兒。

接下來，只剩最後一間了。他抬起頭，在耀眼的陽光下瞇起雙眼，看向動物園唯一一處照不到太陽的凹地。在那邊的陰影裡，矗立著一座淺灰色的館舍。這間館舍比別處的建築小了一半，形狀狹長如一條粗笨的蛇，沒有院落。

這裡居住的是那條蟒蛇。牠到底是冷血動物，向來我行我素，與其他生靈格格不入，不招人喜歡。即使在對動物園的崇拜達到巔峰時，遊客們也很少會來這裡，就連小滿都不大樂意靠近。入冬之後，蟒蛇陷入冬眠，盤成一圈蜷縮在陰暗角落裡，沒什麼好看的，讓這裡更是人跡罕至。

教士拎起一把鐵鍬，深一腳淺一腳地走過去。靠近那邊的雪積得格外厚實，他不得不鏟雪前行。忽然，教士的眼神閃動了一下，他看到地面上多了一串腳印。

腳印很大，應該是蒙古長靴留下的痕跡，靴印旁邊還有一滴滴血跡，從動物園的一處外牆開始，一直延伸到蟒蛇的館舍門前。教士抬頭望去，看到館舍的門是半開的。

教士一驚。昨晚風雪太大，很可能有人在夜裡不辨方向，稀裡糊塗地爬進了動物園，看到前面有房子，就不顧一切地鑽進去避風了——如果他凍得昏迷不醒，說不定會被蟒蛇當成一頓大餐吃掉。

如果是那樣的話，麻煩就大了。

教士急忙揮動鐵鍬，把雪向兩邊鏟去，迅速來到蟒蛇館舍門口。他一腳踏進屋子，第一眼沒看到人。再隔著玻璃往後半部分看，赫然發現一個人面衝下趴在岩石上，一動不動，觸目驚心的血跡順著岩角流淌下來。

而那條蟒蛇居然從冬眠中醒來，纏繞在樹上，兩隻蛇眼冷冷地向下睥睨，芯子時吐時收。

蟒蛇的屋舍構造和別的動物館舍不同，它分成一前一後兩部分，中間用一面木牆隔開。木牆上開了三個圓圓的大洞，鑲嵌上三面透明玻璃。遊客可以通過正門走到前半部分，透過玻璃安全地觀察後半部分。

在後半部分，教士安放了幾塊岩石，搭成一個塞滿泥土的洞穴，旁邊還立著一棵從紅山上移來的枯樹。附近有一個小門，是用來放入食物的。當初在設計時，教士特意把火爐的大部分熱力集中在後半部分。反正遊客看看就走，不會待久，前半部分冷一點兒也無所謂。

這個人大概凍得太厲害了，居然無意中打開了送食門，然後順著熱乎氣鑽進了後半部分，和蟒蛇同居一室。

教士不知道蟒蛇為什麼沒攻擊他，也許是剛從冬眠中甦醒，比較遲鈍。總之，這傢伙的運氣還沒糟糕到底。柯羅威教士趕緊打開送食門，把旁邊的一根木杆子伸進去，輕輕地在蟒蛇頭部旋轉擺動。這是飼養員教他的辦法，可以吸引蟒蛇的注意力，然後迅速把食物塞進去。

很快這人被教士拖出來，全無反應，看來受傷頗重。教士把他的身體翻轉過來，一瞬間，他如同碰觸到一塊火熱的炭，猛然縮回手，臉上露出極度震驚的神情。

這人右側眼眶上沒有眉毛，兩側的臉很不協調，一臉凶悍。柯羅威教士一眼就認出來了，這正是當初在草原劫掠車隊的馬匪首領——榮三點。

教士對這張臉印象太深了，這半年多的每一場噩夢都由他而生。老畢臨死前那絕望的表情、馬匪手中黑洞洞的槍口、海泡子裡的骷髏、灑滿血點的青草和這張無眉拼接的面孔旋踵疊加在教士的腦海和眼前，強迫他反覆體驗著那一刻的驚悸和崩潰。

他的腰間，正插著那一把精緻的史密斯-偉森轉輪手槍。

此時這個噩夢的根源就躺在教士面前，奄奄一息。教士的嘴唇顫抖著，胸口起伏。水潭裡的那具骷髏卡在胸腔和咽喉之間，讓他難以呼吸。柯羅威教士實在無法抑制突如其來的噁心，砰的一聲推開大門，猛然衝出館舍，瘋狂地嘔吐起來。吐完以後，他背靠著牆壁，大口大口地吸著清冷的空氣。

風是冰涼的，每一顆微粒上都掛著霜雪。理性的冰冷持續灌入教士的鼻孔、咽喉和大腦，把那些像被剝皮的蛇一樣扭曲翻滾的神經給徹底凍結。這個過程持續了將近十分鐘，教士才勉強將心中混雜著厭惡、驚恐的火焰壓滅。

這時候教士的身體也差不多撐到了極限。他搓了搓幾乎快要被凍傷的手，回到館舍裡，重新審視這個罪犯。

榮三點的身上有刀傷，也有槍傷，還失了不少血，整個人已經陷入昏迷。教士猜測，他大概是被剿匪的官兵追擊，在雪天裡迷失了方向，慌不擇路逃來這裡，隨便找了一間屋子鑽進來取暖。

那麼，上帝把這個罪人送過來，是天意要他接受責罰嗎？教士心想。

柯羅威教士的第一個念頭是趕緊出去報官，把這個悍匪繩之以法，讓他接受法律的制裁；或者置之不理，他就會在傍晚前被活活凍死。無論哪一種，都配得上榮三點的結局。

就在教士正準備這麼做時，他忽然心有所感，猛一回頭，發現蟒蛇仍舊盤捲在枯樹上，就這麼冷冷地看著那個人。這很奇怪，按說牠剛從冬眠中驚醒，饑腸轆轆，本能會驅使牠盡可能多地吞噬食物。可牠現在居然對嘴邊的肥肉無動於衷，只是一直俯瞰著那個罪犯。

看到蟒蛇這個反常的舉動，柯羅威教士突然又猶豫了。

他想起來，在中世紀歐洲有這樣一個傳統：屬靈教堂是罪人的庇護所與逃城。任何人一旦進入教堂，只要不離開，世俗的法律便不能再審判他，亦不可逮捕他，因為這裡是神的殿宇。

雖然諾亞動物園不是嚴格意義上的教堂，可根源上同樣具備傳播福音的屬性。從神學上來說，它是秉持主的意志而建起在沙地上的，耶穌的寶血同樣流淌在這裡的每一寸土地上。也許……這才是上帝真正的啟示？這個人拚命逃到諾亞動物園，誰知道是不是為了尋求懺悔和寬恕呢？教士想起了耶穌的教誨：「你們要謹慎！若是你的弟兄得罪你，就勸誡他；他若懊悔，就饒恕他。倘若他一天七次得罪你，又七次回轉，說『我懊悔了』，你總要饒恕他。」

難道，上帝是讓我拯救這個血債累累的罪惡靈魂，所以才讓我們在草原相遇？

教士站在原地猶豫了很久，決定暫且先把榮三點抬走，然後再說。他費了一番力氣，總算把這個死氣沉沉的馬匪抬回了自己的臥室，並做了簡單的包紮。屋子裡的溫度很高，他暫時不會有什麼生命危險。

剛處置完畢，赤峰州的長警就找上門了。教士一問，這才知道杜知州前幾日調集精銳，趁著草原上凍之際進行了一次會剿。那些金丹道馬匪猝不及防，大部分從自家營地被窩裡被揪出來，或被殺或被擒。只有榮三點警惕性特別高，第一時間逃掉了。

榮三點在冰天雪地中一路狂奔，跟赤峰州的馬隊幾次接仗，最後他趁著突如其來的一場暴風雪，消失在紅山邊緣，大雪擦去了所有的足跡。馬隊的人發現，距離榮三點最近的藏身之處，就是諾亞動物園。

馬隊的人都知道，教士曾經遭到過榮三點的襲擊，差點死掉，算是苦主。所以他們絲毫沒懷疑他會窩藏要犯，只是提出要搜查一下動物園的各處館舍。

內心猶豫不決的教士打開動物園大門，讓長警和馬隊的兵丁進來。這些人饒有興趣地觀察著雪中的動物園，開始對動物館舍一一進行搜查。唯一避過搜查的，是教士的居所。因為長警看到教士剛剛走出房子，推測裡面肯定不會藏著馬匪。

一隊全副武裝的兵丁嗵地撞開象舍的大門，冷風一下子湧入溫暖的房間，捲起一大片乾草。站在畜欄裡的萬福發出一聲警惕的號叫，把長鼻子威脅地伸起來，似乎要保護什麼。一個眼力最好的兵丁發現在萬福身邊的稻草堆裡，似乎躺著一個人影。他如臨大敵，高聲示警，周圍同時有十幾條槍舉起來對準那邊。

站在門口的教士連忙攔住他們，大聲呼喚著小滿的名字。過不多時，一個小男孩揉著惺忪的睡眼，從稻草堆裡站起來。他的頭髮亂蓬蓬的，沾滿了草粒和象糞，正是小滿。只有在畜欄他才能睡得安心，即使在這麼冷的天氣，他還是願意賴在萬福身邊。

兵丁們看到是個小男孩，這才鬆了一口氣，同時不免有點兒失望。教士親吻了一下萬福的耳朵，安撫住她的煩躁情緒，然後把小滿拽出館舍，帶到自己的居所裡。

小滿一進屋，就看到躺在床上的榮三點。那兇神惡煞的神情和一身的血跡，把他嚇了一大跳。他沒法與人說話，只得對教士「啊啊」兩聲，面露不解。教士面色嚴肅地讓小滿坐在椅子上，為他掛上一串十字架，然後開口說道：

「小滿，如果你能聽懂我現在的話，請點一下頭。」

小滿點點頭，眼神裡滿是困惑。

「現在諾亞動物園、你和我，面臨著一個重大抉擇。我希望你聽完之後，幫我做一個決定。不，不是幫我，本來也只有你才有資格做這個決定。」

小滿從來沒見過教士如此嚴肅，也從來沒見他如此矛盾、彷徨，只好茫然地再次點了一下頭。

教士指向床上躺著的榮三點，講出了他的身份：「這個人，是殺害你父親的兇手。我當時在場，可以證明那絕非誤殺，而是一次充滿惡意的蓄意謀殺。無論從法律還是道德上，他都應該被處死。但現在這個人來到動物園，尋求庇護。我希望你憑藉本心，來決定他的生死——到底是向外面的官軍告發，還是收留這個人，拯救他的性命？」

這番話是經過深思熟慮的，柯羅威教士認為拯救一個罪人比滅亡一個罪人更加重要。可是他並不是動物園裡受傷害最大的那個，小滿才是。教士覺得自己沒有資格擅自決定，那是一種強加於人的偽善，只有小滿才能決定寬恕與否。

小滿聽完教士這番話，眼珠轉動著，眼神時而飛向床邊的殺父仇人，時而凝視教士，始終沒有做出表示。他畢竟年紀太小，也許根本沒聽明白，又或者聽懂了，卻不能理解其中的含義。

柯羅威教士想進一步解釋，可突然覺得有點兒羞愧。自己是不是太懦弱了？所以才找一個冠冕堂皇的藉口，把一個如此殘酷的抉擇推給無知的孩子。就在教士猶豫不決，不知是否該阻止這種愚蠢行為時，小滿忽然動了。

他盯著床上的傷者，眼神變得清澈透亮。過不多時，小孩子伸出一個指頭，指向榮三點，開口含混不清地喊道：「啊，啊，沙格德爾，沙格德爾。」

一聽到這個名字，教士不由得一驚，隨即露出困惑的表情。他從來沒在小滿面前提過沙格德爾的名字，這孩子是怎麼知道的？他又為什麼指著榮三點叫？這兩個人相貌明明完全不同。

小滿沒有做出解釋，而是繼續喊著沙格德爾的名字。喊了十幾遍以後，小孩子昂起頭，噘起嘴唇，發出一連串馬鳴。

教士很熟悉這叫聲，它不是蒙古馬，也不是頓河馬，而是接近於驢的嘶鳴，只不過沒那麼尖利——這是虎紋馬的叫聲。小滿熟悉動物園的每一頭動物，可以惟妙惟肖地模仿牠們的聲音，比虎皮鸚鵡模仿人類還像。他平常就是這樣跟動物們交流。

可是，小滿為何對著榮三點發出這種叫聲？教士把雙手下垂交叉，有些不知所措。他實在參不透其中的啟示。

古怪的嘶鳴在居所裡迴盪，榮三點奄奄一息地躺在床上，渾然未覺。忽然，一個縹緲的聲音在教士記憶中湧現出來：「大雪第七次落下之後，我會把那匹迷途的駿馬送回到你的動物園來。」

這是沙格德爾臨行前的話，他答應教士，會把那匹逃進草原深處叫如意的虎紋馬找回來。教士心算了一下，昨夜恰好是赤峰入冬後的第七場雪。

難道說，此時小滿眼中所看到的，根本不是窮凶極惡的匪徒榮三點，而是那匹走失的虎紋馬？所以他才會喊出沙格德爾的名字，並且發出虎紋馬的嘶鳴，試圖與之溝通？教士俯下身子，謹慎地問小滿到底看到了什麼，是一匹馬嗎？

小滿堅定地點了點頭，瞳孔裡流轉著異樣的光彩，就像他每次看到動物園裡的其他動物似的。

教士的眉頭不期然地皺到一起，這可真是一幅玄妙而難解的奇景：同一張床上，教士看到的是馬匪，小滿看到的卻是虎紋馬如意。柯羅威教士發現這幾乎可以算作一個科學問題——也許人與獸本來就是疊加在一起的，對方的性質取決於你不同的觀察方式。小滿的目光跟成人不一樣，所以才能看到同一個軀體裡的不同景象。

這實在荒謬，可又找不到一個合理的解釋。難道說，真的如薩仁烏雲所言，小滿的薩滿天賦覺醒了？教士不願意在科學的合理性上做過多糾纏，因為還有一個更重要的疑問要解決——這到底意味著什麼？

小滿看待這個世界的方式，與普通人截然不同。榮三點沒有被蟒蛇吃掉，這毫無疑問是上帝的意旨。但小滿在榮三點身上看到了虎紋馬如意，這個異狀恐怕與沙格德爾有關。他曾經答應教士在第七場雪後尋回迷途的駿馬，送到動物園。從小滿的視角來看，他這個承諾已經兌現了。

不知為何，悍匪榮三點和飛跑的如意在草原上合二為一了。

柯羅威教士不知道沙格德爾是怎麼做到的，但至少明白一點：沙格德爾讓榮三點來到動物園，有他的深意，而這個深意絕非是把這個馬匪扭送官府了事。

教士猶豫了很久，最終在胸口畫了一個十字，做出了一個艱難的決定：如意也罷，榮三點也罷，暫時可以留在動物園裡。就像他曾經對會督說的那樣，憑藉自己本心而行，因為上帝最瞭解它。

他下決心之後，歉疚地摸了摸小滿的頭。小滿渾然未覺，繼續翻動嘴唇，吐著氣，好奇地盯著床上。他和成人世界無關，眼神裡甚至連仇恨都沒有，只有那匹桀驁不馴的虎紋馬。

在動物園搜捕的馬隊很快結束了工作，長警很客氣地通知教士：「我們沒有搜捕到，也許他逃進紅山了，請你多加小心。」教士站在居所門前，拘謹地向他們表示感謝，聲音有些微微發顫。這種窩藏罪犯的事情，他可從來沒幹過，難免會心中發虛。

不過長警完全沒有懷疑到這個老實的教士頭上，他叮囑了幾句，又看了一眼小滿，然後和馬隊的其他人迅速離開了。原本整潔的雪地上，留下一長串雜亂的馬蹄印，好似十幾條長長的散碎鎖鏈扔在地上。

很快動物園又恢復了平靜，厚厚的大雪吸收掉了一切聲響，唯有陽光反射著一片閃亮。

教士注目良久，不得不閉上眼睛，以免被這耀眼的雪光灼傷。

事就這樣成了。

第八章　馬王廟

冬去春至，聲勢浩大的強風開始從西北方吹過來，這是牧民口中的風季。它把天空的流雲撕成一條一條的柳絮，裹挾著劃過雪原的天空，像牧人驅趕著一群驚慌的羊羔。

寒風變為冷風，冷風又變為涼風。覆在草地上那厚厚的冰雪，終於化為潺潺的流水，它沖開凍硬的地表，滲入土壤的每一處空隙，滋潤著每一粒正在積蓄力量的草種。冬季潛伏下去的力量，即將再一次舒展開來。

蟄伏了一冬的赤峰居民迫不及待地再次來到諾亞動物園。他們在冬夜裡做了太多關於動物們的夢，萬福和虎賁一次又一次在漫長的冬夜進入赤峰人的夢境，再也不會離開。現在他們亟需為這些夢尋找一個現實的落腳之地。

可惜在這個季節，草原上大大小小的路面都變得高低不平、鬆軟泥濘，就連諾亞動物園內的小路也未能倖免。原本白潔乾淨的雪水淪為污泥，一腳踩下去，會濺起大片大片的泥漿。

不過狂風也罷，泥漿也罷，都不能阻擋噴湧而出的熱情。居民們迫切想要去動物園，去印證自己在冬季長夜裡的那些夢。

這些遊客來到園子，欣喜地發現，那些動物一隻都沒有少，牠們全都幸運地熬過了塞北的第一個冬天。同時他們還發現，除了小滿之外，動物園居然又多了一個守園人。

這個守園人身材高大，幾乎不怎麼說話。他永遠用一頂破舊的寬沿氈帽遮住面孔，胸口掛著一個松木製的十字架，走起路來一瘸一拐。大家都猜測，這大概是哪個沒過年關的破產佃農，被迫投身到動物園當奴僕。

這個守園人很勤快，肩上永遠扛著一把鐵鍬。他會把爐子裡的廢渣掏出來，一鍬一鍬地撒在翻漿的路面，混著泥漿壓平拍實。這是一件很重要的工作，可以讓動物園保持乾淨，但一個人幹的話會特別辛苦。何況他沒有小推車，每一鍬都需要從爐子到路面往返一次。

不過守園人並不因此而偷懶，他很有耐心，也很有力氣。每次揮動鐵鍬，雙臂的肌肉都從那件薄襖下面誇張地隆起來。休息的時候，他就待在佈道堂裡，在最陰暗的角落裡默默地坐著。如果教士要給遊客們佈道，他就悄然離開，去到蟒蛇的館舍裡。

有一個好奇心旺盛的小混混湊過去，想跟這個守園人攀談，可很快就臉色煞白地回來了。同伴們問他怎麼回事，他連連擺手，說那傢伙身上帶著股陰冷氣息，還隱隱有股血腥味，那種感覺就像是鑽進蟒蛇館裡跟那條蛇四目相對。「不舒服，不舒服，煞氣太重，多待一會兒我非被他吃了不可。」他心有餘悸地說道。

同伴們多留了一份心思，開始暗暗觀察。他們注意到，這個神秘的守園人很少接近動物，也不與小滿或教士交談，無論餵食、墊路，還是打掃、巡視，他都是獨來獨往。到了晚上，教士回到臥室睡覺，小滿跑去找大象，守園人居然留在蟒蛇館裡，似乎只有在那個陰森的地方他才甘之如飴。

他們還驚訝地發現，那個從來不理睬外人的小滿，居然對這個守園人很親近，不是對同伴或長輩的那種親近，而是對待動物的那種親近。

於是赤峰街巷間很快出現了一則謠言，說動物園缺少一位護法，所以教士運起洋教的法力，把大蛇變成了守園人。牠白天幹活，晚上現出原形回屋休息。有人問，萬福和虎賁是大菩薩的坐騎，怎麼還需要護法？旁人會耐心地解釋說，萬福負責慈悲，虎賁負責智慧明悟，那斬卻邪魔的護法之任就由這位金剛來完成，這就叫三位一體。

如果教士聽到這種說辭，一定會哭笑不得。

這個荒誕不經的謠言流傳很廣。每個聽到的人都哈哈大笑，說怎麼可能，可每個人一轉身，臉色都變得有些嚴肅。去動物園的人更多了，他們除了看動物，就是遠遠地對著守園人指指點點。不過沒人敢湊近與他攀談，萬一這妖怪凶性大發，把自己吞下去就麻煩了。

除了小滿之外，只有兩個人不怕他——馬王廟的胖方丈和慧園和尚。

開春的某一天，他們也出現在動物園裡，而且有人看到他們與守園人交談。這三個人站在陰影之中，表情不一。胖方丈一直吧唧吧唧地吃著東西，兩腮的肥肉不停顫動，慧園替師父提著食物籃子。經過一個冬天，他的臉也胖了兩圈，越來越像師父的臉型。跟他們相比，守園人簡直瘦得像一根長長的竹竿。

兩個和尚似乎在勸說守園人做什麼事情，雙手不時擺出一個邀請的姿勢，後者卻不住搖頭。他們大概談了半天左右，胖方丈摘下自己的佛珠，要給守園人戴上，守園人倒退一步，避開了這個動作。這時穿著黑袍的教士出現了，他沒有對和尚的行為表示不滿，反而安靜地站在旁邊，聽之任之，似乎完全讓守園人自己決定。

談了半天，兩個和尚這才離去。就在胖方丈轉身之時，守園人突然做了一個奇怪的動作，他伸出兩隻手，從後面搭在了胖方丈的雙肩上。胖方丈猝然回頭，脖子完全轉過來，胖胖的眼瞼褶皺之間亮起極其犀利的光芒。守園人很快把手縮回來，胖方丈哈哈大笑，高聲誦了一聲佛號，叫上自己的徒弟離開了動物園。

赤峰人不怎麼敬畏馬王廟的和尚，見他們出來了，自有人湊過去問兩位師父跟守園人都談了些什麼，他到底是什麼變的。胖方丈嚼著肘子肉，笑咪咪地說了一句話：「他與我有師徒之緣，卻不入廟門；無應劫之命，卻自承業障！且看！且看！」說完揚長而去，留下一群迷惑不解的路人。

十天之後，胖方丈和慧園又一次來到動物園，他們帶來兩瓶馬奶酒和五斤張記柴溝堡熏肉，還有一張蘆葦蓆子。慧園說動物園開業之後，還沒有正式來道賀過，這次算是補請。教士知道他們其實是對守園人有興趣，但並沒說破。他還欠他們一個人情。

野餐的地點設在蟒蛇館旁邊的槐樹下，守園人、教士和小滿都應邀而來。慧園把蓆子鋪開，四角用石子壓好，然後把酒肉一一擺上。胖方丈抓著酒瓶，又舊事重談，邀請守園人去馬王廟裡坐坐，這個要求自然又被拒絕了。

柯羅威教士有點兒愧疚，之前胖方丈邀請自己去廟裡燒香，又想要收小滿為徒，結果都沒成功。這已經是第三次拒絕了。

不過胖方丈沒惱火，一仰脖子咕咚咕咚喝了一大口，環顧四周，笑咪咪地說：「哎呀，搶酒的來了。」

很快教士看到遠處一匹白色駿馬飛馳而至。馬上的姑娘，正是薩仁烏雲。這次薩仁烏雲來諾亞動物園，是為了那匹虎紋馬。在五天之前，她攛掇著喀喇沁王爺來參觀了一次。王爺很是驚豔，而且對那匹叫吉祥的虎紋馬最感興趣，試探性地詢問是否願意出售，教士很是為難。薩仁烏雲從中斡旋，給牠改了個名字叫巴特，是蒙古語裡勇士的意思，名義上歸喀喇沁王府所有，但繼續養在動物園裡。於是雙方皆大歡喜。

這次她來，正是為了落實改名事宜，想不到正趕上這個奇特的野餐會。

薩仁烏雲翻身下馬，毫不客氣地坐下來。她從胖方丈手裡把半瓶馬奶酒搶過來，也喝了一口，臉上霎時浮現出兩團紅暈。在酒精刺激下，白薩滿的末裔變得特別興奮。她站起身來，在薦上轉著圈跳起舞來，還放開嗓門高唱，引得遠處的百靈、喜鵲也歡聲鳴叫。

這一次的舞蹈並無深意，只是單純的乘興而起。她今天穿了一身寶藍色的金邊袍子，整個人高速旋轉，將袍子旋成了一片蔚藍色的遼闊天空，那金色絲線如烈日放出千萬條光線，劃過天際，令人心馳目眩。

薩仁烏雲這突如其來的發揮，把野餐的氣氛推向高潮。兩個醉醺醺的和尚和柯羅威教士一起鼓掌打著拍子，隨著她的舞步左搖右擺。小滿瞪圓了眼睛，一直想伸手去扯薩仁烏雲裙邊的綢帶，在他眼中，舞動著的她簡直像是萬牲園的孔雀那樣絢爛。

涼風悄然吹起，遠處隱隱傳來虎賁的吼聲和狒狒的唧唧聲，牠們似乎也想加入這場愉悅的野餐會。在這一片歡樂的氛圍中，只有守園人低垂著頭，一言不發地用手抓起一條燻肉，放入口中一點一點地嚼著，氈帽遮住他的表情，與周圍格格不入。

跳了一陣舞，薩仁烏雲終於停下腳步。她輕輕喘息著，鼻尖帶著晶瑩的汗水，一屁股坐到了教士的身邊，靠在他肩膀上喘息了一會兒。

柯羅威教士不好挪開身體，只好略帶尷尬地問她，是否知道沙格德爾在哪裡。薩仁烏雲看了一眼在旁邊啃著肉骨頭的守園人，嫵媚一笑：「他在哪裡並不重要，反正春天的風會把他的歌聲帶到四面八方。再者說，他的信使不是已經在這裡了嗎？」

胖方丈本來正埋頭吃喝，聽到這句話，哈了一聲，用袖子擦了擦滿嘴的油漬：「明白了，明白了，原來是應在了這裡！」慧園聽到這句話，面色一凜，似乎覺察到了什麼不得了的事，胖方丈卻沒有往下說，低下頭繼續大嚼特嚼。

守園人一動不動。可薩仁烏雲注意到他的手暗暗抓住了割肉用的小刀子，隨時準備發起突襲。她嫣然一笑：「沙格德爾讓我給你帶一點兒東西來，他說你會喜歡。」

守園人的手指抽動了一下，仍舊抓緊刀柄。薩仁烏雲伸出手指沾了一點酒水，然後點到了他的額頭，留下一圈小小的酒漬。這是白薩滿的一種儀式，會保留住死者的魂魄，同時又是一種詛咒，受到束縛的魂魄將很難再進入輪回，只能永遠停留在這裡。

「你想要看看真正的草原嗎？」薩仁烏雲輕聲對守園人說，向他伸出手去。小滿聽懂了這句話，手腕不由得一抖，他曾經體驗過一回去塔木地獄的感受，那死亡的陰冷氣息令人毛骨悚然，他可不想再一次墮入那魂靈的深淵。

面對最後一位白薩滿的邀請，守園人只是冷冷地開口道：「不必了，我是從那裡回來的。」

守園人狼吞虎嚥地吃完自己的那一份肉，起身離去，扛著鐵鍬繼續幹活。薩仁烏雲饒有興趣地問教士：「他既然掛起十字架，是否意味著已經接受了洗禮？」柯羅威教士曖昧地回答道：「他和主之間，還有許多話沒說完。」

「我以為他會通過你來溝通。」

「每個人與神的對話都不需要任何中保。我只會和他一起祈禱，但不會越俎代庖。」教士回答。

薩仁烏雲忽然想到了什麼，略帶好奇地問道：「也就是說，你到現在還沒找到受洗的信徒？」柯羅威教士抬起頭，微微露出一絲苦笑，這的確是件讓人頭疼的事。

薩仁烏雲說：「你需要信徒嗎？」柯羅威教士知道她打的什麼主意，緩慢而堅定地搖搖頭。造假這種事，沒有任何意義，他不希望自己的信仰蒙上灰塵。肥方丈嘟囔了一句：「早說讓你來馬王廟裡。」教士咳了一聲，和尚低下頭去，繼續吃。

教士沒有跟朋友們說，這件事遠比他們想像的要麻煩。

柯羅威教士在美國時，秉持著一個不太正統的觀念：他樂於用各種各樣的方式把大家吸引進教堂，激發他們的興趣，但不必急於去洗禮和領取聖餐。個人的信仰應該是一個水到渠成的演變過程，而不是像上門推銷割草機一樣，只追求矚目的數字結果。在柯羅威教士看來，讓一群蒙昧之人對神產生興趣，比誕生一個虔誠的聖徒還要重要。

在中國，很多教士會採取一些不名譽的手段強行拉人入教，他們覺得這是正當的。但柯羅威教士堅決反對這種方式，對此嗤之以鼻。因此在赤峰的諾亞動物園裡，柯羅威教士沒有急於勸誘那些在佈道堂聽講的遊客入教，而是一遍一遍地講述神創造天地的奇妙，諾亞、摩西、亞伯拉罕的行跡，耶穌與使徒們的作為。柯羅威教士的口才不賴，中文又很熟練，每次宣講效果都不錯，很受遊客們歡迎。他們還會問出五花八門的問題，教士耐心地一一解答。他相信，疑問至少代表他們已經開始思考，這是通向信仰的第一步。

麻煩就在這裡。

在大洋彼岸，公理會的教堂可以各行其是，並不存在一個上級權威來發號施令。柯羅威教士在伯靈頓的做法不會受到多少束縛。可是在中國，個人的行事卻沒有那麼自由。公理會差會對在華教士有著很強的管轄權——這可以理解，畢竟兩國情況完全不同——因此他們對於各地所開拓的信徒數字格外看重，並據此進行褒美、建議或批評。

之前柯羅威教士堅持要帶動物去赤峰，是因為他認為動物園更有利於傳播福音。有這個理由在，差會中國總堂才算是勉強同意。但在動物園建成以後，總堂驚訝而憤怒地發現，這位可敬的同僚在二選一的情況下，居然選擇先建起了動物園，教堂至今還沒著落。這個本末倒置的舉動讓總堂非常惱火，他們簡直不知道在年度報告裡該怎樣寫，這會成為整個公理會的笑柄。

更關鍵的是，柯羅威教士至今也沒有發展哪怕一個正式受洗的信徒（其實教士認為萬福符合資格，她在武烈河裡已經受過洗了，不過差會顯然不會把大象列入信徒名單），這讓最後一絲可以辯護的合理性也消失了。

總堂與柯羅威教士通了幾次信，教士每次都洋洋灑灑地寫上十幾頁信紙，從神學、哲學和中國現實的角度予以闡釋，希望能得到理解，但對方的態度一次比一次強硬。這就是為什麼當薩仁烏雲說起這個話題時，教士會報以苦笑。

野餐會結束之後，動物園的三位成員把馬王廟的兩位僧人以及薩仁烏雲一直送出了門，然後彼此道別。這些快樂的人與快班郵差擦肩而過，唱著歌離開了。

郵差把一個淺黃色的信封交到教士的手裡，上面的地址明白無誤地顯示來自總堂。教士斂起笑容，就站在動物園拱門之下拆開，仔細地閱讀了一遍。小滿和守園人站在他的兩側，他們一個不能說話，另一個不願說話，但兩個人都注意到，教士的手腕在微微顫抖。從紅山山峰之間投來的夕陽給他引以為豪的大鬍子抹上一層頹光。

總堂發出了一封措辭嚴厲的信，要求他必須在夏天之前把動物園處理掉，回歸到宣揚主的正確道路上來。否則，他們將撤銷柯羅威教士在赤峰地區的傳教權，並把他留下來的聲明公之於眾，剝奪他在差會的成員資格。

這次的威脅不同於之前。這是一封哀的美敦書*，它態度明確、強硬，不容任何含糊。雖然公理會沒有「絕罰」的手段，但這封信的嚴重性也差不多。如果撤銷傳教權，諾亞動物園的存在將失去合法性，赤峰州衙門可以隨時將其關閉。而公佈柯羅威教士留在差會的聲明，將會讓他本人聲名狼藉。從此以後，他將與公理會中國差會沒有任何關係，也得不到任何幫助與祝福。他只剩自己一個人，變成一個徜徉在荒僻邊疆的孤魂野鬼，自絕於整個公理會體系。

這是教士所能想到最可怕的一件事，甚至比死亡還嚴重。

柯羅威教士讀完這封信，把它折疊好塞回信封，微微吐出一口渾濁的呼氣。他抬起頭，看到最後一抹餘暉從拱門的孤星上悄然褪去，它頓時暗淡下來，輪廓逐漸變得模糊，很快就隱沒在夜幕之中。

他捏著信封，蹒跚地往回走去，腳步虛浮，有些不知所措。小滿傻乎乎地早早跑回象舍睡覺去了，守園人卻沒有馬上返回蟒蛇館，而是冷冷地注視著教士的背影，若有所思。

他天生對負面情緒十分敏感，此時他從教士身上嗅到了可疑的味道。

教士沒有回去居所，而是把自己關在佈道堂裡，跪倒在十字架前，虔誠地禱告起來，一遍又一遍向天主和自己訴說。他知道，不同於冬天寬恕榮三點，可以找別人來代替自己做抉擇。這次的決定，只能由他自己完成。

必須得承認，按通常的標準來說，柯羅威教士的使命並不成功。可他也知道，動物園在赤峰人心中處於一個多麼重要的位置。這座神奇的草原動物園已成功進駐每一個人的記憶裡，讓整個城市都開始做夢。

不止一個赤峰人對教士說道，當他們疲憊、焦慮甚至悲傷時，就會跑來動物園裡待上一陣。要知道，諾亞動物園裡的每一隻動物都是草原上沒有的，牠們古怪奇異的模樣營造起一種不同於草原的異域氣氛，不斷提醒著遊客們：你已進入另外一個世界，在這裡看到的一切都與熟悉的外界相隔絕，你可以袒露隱秘，敞開心扉，並且隨時醒來——這豈不正是夢的定義嗎？

無論富人還是窮人，無論貴族商賈還是販夫走卒，無論蒙漢還是回滿，對每一個生活在赤峰的人來說，這裡是一處美妙的隱遁之地、逃避之所，是能讓他們短暫隔離於俗世紛擾的淨土。這裡太純粹了，它只是因為純粹的好奇心而立在沙地之上，就像是雨後草原的天空，只留下蔚藍顏色。

---

*哀的美敦書：最後通牒。

「你為什麼要來赤峰？為什麼要在草原建起一座動物園？」

一個恢宏縹緲的聲音在天空的穹頂和教士腦內響起。教士對這個聲音不陌生，從決定來塞北開始，這聲音就一直在問他。在京城燈市口的教堂裡，在承德的武烈河水中，在塞罕壩的埡口上，在紅山腳下的沙地旁，在沙格德爾的歌聲中，在薩仁烏雲的舞姿裡，在小滿模仿動物的叫聲中……問題一次又一次浮現，柯羅威教士一直在努力地探索答案。究竟是信仰？是好奇心？還是單純為了營造一個玄妙的意象並把它嵌入一個古老的夢裡？

不同的答案在教士的思緒中飛速旋轉。佈道堂前的一盞幽幽油燈似乎感應到了祈禱者的心意湧動，火苗為之跳躍不已。

這間佈道堂前後有六扇窗戶，窗上鑲嵌著細碎的彩繪玻璃。這些玻璃都是柯羅威教士從聖母聖心會教堂的廢墟裡撿回來的，它們碎得太厲害，沒辦法拼回原來的花紋或人物，教士只能儘量挑選還算完整的碎片，把它們湊成六塊玻璃。色塊之間隨機搭配，人像器物之間任意組合，全無規律的拼接讓佈道堂的花窗紋飾顯出一種難以言喻的駁雜效果。

此時油燈光亮大盛，光芒透過這六塊彩色玻璃，向外面的世界折射出炫目五彩，在幽暗的園子裡格外醒目。教士依然跪倒在地上，一動不動，可腦中的思索卻越發劇烈。油燈的火苗躍動越來越大，透出去的光線旋轉得越來越快。快接近午夜時分，所有的答案和念頭都旋轉成了一片無法分辨色彩的光團。

動物們待在自己的獸舍裡，披著厚厚的毯子。牠們似乎有所感應，同時抬起脖頸看向動物園中央，注視著那光芒旋轉。萬福用長鼻子拍打著熟睡的小滿，眼睛看向佈道堂，不時發出一聲低吟。虎賁一躍跳上獅山最高處的那塊平坦岩石，俯瞰彩光。狒狒們和虎紋馬也躁動不安。只有蟒蛇無動於衷，在牠的居所門口，守園人默默地佇立在那裡，披著斗篷，手裡提著鐵鍬，鐵鍬邊緣被磨得很鋒利，偶爾泛起烏光。

這一切微妙的變化，柯羅威教士都不知道。他完全沉浸在沉思中。在一次又一次的自問中，柯羅威教士內心最堅韌也最天真的一面悄然顯露。他彷彿回到了那一夜的草原，逼仄的黑暗，冰冷的寒意，四周居心叵測的窺視以及內心的軟弱，整個世界都化為惡意，與他為敵。

但這一次，教士沒有精神崩潰，因為這一夜並非在草原上，而是身處諾亞動物園之中。它是那一夜的月華所化，是一面堅強的護盾，堪與萬軍相敵。

午夜已至，柯羅威教士從地板上緩緩站起來，吹滅油燈，走出佈道堂。此時四周萬籟俱寂，只有紅山發出嗚嗚的吼聲，那是來自草原的陣陣大風。過不多時，大風吹開夜幕上空的雲，銀月又一次露出圓容，奶水般的液狀光芒滴下來，流瀉入遠處的英金河，再從那條不算太寬的水渠流入動物園的水池。一條銀白色的絲帶，就這樣把天空和這座動物園連綴在了一起。

教士的眼神向前延伸，追著月光望向遠方。那一夜的草原，他已經沒有任何記憶，但他知道自己一定是陷入蒙昧空靈的狀態，需要引導才能找到應許之地，找到薩仁烏雲。現在的柯羅威教士，不必再次陷入那種狀態，亦不需要刻意去引導，因為他已經足夠強大，已經找到了內心最渴望的答案。

更準確地說，是找到了所有答案的集合。它既是信仰，也是人性，更是來自內心最深處的投影。古老的草原城鎮已和這些外來的動物結合在一起，就像是那天晚上肆行於街巷的人與野獸的狂歡。某些東西已然改變。進入夢裡的情景，再也不可能忘卻。這就像是一道透過彩繪玻璃的油燈光芒，折射反映，根本沒辦法從中濾出每一種顏色，它們本為一體。

「我會一直在這裡。」教士仰起頭來，任憑月光撫著他在寒冬時節變得皺皺的面頰，輕輕地說，「沙地上的動物園已經矗立，它不會被推倒，如同夢無法被奪走。」

月光似乎又亮了一點點，動物園拱門上那顆暗淡的孤星在夜幕下冉冉升起。

疲憊不堪的柯羅威教士背靠著佈道堂的大門，就這麼睡著了。他的表情輕鬆，唇邊還帶著微笑。在遠處的守園人收起鐵鍬，抖落肩上的沙塵，一言不發地回到蟒蛇的館舍。

到了第二天，柯羅威教士給總堂回了一封信，態度堅決，表示他的行為是遵從於上帝的意旨，萬福即是啟示的見證。他絕不會廢棄這個動物園，即使要遭受最嚴重的懲罰。

附在信中的還有一張柯羅威教士站在動物園佈道堂前的照片，他身著黑袍，面帶笑容，身旁還站著萬福。

這張照片是薩仁烏雲拍的，她在去年冬天弄到一台相機，在赤峰州提完貨，先跑到諾亞動物園給柯羅威教士試拍了幾張。她回到喀喇沁之後，自己動手沖洗，不小心意外曝光，僅僅保留下來這麼一張。

這是關於諾亞動物園和柯羅威教士的唯一一張照片。

總堂收到柯羅威教士的信件之後，頭疼得很。他們沒料到教士的態度居然如此堅決，一步都沒退讓。要如何處理這個膽大妄為的傢伙？總堂高層有點兒進退兩難。如果公開高調地處理，等於盡人皆知，會在中國傳教界成為笑柄；如果不處理，那等於是打了自己耳光。

總堂最終做出了一個奇特的決定：保持沉默。

他們既不派人去取代教士，也不再定期寄送會刊與信件。在公理會的名冊上，不再出現柯羅威教士的名字。那張照片也被放進檔案之中，就此封存。這樣一來，柯羅威教士與公理會中國差會之間的聯繫全都斷掉了。從此以後，教士也罷，諾亞動物園也罷，對於總堂來說都是不存在的了。

在那張標記本堂教士分佈的中國地圖上，赤峰州重新變回了一片空白之地。柯羅威教士對此一無所知——或者說不關心——他已經完全被動物園的事業迷住了，無暇他顧。

在這期間，總堂唯一做出的動作，是發了一封電報給赤峰州的杜知州，表明教士的身份與公理會全然無涉，傳教介紹信撤銷，從此一切行為均由他本人自行承擔。言外之意，柯羅威教士在赤峰一帶的傳教從此刻起將變成非法，他正式成為孤家寡人。

杜知州接到電報之後，先是愣了一下，旋即把它隨手擱到了一旁。他對教權紛爭沒有興趣，只要赤峰州的地面能夠保持平靜就好。諾亞動物園如今小有名氣，連杜知州本人都去看過幾次，輕易對它採取行動，恐怕會讓居民亂上好一陣子。所以只要柯羅威教士安分守己，杜知州不會主動出手取締這一個非法傳教的地方。

不過杜知州不關注，不代表其他人不留意。

這封電報在歸檔的時候，被杜知州的幕僚看到。他隨手抄了一份，轉交給了與之來往密切的楞色寺老喇嘛。

楞色寺在東蒙地區的地位有點兒尷尬，有了赤峰這個地方之後，它才建起來。年輕對人來說是件美好的事，對寺廟來說卻不好。這裡沒有活佛，喇嘛們還沒來得及取得權威地位，信徒們寧可走很遠的路去林東的召廟或者經棚的慶寧寺。

所以這些喇嘛對於諾亞動物園一直耿耿於懷，它搶走了整個赤峰的關注。比起在香火繚繞的廟裡向佛祖叩拜祈禱，人們往往更願意待在純粹的動物園裡，逃避俗世的喧囂。更何況，喇嘛們認為萬福和虎賁本是屬於菩薩的坐騎，如今被圈禁在牢籠裡供人參觀，這實在是一種褻瀆。

他們從神學和經濟的角度都憤憤不平。試想一下，如果這些野獸能夠放在楞色寺的話，這將會對信徒產生多大的影響？楞色寺一躍成為東蒙最顯赫的寺廟都有可能。

可畢竟柯羅威教士是洋人，萬一處置不好變成教案，可是會惹出巨大的風波。

這份電報卻給楞色寺帶來了一個絕好的消息。公理會公開宣佈與柯羅威教士斷絕關係，這意味著來自京城的保護無效了。

老喇嘛如獲至寶，認為這是一個好機會。可是幕僚同時警告說，想利用柯羅威教士的身份做文章是不可行的，因為在諾亞動物園的背後，還有一位喀喇沁王爺的姪女。

「哦，那個白薩滿的末裔。」老喇嘛不屑地搖搖頭。他知道薩仁烏雲，那傢伙代表的是行將消亡的古老力量，不足為懼。即使有王爺撐腰，也做不了什麼。

「杜知州不希望赤峰州發生任何不穩的狀況。」幕僚連忙提醒道。

老喇嘛聽出了弦外之音，嗯……任何不穩的狀況都是不受歡迎的。他眯起眼睛，手裡飛快地撚動念珠，心裡有了計較。

「別忘了祖狼的足跡。」幕僚在離開前特意又叮囑了一句。

在動物園的工程進展過半時，楞色寺曾經唆使受傷的寺奴工人們蓄意阻撓，沒想到當晚在工地四周就出現了祖狼的足跡。赤峰人相信這塊地方一定深得庇佑，結果工人們主動復工。無論這個傳說是真是假，它始終是諾亞動物園的一層屏障。

楞色寺的老喇嘛乾笑了幾聲，這八成是馬王廟的和尚們在搗鬼，那些來歷不明的酒肉和尚最擅長幹這些。聽說那些和尚經常去諾亞動物園，兩邊關係不錯。看來如果要動諾亞動物園，就必須先扳倒馬王廟。

哦，對了，還有沙格德爾。那個瘋瘋癲癲的傢伙才是始作俑者，如果沒有他，柯羅威教士從一開始就無法立足。

數來數去，老喇嘛有點兒困惑，這個動物園到底有什麼來頭，為什麼會得到這麼多奇怪的助力。想到這裡，老喇嘛謝過幕僚，把抄件揣在袖子裡，回到寺裡。任何人問起來，他都搖頭不語，似乎這件事就這麼被淡忘了。

赤峰州的春天，比中原要來得更晚一些。到了草原的青草冒頭之時，經過一冬困頓的牧民會結伴前來赤峰，購買緊缺的鹽巴、茶磚、鐵器和藥物，採購完以後，他們還會順便逛逛這座繁華的城市，好回去講給自己的孩子聽。

尤其是今年赤峰城裡還多了一個動物園，就更值得多停留幾天了。這個神奇的場所在各地已經成了傳奇，每一位牧民都渴望能一看究竟。

一位從錫林郭勒來的年輕牧民隨著同伴進入赤峰城，他先辦好了自己家的事情，然後扛著兩個褡褳袋，又去看了諾亞動物園。他驚歎於萬福的雄壯和虎賁的兇猛，又在虎紋馬吉祥——現在已經改名叫巴特了——面前佇立良久，羨慕不已。

這時一位和藹的老喇嘛湊過來，對他耳語了幾句。淳樸的牧人立刻露出誠惶誠恐的神情，聽喇嘛說完以後，他先看了看遠處的萬福，再看了看近處的虎賁，眼神裡放射出狂熱的色彩。這位牧民垂下頭顱，任由老喇嘛的手掌摩擦頭頂，隨後兩人分別離去。

遠處的虎賁看到這一幕，野獸的直覺讓牠發出一聲不安的吼叫，引起周圍不明真相的遊客一陣讚歎。整個動物園只有小滿聽懂了虎賁的意思，他找到柯羅威教士，「啊啊」地扯著衣角。教士見小滿神色有異，以為是虎賁病了，可小滿卻總是搖頭。

柯羅威教士莫名其妙，安撫了小滿幾句，很快就走開了。小滿沮喪地靠在籠子旁邊，不知該如何表達才好。忽然他感覺前方的陽光被一道影子遮住，一抬頭，看到守園人走了過來。這個人肩扛鐵鍬，神色陰冷，目光銳利，似乎能讀懂小滿臉上的焦慮從何而來。

小滿伸手指向錫林郭勒的那位牧民，他正朝著動物園的出口方向走去。守園人的眼神一瞬間變得殺意滔天，可還未等他握緊手中的鐵鍬，牧民的身影已經穿過拱門，在孤星旁邊的拐角消失了。

「來不及了。」守園人淡淡地道，他伸出手掌按在小滿孱弱的肩膀上。小滿睜大了眼睛，一半是因為疼痛，一半是因為他難得聽到守園人說出這麼長的句子。

錫林郭勒的這位牧民渾然不知，自己剛才已經無限接近於死亡。他帶著興奮離開動物園，走回城裡，徑直來到了二道街東頭的馬王廟。

大約轉悠了十來分鐘，牧民就出來了，他對同伴說：「這廟的佈局很蹊蹺，進門以後是一堵封天截地的磚牆，只在右邊留了一個狹窄的入口，得繞進去才能進入正殿前的院子裡。同伴樂了，說：「你不放羊，改當風水先生了？」牧民搖搖頭，說：「還是去找長警嘮嘮吧。」

在長警那裡，牧民神色緊張地解釋說，這個廟的結構有點兒像是狼窩子。草原狼這種動物特別狡猾，牠們的窩不是直統統的一個大洞，窩口特別狹窄，一進去，裡面一定會有個大拐角。這樣外頭不知裡面虛實，槍和弓箭走直線打不到，煙也不好走，誰想爬進去，狼就守在拐彎的地方，吭哧就是一口。有句俗話叫「捨不得孩子套不住狼」，說的就是這件事。狼窩太窄，大人進不去，只能讓小孩子往裡爬，小孩子一爬過那拐角，外頭的人就看不見了，生死全憑孩子運氣。

草原上狼害多，這個錫林郭勒盟的牧民打狼打多了，熟悉牠們的習性，所以一看這個馬王廟進門居然還拐大彎，跟狼窩似的，立刻就覺得熟悉。長警聽了，覺得此事實在古怪，趕緊把這事彙報給警務公所的會辦。

恰好這個會辦是楞色寺的信徒，連忙來向高僧請教。得到老喇嘛面授機宜後，他聯絡了幾位縉紳，向馬王廟的胖方丈提出，廟裡的三位大仙護佑一方，這裡太過狹窄，不如重新移個地方供奉。

胖方丈拒絕了，說這是佛祖旨意，不敢擅挪。縉紳們又提議為三位大仙重塑金身，胖方丈又拒絕了。如此反覆拉鋸了數天，縉紳們第三次提出要求，說捐個金座總行吧。

這回胖方丈沒辦法再推脫，只得同意。沒過幾日，金座便做得了，是個蓮花台的形狀，彩繪雕邊，外面還鍍了一層金粉，很是精緻。

換座儀式那天，會辦和一干縉紳耆老都去了。工匠們把蓮花台放好，再把土地大仙的塑像往上抬。這一抬不好，出事了。蓮花金座看著是個平底，其實邊緣的蓮花瓣大小不一，容易晃蕩，上頭再加上泥像那麼重的東西，一下子重心不穩，嘩啦摔到了地上。

在眾目睽睽之下，大仙的泥胎被摔了個粉碎，從裡面居然掉出一具老狼的乾屍。狼頭是被劈開的，平攤開來，兩側的狼眼正對著塑像的兩個眼睛。現場一片譁然，會辦立刻喝令把和尚們逮住。和尚們想跑，可哪及得過官差如狼似虎，從胖方丈到慧園和尚都被抓了起來。

隨後，馬王爺和佛祖的泥像也被砸開。佛祖像裡藏著一隻母狼的乾屍，也是腦袋剖開平攤，雙眼正對佛眼。馬王爺倒是清白無辜，裡頭什麼也沒有。

消息傳出去，整個赤峰城全都轟動了。所有人都沒想到，那些看起來人畜無害的和尚居然藏著這樣的勾當。一想到自己經常去上香叩拜的泥像裡頭，藏著兩雙直勾勾的死眼，就覺得渾身發毛。若不是那個錫林郭勒的牧民揭穿，恐怕大家都被蒙在鼓裡。他們為什麼把狼的乾屍藏在泥像裡？沒人說得清楚，總之必是邪教無疑！

經歷了金丹道之亂的赤峰，對這種事情十分敏感，頓時群議洶洶，要求嚴辦。

官方很快貼出告示，說這些和尚都是東北跑過來的鬍子，身上背了人命，所以在赤峰隱姓埋名，如今已歸案，不日將明正典刑云云。但赤峰城中還流傳著另外一個說法：那幾個和尚都是草原狼變的，所以他們要把自己的父母供奉起來，擠佔馬王爺的香火。

教士聽到這個消息愣怔了半天，不明白怎麼突然會有這種事發生。他回想起在這之前，胖方丈曾經說過一些奇怪的話，現在看來，幾乎全都一語成讖。也許當初胖方丈已經對未來的劫難有所預感，所以才邀請他去馬王廟，藉此禳災。那個廟裡供著三個神仙是不夠的，需要四路神仙方能渡劫。可在教士拒絕以後，方丈並沒有再三強迫，反而坦然面對注定會來的命運。

想到那張肥嘟嘟的面孔，柯羅威教士頓時覺得內心愧疚。他還欠馬王廟的胖方丈一個人情，不能坐視這種事情發生。他換上最好的衣袍，趕去赤峰州的衙門。

見到杜知州後，教士表示其中一定有什麼誤會，他願意為馬王廟的僧人們背書。

杜知州皮笑肉不笑地回答說：「如今證據確鑿，不容置疑。何況長老你現在自身尚且難保，就不要來蹚這一灘渾水了。」柯羅威教士聽到這句話，知道公理會的電報已經送到赤峰州了，他頹喪地後退了幾步，然後又昂起頭來，堅持要去見一下身陷囹圄的和尚們。杜知州想了想，答應了。

赤峰州的監獄是一座灰暗如墳墓的建築，在這裡看不到半點兒令人歡欣的色調。柯羅威教士手裡緊捏著十字架，在狹窄的通道裡跟隨一個不耐煩的獄卒走了很久，終於來到了最深處的監牢。這裡好似狼窟的最深處，斑駁的牆壁上有暗紅色的印記，腐爛的稻草蓆子散發著腥臭，空氣中沉滯著死者的最後一口呼吸。

一群和尚在角落裡簇擁成一團，神色萎靡不振。聽到腳步聲，他們猛然直起脖頸，一起轉頭朝這邊看過來。柯羅威教士隔著木欄杆，叫著胖方丈和慧園的名字。兩個人從和尚堆裡站起來，懶洋洋地走到教士對面。

胖方丈的腮幫子仍舊不斷蠕動，可惜嘴裡空空如也。

教士拿出一條肉乾，胖方丈眼睛一亮，飛快地搶過去，心滿意足地咀嚼著。胖方丈一邊嚼著，一邊含混不清地開口道：「一切緣法，皆是前定。長老是拜上帝的，不必為我們這些佛家弟子費心了。」

「我會想辦法把你們弄出去，你們的歸宿不該是這裡。」教士抓住欄杆，大聲道。

胖方丈哈哈大笑，笑得肉屑從牙縫裡掉出來。他停頓了一下，把慧園推了出去：「如果長老你非要還這個人情，那就麻煩長老把這小子收留了吧，他跟我們畢竟不一樣。」

赤峰州抓這些和尚的罪名是當過鬍子，而慧園是金丹道之後才進入馬王廟的，他應該罪不至死。教士還未點頭，慧園卻陡然激動起來。他抓住胖方丈的衣角苦苦哀求，拒絕離開。胖方丈摸摸他的腦袋，歎了口氣：「癡人，你原來的師父豈不就在那裡？」

慧園只是跪下不動。胖方丈無可奈何，只得把他推開，對教士道：「我這個徒弟什麼都好，就是執念太強，不是修佛的料，還是帶在身邊放心些，長老你還是請回吧。」

柯羅威教士見這師徒如此固執，忽然又想到一個辦法：「我去拍一份電報給薩仁烏雲，她一定有辦法。」胖方丈卻搖搖頭：「馬王廟的日子就到這裡了，命數昭然，不是人力所能扭轉。你也罷，薩仁烏雲也罷，不要再靠近我們了，否則沾染上因果，動物園裡那幾位同道只怕會不安寧。切記！切記！」

柯羅威教士覺得眼眶微微發熱，鬍子微微顫動。胖方丈咧開嘴，忽然嘖了一聲，把右手伸出欄杆，搭在了教士的肩膀上，四根指頭習慣性地勾住他的袍衫。在那一瞬間，柯羅威教士感覺到胖方丈的身上流露出一道野性的鋒芒。

可這鋒芒稍現即逝，胖方丈把手縮了回去：「哎，反了，反了。早知道不應該勸你搬來馬王廟，應該我們搬進動物園才是，哎——那可真是個好地方。」

柯羅威教士還要再說什麼，胖方丈擺了擺袍袖，回到監牢裡面。教士轉身離開，走了幾步，背後忽然響起慧園的念誦聲。他立刻分辨出來，那不是經文，而是《羅馬書》中最熟悉的那一段：

「神的事情，人所能知道的，原顯明在人心裡，因為神已經給他們顯明。自從造天地以來，神的永能和神性是明明可知的，雖是眼不能見，但藉著所造之物就可以曉得，叫人無可推諉。」

教士回過頭去，監牢的盡頭一片黑暗，只能恍惚看到那些和尚的身影。待他走出監獄，連念誦的聲音也聽不到了。

回到動物園之後，柯羅威教士的情緒很不好。他沒有去探望那些動物，一個人待在佈道堂裡，為馬王廟的僧人們祈禱。這時門響了，教士回頭一看，守園人穿著一件黑斗篷，戴著斗笠走了進來，渾身散發著凜然的氣勢。

「您去看過方丈了？」守園人問，他的聲音嘶啞粗糲，如同風吹著粗大的沙礫滾過紅山的埡口。

教士把見到方丈的情況詳細說了一遍，守園人沉吟片刻，把斗笠摘下來，露出那張彷彿拼接起來的馬匪的臉：「我想知道，您是否會介意沾染這段因果？」柯羅威教士嚴肅地把雙手放在《聖經》之上，學著沙格德爾那縹緲的調子回答：「草原的天空寬曠得很，每一隻鳥兒都可以盡情飛翔。」

「很好，接下來要發生的事，請您不要過問。」

守園人說完，走到他面前，半跪在地，把脖頸上的十字架摘下來，從腰間掏出一把手槍。他親吻這兩樣東西，然後放回到教士的手心，低聲道：「給小滿吧，這是我的命。」

然後，守園人從諾亞動物園消失了。

沒過幾天，在即將對馬王廟和尚行刑的前夜，赤峰州的監獄突然離奇地鬧起了火災。在漫天的火光之中，有人看到守園人和那群和尚一起衝出了監獄，穿過州裡錯綜複雜的大街小巷，徑直奔向草原。

不知是不是巧合，這些逃亡者的路線恰好路過紅山腳下的諾亞動物園。正在象舍裡熟睡的小滿，突然在萬福的鼻彎裡莫名驚醒。他懵懵懂懂地離開象舍，鬼使神差地爬到動物園的牆頭。

在月色照耀之下，天與地的邊線都被虛化，泛起一層層漣漪，整個世界顯得不那麼真實。小滿睜開雙眼，看到銀白色的沙地上有十幾個黑點在高速奔跑著。小滿揉了揉眼睛，居然看到一群頭頂禿毛的野狼魚貫跑過，留下一大串腳印。

牠們的步伐不算矯健，其中一匹甚至還有點兒肥胖，奔跑的姿態卻格外奔放。

跑在狼群正前方的是一匹駿馬，牠似乎就是那匹失蹤已久的虎紋馬如意。牠跑得那麼歡快，馬尾搖擺，身體上流動著黑白相間的條紋，像是穿越了無數個晝夜。小滿甚至看到，在狼群裡似乎混進了一個人類，他努力學著其他同伴奔跑的姿態，有點兒笨拙，但很執著，跑著跑著就徹底融進群體，不易分辨了。

狼群即將跑過諾亞動物園時，虎紋馬發出一聲嘶鳴。那匹胖胖的野狼驟然停住腳步，指揮著狼群，一起昂起脖子，對著諾亞動物園上空的月亮叫起來。還沒等小滿做出回應，牠們就甩著尾巴消失在沙地和草原的邊緣。那一夜，很多赤峰城的居民堅稱他們聽到了祖狼的嚎叫。

事就這樣成了。

第九章

應許之地

小滿第二天醒來，毫無徵兆地發起了高燒，整個人持續燒了三天三夜，吃什麼藥都不管用。柯羅威教士只得從英金河裡取來冰水，浸在棉巾裡敷在他額頭上，並為他擦拭全身。冰涼的河水反覆沖刷著小滿滾燙的身軀，洗去熱量，洗去污垢，洗去靈魂上一直蒙著的塵土。

三天之後，燒終於退了，小滿從床上爬起來，叫著教士的名字說餓了。教士大為驚訝，他發現小滿的語言能力居然恢復了，雖然他的發音還很生澀，但只要稍加訓練便可以像正常孩子一樣與別人溝通。更神奇的是，小滿可以流利地用中、英文交談，拉丁文和法文也說得不錯。這些都是教士在收留他之後教的，當時只是出於教育的義務，沒想過會有這麼好的效果。

教士隨即發現，小滿與動物溝通的能力卻消失了。一扇大門重新打開的同時，原本開啟的那一扇便悄然關閉。他還是很喜歡去照顧動物們，可原本那種近乎共生般的親密關係變成了飼養員與動物之間的愛。奇怪的是，那隻虎皮鸚鵡也從此閉口不言，再沒吐露過任何一個字。

柯羅威教士問小滿是否還記得從前的事，小滿搖搖頭，彷彿之前的經歷只是一場高燒時的幻夢。它和其他的夢並沒有什麼不同，在醒來之後很快被遺忘，連一點點痕跡都無法殘留。

不過柯羅威教士此時已無暇思考其中的變化，因為楞色寺已經過來找麻煩了——正如胖方丈說的，沾染了因果，劫難總會降臨。

這一天，動物園來了三位楞色寺的喇嘛，他們恭敬地對教士說，希望能把萬福和虎賁接到寺裡去。理由還是那個老藉口：既然兩頭靈獸是菩薩的坐騎，自然應該和菩薩住在一起。

任憑喇嘛們許下多麼豐厚的酬勞，教士都毫不猶豫地拒絕了。他從沒打算和這些動物分開，更不會把牠們交到居心叵測的傢伙手裡。喇嘛們惱羞成怒，威脅說他們已經掌握了教士協助馬匪越獄的證據，如果不妥協的話，就等著吃官司吧。

柯羅威教士的表情沒有一絲變化，他依然表示拒絕。喇嘛們見勸說無效，一把將教士推開，氣勢洶洶地率領寺奴敲著法器衝進動物園，要強行去迎回兩頭靈獸。

不料小滿早已悄悄地打開動物們的獸欄大門，把所有動物統統放了出來。萬福和虎賁在諾亞動物園內住得太安逸了，牠們很久不曾如此憤怒過。大象甩動著長鼻子，肥厚的腳掌把地面跺得直晃；獅子從高處躍下，鬃毛飄舞，利爪牢牢地摳在岩石中。牠們的威勢實在太大，喇嘛們嚇得連滾帶爬，他們想後退，卻被不知從哪裡竄出來的狒狒扯住僧袍。

有一個倒楣鬼摸到了動物園的一條小路上，結果被斜裡衝出的吉祥一腳踢了出去，一頭撞在樹上。他晃動著暈乎乎的腦袋，很快發覺自己的身體被越箍越緊。當他發出求救的號叫時，蟒蛇已經慢條斯理地完成了對獵物最後的纏繞，準備開口進食了。幸虧有同伴扯開蛇身，才算救了他一命。

一時之間，整個動物園裡充滿了動物的吼叫與人類的驚呼。喇嘛和寺奴們跌跌撞撞地逃出動物園，頭也不回，落了一地的衣衫和法器。如果不是教士及時阻止，小滿差點兒驅趕著這些動物第二次闖入赤峰城裡去。

諾亞動物園的大捷，在短短一天時間裡傳遍了整個赤峰城。大部分居民都對動物園抱有同情，覺得那些喇嘛真是咎由自取。大家津津樂道於楞色寺的狼狽模樣，每一個人都繪聲繪色地講著動物們大戰喇嘛的傳奇故事，並且添加了許多想像元素，把喇嘛們渲染得更加醜態百出。傳到後來，這個故事與真實情況相比已是面目全非，即使是沙格德爾都未必能編出這麼充滿奇趣的故事來。

楞色寺沒想到失去了馬王廟的庇護，諾亞動物園居然還是如此強硬。他們威逼不成，便跑去赤峰州衙門告狀。他們宣稱，有人看到諾亞動物園的守園人協助馬王廟和尚逃跑，這個柯羅威教士一定是馬匪的同黨，至少也是窩藏。

這個指控很嚴重，杜知州也不好置若罔聞，只好找到柯羅威教士來對質。教士表示對這件事毫不知情，並以上帝的名義起誓。當被問及這位守園人的身份時，柯羅威教士簡單地回答：「他是一個我應該寬恕的人，而我已經這樣做了。」

杜知州對這個回答感到莫名其妙，他又問守園人在哪裡。

教士指向草原：「他已經離開，去了哪裡我也不清楚。」

為了給各方面一個滿意的交代，在徵得教士同意後，赤峰州的長警們進入動物園進行了仔細的搜查，結果一無所獲。不過他們在蟒蛇館舍裡發現了一張完整的蛇皮。

這是蟒蛇蛻下來的舊皮，教士還沒來得及把它拿走，上面帶著一圈一圈暗灰色的斑斕花紋。楞色寺的喇嘛大叫起來：「這就是那個守園人！這個洋人的邪術讓蛇把自己的皮脫下來，冒充人類混入我們當中！」

杜知州並不認可這個荒唐的說法，一笑置之，他很快便把柯羅威教士放了回去。可「蟒蛇變人」的說法卻不脛而走，在喜好獵奇的赤峰人口中又開始了新一輪傳播。

一開始，大家只是把它當成一個笑話來談，可在一些別有用心的言論推動下，很快越傳越離譜。人們紛紛想起來，好像誰也沒看過那個守園人的面孔，而且這個人陰氣很重，一靠近就覺得涼颼颼的。還有人表示自己親眼看到過，他晚上從來不住屋子，總是在蟒蛇的館舍裡住下。如果真是人類，怎麼可能會長時間待在那種地方。

細節填補越來越多，從一開始的「動物園裡的守園人是蟒蛇變的」，到後來謠言已經變成：「大蛇受了教士的點化，化為人形專門去草原上拐小孩，用西洋邪術把他們變成動物，供人參觀。那五隻狒狒就是丟失的孩子變的。」他們再聯想到那張吊在樹杈上的陰森森的蛇皮，更加不寒而慄。

驚悚的流言迅速傳播開來，甚至比上次楞色寺的醜聞散布得更廣。很多腦子清醒的人指出其中的荒唐之處，可更多的居民仍舊半是畏懼半是獵奇地四處講述，還得意地跑到動物園裡，對著蟒蛇指指點點，彷彿已經找到了嚴謹的證據。還有許多丟了孩子的父母，專門跑到裝著狒狒的籠子前，一邊哭泣一邊喊著孩子的名字，甚至聲嘶力竭地抓住狒狒的胳膊或尾巴，想把牠們拽出來。

狒狒們受到了不小的驚嚇，其中一隻還嘔吐起來。小滿十分惱火，他抄起守園人留下來的鐵鍬，跑出去驅趕那些遊客。

又過了幾天，一個鐵匠的孩子無故失蹤，他常玩的撥浪鼓被人在動物園後牆找到，這立刻成了洋教士養妖精吃小孩的鐵證。孩子的媽媽在動物園前號啕大哭，幾十個親戚湧過來，群情激昂，一定要教士出來負責。

小滿出來阻止，結果雙方一言不合，大打出手。小滿畢竟是個孩子，勢單力薄，等到教士聞訊趕到時，他已經被打成了重傷。

教士趕快把小滿送去了醫院，然後去衙門抗議。杜知州告訴他，官府現在對這種流言四起的局面很不安，如果教士能夠澄清一下這個謠言——比如交出那條蟒蛇——他才好秉公處理。

柯羅威教士拒絕了，說這些動物都是動物園必不可少的組成部分，他不會因為那些荒唐的謠言就輕易捨棄牠們。教士平靜地回到沙地，將每一個動物館舍的圍欄都打開，讓整個諾亞動物園處於完全敞開的自由狀況。

教士已經生出了某種預感，想要把牠們都放走。可是從萬福到虎賁，誰都沒有離開。動物園裡的動物們親密地簇擁在佈道堂前，就連蟒蛇也爬了出來，牠們站成一個圈，把教士圍在當中，每一隻的眼神都透著安詳。教士看到這一幕，不由得淚流滿面。他知道，這次不是因為主的偉力，也不是因為其他任何神靈的庇護，而是因為諾亞動物園自己。

然而更大的麻煩還在後面。

楞色寺的老喇嘛在一次法會上頒下法旨，說普賢菩薩的坐騎是長著六根象牙的白象，眼前這頭又黑又沒有象牙的怪物，根本不是什麼所謂的靈獸。那頭獅子自然也不是文殊菩薩的坐騎。牠們兩頭都是佛魔。這種佛魔，最擅長的就是控制別人的夢境。

民眾們想起之前流傳的謠言，立刻變得驚慌起來。一個人說：「我經常會夢見那頭大象。」另外一個人驚叫：「沒錯，我會夢見獅子和虎紋馬。」第三個人喊道：「老天爺，我從前總夢見自己變成了那隻狒狒。」所有的赤峰居民都發現，自己的夢裡或多或少地出現過動物園的奇景。事實上，諾亞動物園已經成為他們生活中的一部分。

這並不能說明什麼，可在謠言的操控下，許多人想起了古老的薩滿傳說：控制夢境的人就可以控制靈魂。還有一個事先安排好的喇嘛喊道：「薩仁烏雲是白薩滿的末裔，她用身體蠱惑了這個洋教士！」

民眾們很害怕，也很憤怒。他們沒想到這個充滿神奇的動物園，居然包藏著如此的禍心。回想起來，之前每個人一進園區就如癡如醉，久久不願離開，那一定是一種可怕的法術吧？這多麼可怕，許多人不由得尖叫起來。

「可是那些夢從來沒傷害過誰。」也有人這樣說，可惜很快就被淹沒在驚恐的聲音裡。喇嘛們得意揚揚，拿出諸多法器，在動物園前做起了驅邪的法事。那些曾在動物園裡流連忘返的百姓們，現在卻成了最痛恨動物園的人。諸多民眾聚攏在動物園的門前，久久不散。人群中間隱藏著許多刻意安排好的寺奴，他們煽動百姓揮舞著鐵鏟和草叉，高舉著火把和松枝，把石頭和泥塊丟向魔窟。那種歇斯底里的情緒，讓園子內的教士想到了中世紀的歐洲。

此時柯羅威教士孤身一人，他伸開雙手，站在動物園的拱門底下，虎皮鸚鵡就站在他的肩膀上。在他面前，是憤怒的曾經的遊客；在他身後，是那些孤獨的動物。頭頂上一顆孤星在閃耀。知州的長警和兵丁們蹲在牆角，漠然關注著整個局勢。之前杜知州特別吩咐過，要好好保護教士，免得鬧出教案，其他的則不必理睬。

教士似乎又回到了在草原遭遇馬匪的一幕。這一次他同樣孤立無援，可並沒有驚慌或沮喪。教士俯身下去，從土裡撿起一枚十字架。那是他第一次來到沙地時，插在地上的。

這個動作，讓人以為他要開始施展法術。不知誰高喊了一聲，人們不由自主地朝動物園衝去。柯羅威教士像一塊頑強的礁石，面對著洶湧的人潮，卻絲毫沒有退卻。他牢牢站定，相信這些羔羊怒火下的眼神，仍舊保留著那麼一絲單純的驚喜。

越來越多的人闖入園區，他們在冬天來過許多次，所以對地形非常熟悉。可這一次他們卻不是為了參觀，而是為了毀滅，似乎不這樣做就無法洗刷曾經的喜愛。柯羅威教士被撞倒在地，撲在沙地上，額頭似乎多了幾道血跡。他的身影很快就淹沒在人群和煙塵中。

就在這時，動物園裡有一縷黑煙飄起，佈道堂似乎被人點起了火。赤峰的春季非常乾燥，紅山埡口的風又特別大，火借助風勢，飛快地蔓延到了動物園的其他建築。一時間黑煙瀰漫，腳步紛亂，那些激動的闖入者變得手足無措，不知是該躲避還是繼續。

一聲震耳欲聾的吼聲穿透了黑煙和火焰。帶頭的楞色寺喇嘛手腕一抖，銅鈴摔在了地上。虎賁趁機凜然而出，顯露出野獸的兇猛本質。

人們被嚇得四散而逃，生怕成為牠的口中餐。衙門的長警急忙舉起火槍，進行了幾輪射擊。子彈射穿了虎賁的肩胛骨和後腿，這頭萬獸之王痛苦地號叫起來，動作更加兇殘。

長警們連連開槍，煙霧瀰漫之下根本沒什麼準頭，又射擊了十幾輪，才看到那雄偉的身影轟然倒地。

小滿號叫著跑出來，他撲在虎賁身上，放聲大哭，對任何試圖接近的人又撕又咬。長警們好不容易把他扯開，這才繼續前進。

他們沒有放下槍，因為每一個赤峰人都知道，動物園裡還有一頭叫萬福的大象，那才是最難對付的傢伙。

可這時長警們發現，原本倒在地上的柯羅威教士不見了。

此時再想衝進去搜查已來不及了，得到營養的火焰逐漸變得巨大而狂野。它像是一張拔地而起的祖狼的大嘴，將所碰觸到的一切東西都吞噬一空。動物園裡都是木質建築，沒過一會兒，整個園地都被熾熱的大火所籠罩，火苗直衝天際。遠遠望去，紅山腳下彷彿多了一座活的小紅山。

所幸這裡是沙地，周圍沒有其他建築。當大火燒無可燒時，終於悻悻熄滅。這個壽命未滿一年的動物園，就此淪為一片黑乎乎的廢墟。

長警們清點現場，發現虎賁的屍體恰好橫躺在拱形門下，門頂的孤星和牠一樣，被燒成了一片黑色。可蹊蹺的是，他們找遍了整個火場，沒有找到其他任何一具動物或人的屍體，萬福也離奇失蹤了。

目擊者們眾說紛紜。有的說，其他動物早已經被教士放走了，動物園只剩下一個空殼；有的說，教士牽著大象投了英金河，還濺起了巨大的水花；也有人說，萬福和教士現出了妖精魔怪的原形，化為一溜黑煙，藉著火勢飛向天空；還有一個小孩子，他親眼所見那頭叫萬福的大象用鼻子捲起昏迷不醒的教士，把他輕輕放在背上，離開了沙地，緩緩向著草原深處走去。

整個動物園裡，唯一能找到的是那匹叫巴特的虎紋馬。

牠早早掙脫了韁繩，跑去紅山腳下吃草。本來大獲全勝的喇嘛們想把牠牽走，卻被從喀喇沁王府趕來的薩仁烏雲攔住。

薩仁烏雲說這是王爺想要的，於是喇嘛們退卻了。她抱住巴特的脖子，潸然淚下。虎紋馬不明就裡地踢踏起來，口中唏律律地叫著。薩仁烏雲牽著牠，回到了化為一片廢墟的動物園前，再一次跳起了查幹額利葉。

她這一次的舞姿淒婉、哀傷，眼神幽深，像是在祭祀亡靈——只有她去世的母親才能明白，這裡還有更深一層的含義，要指引靈魂進入夢中的圖景。這樣一來，亡者就會進入思念他們的親人的夢裡，永不消失。

薩仁烏雲回去之後，向王爺稟報了這次事件。杜知州唯恐事情鬧得太大，只好公開處理了楞色寺，指責他們煽動民情，尋釁滋事，狠狠地罰了一大筆錢。至於諾亞動物園，官府報了一個「不慎失火」，不了了之。

說來也怪，火災結束之後，原本荒蕪的沙地上居然長出了一片綠色的草苗，恰好覆蓋了那一片動物園的廢墟。有老牧民說，燒出的草木灰會化成肥料，說不定來年這裡就能變成一片豐茂的綠洲。

小滿被送進醫院救治。等到痊癒出來，他回到動物園內，在廢墟上大哭了一場。薩仁烏雲想把小滿帶回喀喇沁，卻被他拒絕了。薩仁烏雲這時才驚訝地發現，小滿溝通自然的能力居然消失了。

小滿留在廢墟上，每天晚上，他會在沙地上用樹枝畫出一頭大象的輪廓，然後蜷縮其中。

到了第七天，小滿從夢中醒來，發現旁邊站著一個風塵僕僕的喇嘛。他雖然沒見過這個人，但立刻就認出了他，脫口而出：「沙格德爾。」

沙格德爾還是那副破爛裝扮，眼神縹緲而深邃。他伸出手去，撫摸小滿的頭頂，然後俯身下去，用修長的手指摳開混著灰燼的沙土，發現一株不知何時冒出頭的青草幼苗。那幼苗弱不禁風，根系卻頑強得很，在這一片從未生長過植物的沙地上挺直了腰杆，如同札薩克一般驕傲。

沙格德爾匍匐在地上，用嘴唇去親吻苗上的露珠，然後頂禮膜拜。小滿這時才發現，他的肩上居然站著那一隻虎皮鸚鵡。小滿急忙問他是否碰到了柯羅威教士。沙格德爾豎起一根手指放在唇邊，輕聲道：「是啦，是啦，他們已經飛走啦。」然後唱著嘶啞的歌兒飄然離去。

當天晚上，楞色寺突然起了一場離奇的大火，幾乎被燒成了白地。在清理廢墟時，他們發現了一截長長的灰燼，似是一條蟒蛇被燒死在這裡。在蟒蛇旁邊還有一盞翻倒的酥油燈盞。很有可能那條諾亞動物園的蟒蛇逃進了寺裡，在遊動時碰倒了酥油燈，這才引發了火災。不過還有一個說法，據一個更夫說，他看見在起火之前，悍匪榮三點從寺裡走出來，在一群野狼的簇擁下消失了。

杜知州不得不繼續發出通緝令，可始終未能將其捉拿歸案。

赤峰城的居民們聽到這個消息，幾乎都認為是楞色寺遭了報應。他們回想起那一日衝入動物園的癲狂，都覺得不可思議。很快更多的消息披露出來，老喇嘛不得不承認針對諾亞動物園的一系列流言都是他暗中策劃的。整個赤峰州輿論譁然，這讓楞色寺幾乎沒有複建的指望，很快連地段都被一家洋行收購，改做皮貨生意。

不少人很惋惜，他們以後再也看不到諾亞動物園了，應該不會再有第二個像柯羅威教士這種既固執又天真的人做這種事了。不過就在下一個滿月的夜裡，月光再度籠罩了整個城市。城裡的每個居民都夢見了同一幅難以言喻的景象：

在銀白色的暗夜草原上，一位身著黑袍的傳教士踽踽前行，後面跟隨著一隊來自遠方的大象、獅子、虎紋馬、狒狒、鸚鵡與蟒蛇。在夜空之上，無數看不見的飛鳥在拍動著翅膀，繚繞在月亮左右的輕雲在微風觸動下不斷變換著形狀，就像是一個女子在舞動，彷彿在為草原上的人和動物指引方向。大地安靜極了，在月光映襯下，每一隻動物和人都化為一個莊嚴的黑色剪影，走過地平線，走過碩大的月亮，走向草原的深處。

從那時候開始，東蒙的草原上始終傳說不斷。不止一處的牧民宣稱，他們見過柯羅威教士和他的動物從遠處經過。這支隊伍一直緩緩地走著，不知去向何方。有人還說聽到過瘋喇嘛的歌聲，看到過白薩滿的查幹額利葉，甚至還有人在隊伍離開之後，在泥濘中發現了祖狼的足印。

當一個城市裡的每一個人都做夢時，城市也就擁有了自己的夢境。消失了的諾亞動物園就像是一片籠罩在草原上的雲，把影子投射到所有人的睡眠中去。即使在很久以後，人們已經淡忘了諾亞動物園的存在，紅山腳下的沙地也變成了一片茂盛的草地，但這夢境的記憶卻頑強地一代一代流傳下來。

很多赤峰的小孩子，從一出生起，就會做這樣一個共同的夢，他們無法表達，也不會描述，然後在學會說話的同時把這個夢忘掉。不過他們的腦海裡，會留下一片建築的影子，裡面生活著許多的動物，牠們彼此和睦，天空還有鳥兒飛過。

小滿後來在喀喇沁王爺的資助下，成了一名出色的博物學者，寫了許多本關於草原的專著。他一輩子遊走於蒙古草原，與其說是考察，不如說是在四處尋找。可沒人知道小滿在找什麼，更不知道他找到沒有。

許多年以後，當白髮蒼蒼的小滿臨終之時，他看著天花板，忽然露出一個歡欣的笑容，蠕動著嘴唇，發出一聲大象的號叫。

事就這樣成了。

後記

《草原動物園》對我而言，是一本奇妙的書。它與我的其他作品風格迥異，在著作清單裡顯得格格不入。不止一位讀者拿著這本書當面問我：「請問它真的是你寫的嗎？會不會是重名？」

我將這種驚訝和質疑當成一種褒獎。我覺得一個作家應該是多變的頑童，絕不肯停留在同一個地方太久，時刻會被新奇吸引，去探索一個此前從未涉足過的領域。《草原動物園》是一次深入傳奇之地的大冒險、一枚勇氣勳章。它也許是一條歧路，也許繞了一圈回到原地，但這不重要。我每次重新翻開它，都在內心迴盪起響起一個聲音：「快來快來，這裡太好玩了！」——也許抵達目的地之後，頑童會發現這裡並沒有那麼有趣，但探索本身就已經是最好的犒賞了。

五年以來，我讀了更多的書，寫下更多的文字，去了更多的地方，結識了更多朋友。促使我這麼做的原因，是我始終懷有一種恐懼，擔心習慣和經驗會化身成為厚實的繭房，把我包裹在其中，沉醉在過往的美妙安全感中，不肯出來。

對於普通人來說，這其實算不了什麼，但對一個作家來說，卻實在太可怕了。當一個作家停止成長，一味蜷縮在舒適區裡時，就會變成名副其實的作繭自縛。從這個意義上來說，《草原動物園》更像是一根胡蜂的針，它時不時便會刺破我好不容易吐出的厚繭，讓我百般不情願地探出頭來，繼續觀察著外界的變化，尋思著變成一個什麼樣的蝴蝶更好，哪怕是蛾子也成。

馬伯庸

TITLE

草原動物園

STAFF

出版	瑞昇文化事業股份有限公司
作者	馬伯庸
創辦人 / 董事長	駱東墻
CEO / 行銷	陳冠偉
總編輯	郭湘齡
責任編輯	張聿雯
文字編輯	徐承義
美術編輯	謝彥如
國際版權	駱念德　張聿雯
排版	洪伊珊
製版	明宏彩色照相製版有限公司
印刷	桂林彩色印刷股份有限公司 紘億彩色印刷有限公司
法律顧問	立勤國際法律事務所　黃沛聲律師
戶名	瑞昇文化事業股份有限公司
劃撥帳號	19598343
地址	新北市中和區景平路464巷2弄1-4號
電話 / 傳真	(02)2945-3191 / (02)2945-3190
網址	www.rising-books.com.tw
Mail	deepblue@rising-books.com.tw
港澳總經銷	泛華發行代理有限公司
初版日期	2024年5月
定價	NT$420 ／ HK$134

國家圖書館出版品預行編目資料

草原動物園 = Zoo on the grassland / 馬伯庸著. -- 初版. -- 新北市：瑞昇文化事業股份有限公司, 2024.05
304面；14.8X21公分
ISBN 978-986-401-734-8(平裝)

857.7　　113005471

讀小說
Reading Novel